DIE 4 VOM SEE

BAND 8

SANDRA BINDER · ALEXANDER LOMBARDI
CLIMB UP
DIE 4 VOM SEE
Eine verschollene Erinnerung und die Sehnsucht nach einem Zuhause
WDL
SCM

SCM

Stiftung Christliche Medien

SCM ist ein Imprint der SCM Verlagsgruppe,
die zur Stiftung Christliche Medien gehört, einer gemeinnützigen Stiftung, die sich für die Förderung und Verbreitung christlicher Bücher, Zeitschriften, Filme und Musik einsetzt.

MIX
Papier | Fördert gute Waldnutzung
FSC® C014496
www.fsc.org

Max-Eyth-Straße 41 · 71088 Holzgerlingen
Internet: www.scm-verlag.de; E-Mail: info@scm-verlag.de

Umschlaggestaltung: Patrick Horlacher, Stuttgart
Titelbild und Illustrationen: Clara Vath, vath-art.de
Satz: Burkhard Lieverkus, Wuppertal
Lektorat: Christiane Kathmann, www.lektorat-kathmann.de
Druck und Verarbeitung: GGP Media GmbH, Pößneck
Gedruckt in Deutschland

ISBN 978-3-417-28103-3
Bestell-Nr. Nr. 228.103

Inhalt

Die 4 vom See – das sind …

Antonia wohnt, seit sie denken kann, in der großen Burg direkt am Ufer des Starnberger Sees, mitten zwischen den Villen der Reichen und Schönen – ein Zuhause, um das sie viele beneiden. Ihre Eltern Andreas und Gitti Reihmann sind die Herbergseltern der Jugendherberge, die in dem Gebäude untergebracht ist, deshalb wohnt die Familie in dem historischen Gemäuer. Wenn Antonia morgens aufwacht, kann sie ans Fenster treten und auf den See hinausblicken – wenn sie dabei nicht über ihr Kletterzeug stolpert, das meistens irgendwo im Zimmer auf dem Boden liegt. Klettern ist Antonias größtes Hobby, sehr ordentlich ist sie aber nicht. Wenn sie nicht in einer Felswand hängt, liest sie gerne Informationen über Geschichte und Archäologie. Ihr Wissen hat den vier Freunden bei ihren Entdeckungen schon oft geholfen.

Antonia hat zwei jüngere Geschwister, die siebenjährigen Zwillinge Sina und Luca. Zu ihrer Familie gehört außerdem Opa Hans, ein alter Fischer, der nicht weit entfernt von der Seeburg in einer Fischerhütte direkt am See lebt und über die Jahre zu ihrem Ersatzopa geworden ist. Von seinen Ratschlägen und vor allem seinem festen Glauben hat Antonia schon viel gelernt.

Die Familie Reihmann besucht eine evangelische Freikirche in Starnberg. Für Antonia gehört der Glaube ganz selbstverständlich zum Alltag dazu, und dass sie sich auf Jesus verlassen kann, hat sie schon oft erfahren. Das heißt aber nicht, dass es nicht auch einige Dinge in ihrem Leben gibt, die sie richtig ärgern oder nerven. Beispielsweise leidet Antonia seit dem Kindergartenalter an Diabetes. Sie muss ständig eine Insulinpumpe tragen, die das lebensnotwendige Insulin in ihren Körper abgibt. Meistens hat Antonia ihre Krankheit gut im Griff, doch manchmal sackt ihr Blutzucker plötzlich ab, und dann wird es gefährlich für sie, wenn sie nicht sofort etwas Zuckerhaltiges isst oder trinkt. Zum Glück wissen ihre Freunde Bescheid, besonders ihre beste Freundin Emma, und können ihr im Notfall helfen.

Antonia hasst es, schwach zu sein. Sie regt sich schnell auf, wenn ihr jemand unterstellt, dass sie etwas nicht kann, und wird richtig wütend. Ihre Kraft und Entschlossenheit machen sie zu derjenigen, die bei den vier vom See oft die Initiative ergreift.

Emma ist da etwas zurückhaltender. Sie denkt eher zweimal nach, bevor sie etwas unternimmt, ist dafür aber gründlich und plant voraus. Ihre Stärke liegt vor allem in der Planung – und in der Recherche. Emma ist eine talentierte Forscherin, Naturwissenschaften sind ihre Leidenschaft. Außerdem reitet sie, ihr Pferd Firestorm ist ihr Ein und Alles.

Emmas Eltern sind geschieden. Ihre Mutter Karin und ihr Stiefvater Peter sind nach Berlin gezogen, und so wohnt Emma bei ihrem Vater Jörg und seiner Frau Manuela. Jörg ist Chemiker und betreibt ein Analyse- und Forschungslabor in der Villa am See. Manuela ist Innenarchitektin und engagiert sich stark in sozialen Projekten. Zusammen haben sie noch eine Tochter, Emmas jüngere Halbschwester Mia.

Emma leidet unter der Zerrissenheit, darunter, sich immer zwischen ihren Eltern entscheiden zu müssen. Meistens versucht sie, nicht weiter darüber nachzudenken, aber manchmal gelingt ihr das nicht.

Emma hat sich im Versteck der vier vom See, einem alten Zirkuswagen auf dem Gelände der Seeburg, ein kleines Labor eingerichtet. Hier verbringt sie viele Stunden mit Experimenten. Außerdem ist sie häufig auf der Seeburg bei ihrer besten Freundin Antonia. So häufig, dass sie dort eine Zahnbürste im Bad stehen hat und einen festen Sitzplatz in der Küche. Sie fühlt sich bei Antonias Familie sehr wohl und genießt die gemeinsamen Abendessen am großen Familientisch.

Während der Trennungsphase ihrer Eltern musste Emma lernen, die Stimmungen anderer Menschen schnell zu erfassen. Sie ist deshalb sehr sensibel und hoch empathisch, außerdem scheut sie Konflikte. Bei den teilweise abenteuerlichen Unternehmungen der vier Freunde ist sie oft diejenige, die die anderen bremsen möchte.

Frankys Zuhause liegt direkt am Sportplatz von Allmannshausen – nicht das Reihenhaus seiner Familie, das befindet sich ein paar Straßenzüge weiter, sondern das Restaurant seiner Eltern, in dem die Familie die meiste Zeit verbringt. Frankys Vater Germano und seine Mutter Elvira sind aus Italien nach Deutschland gezogen und betreiben die Pizzeria schon seit vielen Jahren. Sie backen die beste Pizza in der gesamten Umgebung und so treffen sich bei »La Ruota« Nachbarn, Freunde und Sportvereine. Franky liebt auf der einen Seite Pizza über alles (wie fast jedes italienische Gericht), auf der anderen Seite hasst er es, im Restaurant mit anpacken zu müssen.

Neben der Zubereitung italienischer Gerichte kennt sich Frankys Vater vor allem mit einem aus: Fußball. Er trainiert die Jugendmannschaft des TV Berg und war selbst in seiner Jugend ein richtig guter Spieler. Sehr zum Leidwesen von Franky hat er seinen Ehrgeiz nie ganz abgelegt und ihn auf seinen Sohn übertragen, bei dem er sofort ein großes Talent für Fußball erkannt hat. Franky spielt gerne und gut Fußball, doch es ist nicht seine erste Leidenschaft und die Pläne, die sein Vater für ihn hat, sind ihm zu viel. Deshalb hat er vor einiger Zeit mit dem Training aufgehört und widmet sich nun dem Hobby, das ihn wirklich begeistert: Programmieren.

Franky ist der Computerexperte der vier Freunde. Er ist in der Lage, sich schnell mit jedem fremden System vertraut zu machen, und hat seine Hackerkünste schon manchmal eingesetzt, um Dinge herauszufinden, die sonst nicht zugänglich gewesen wären. Aber er achtet streng darauf, keinen Schaden anzurichten.

Emma, Antonia und Franky kennen sich schon seit der Grundschule. Gemeinsam haben sie vor ein paar Jahren einen alten Zirkuswagen auf dem Gelände der Seeburg zu einem gemütlichen Versteck gemacht, in dem sie sich treffen, reden und Pläne schmieden. Franky ist gerne dort. Mit dem Glauben hat er nicht so viel am Hut. Seine Familie ist zwar in einer katholischen Kirchengemeinde und Franky hat an der Kommunion teilgenommen, aber sie gehen eigentlich nur an den hohen Feiertagen in den Gottesdienst und der Glaube spielt in ihrem Alltag kaum eine Rolle.

Jaron ist erst vor Kurzem zu den anderen drei gestoßen. Er ist zusammen mit seiner Mutter von Köln an den Starnberger See gezogen, als diese eine Arbeit als Sekretärin auf der Seeburg angenommen hat. Angelika Rahn und Gitti Reihmann sind alte Schulfreundinnen und haben immer Kontakt gehalten. Jarons Vater lebt nicht mehr, er ist bei einem Autounfall ums Leben gekommen, als Jaron vier Jahre alt war. Der Unfall hat Jarons Leben überschattet, lange hat er geglaubt, er wäre schuld am Tod seines Vaters. Erst vor wenigen Monaten hat er erkannt, dass das falsch war und er sich lange grundlos gequält hat. Seitdem weiß er, wie viel Kraft man aus Vergebung ziehen kann.

Jaron interessiert sich für Flugzeuge, trainiert leidenschaftlich Kung-Fu und liebt Sport aller Art – am Starnberger See hat er zum Beispiel das Surfen für sich entdeckt. Jaron liebt den See. Wann immer er Zeit hat, geht er schwimmen oder sitzt am Seeufer und flitscht Steine über die Oberfläche. Der historische Löwensteg der Seeburg ist dafür der perfekte Ort. Die wechselnden Wetterlagen über dem See faszinieren ihn und er bekommt nicht genug davon.

Jaron und seine Mutter Angelika gehen in die gleiche Gemeinde wie Antonia und ihre Eltern. Sie waren in Köln schon in einer freien Gemeinde und haben sich in Starnberg gleich zu Hause gefühlt. Dazu trägt auch bei, dass Jaron nach dem Umzug endlich einen besten Freund gefunden hat – Franky. Nicht nur sind die beiden unzertrennlich, Jaron liebt außerdem die Pizza, die Frankys Vater backt.

Kapitel 1:

Die Begegnung

Die Seeburg am Starnberger See, Mai 1975

Als die Steine auf den Boden prasselten, zuckte die alte Dame zusammen. Irritiert beobachtete sie den großen Lastwagen, der nun ein Stück vorwärts rückte, um auch die restlichen Brocken von der schräg gestellten Ladefläche gleiten zu lassen. Der Berg aus grauen Mauersteinen versperrte den Eingang zur Seeburg fast vollständig.

»Was für ein Aufwand!«, murmelte sie bei sich. Ihre Tochter, die neben ihr hinter dem Busch kauerte, nickte. Stumm blickten die beiden den Hang hinunter auf das graue Gebäude mit den vielen Türmen, das über dem Starnberger See thronte. Wieder rumpelte es. Die Ladefläche war nun leer. Bauarbeiter mit Schubkarren kamen aus dem Burgtor. Die beiden Frauen konnten sie lachen und reden hören.

»Weißt du, was die vorhaben?«, fragte die jüngere.

»Die Seeburg ist wohl endlich verpachtet worden«, erwiderte ihre Mutter. »In der Zeitung stand, dass dort eine Jugendherberge einziehen wird. Dafür scheinen sie einiges verändern zu wollen.«

»Eine Jugendherberge?«, fragte die Tochter. »Wie schön, wenn hier bald junge Leute den See genießen können.

Das alte Gemäuer hat genug Leid gesehen, da kann es ein wenig Trubel und Fröhlichkeit gut vertragen.«

»Schon. Der Gedanke ist nur etwas ungewohnt.« Die alte Dame seufzte. »Aber wahrscheinlich hast du recht. Und wenn es eine Jugendherberge ist, können wir der Burg auch einfach einen Besuch abstatten, ohne dass sich jemand etwas dabei denkt.«

In diesem Moment fuhr ein hellblauer Opel Rekord auf den Parkplatz. Der Fahrer stieg aus und winkte lächelnd dem Lastwagenfahrer, der gerade losfuhr und zurückwinkte. Der Mann ging um das Auto herum und öffnete die Beifahrertür. Eine Frau stieg mühsam aus und hielt sich ihren schwangeren Bauch.

Neugierig sah sie die hohen Mauern der Burg hinauf, als sähe sie die Seeburg zum ersten Mal. Der Mann sagte etwas zu ihr. Lächelnd nickte sie. Er zeigte mit dem Arm auf die Fenster über dem Burgtor und schien etwas zu erklären, was die beiden Frauen in ihrem Versteck nicht verstehen konnten. Dann legte er den Arm um die Schultern der Frau. Für einen Moment standen die beiden da und sahen sich um.

»Das sind vielleicht die neuen Burgherren«, meinte die Tochter schließlich, »die Herbergseltern. Sehen nett aus.«

Die Mutter nickte. »Ja das tun sie. Ein schönes Paar. Und sie bekommen ein Kind. Da wird die alte Burg wieder Kinderlachen hören, so wie damals.« Sie verstummte für einen Augenblick und atmete tief ein. Dann fuhr sie fort: »Nun gut, ich wünsche ihnen, dass sie …«

Sie stockte. Die beiden hinteren Türen des Opels hatten sich geöffnet und zwei weitere Personen waren ausgestiegen: ein etwa zwölfjähriger Junge und ein älterer Mann. Der

Mann hatte weißes volles Haar, ein rundes Gesicht, freundliche Augen und hielt sich sehr gerade. Er nahm den Jungen an die Hand und gemeinsam gesellten sie sich zu dem Paar. Die alte Frau sog scharf die Luft ein.

Ihre Tochter sah sie an. »Ist etwas?«, fragte sie. Doch ihre Mutter antwortete nicht. Die Tochter blickte wieder den alten Mann an. Dann dämmerte es ihr und sie öffnete überrascht ihren Mund. »Aber … was …«, stammelte sie. »Ist das nicht …«

Die alte Frau nickte langsam und flüsterte: »Ja. Das ist er. Was um alles in der Welt tut er hier?«

Für einen Moment war es still. Dann fügte die alte Dame mit brechender Stimme hinzu: »Warum musste er an diesen Ort zurückkommen? Er wird hier sterben.«

Kapitel 1:

Im Büro des Direktors

Internat Isartal, Gegenwart

Das Herz des Mädchens schlug ihr bis zum Hals. Sie wischte sich die schwarzen Haare aus dem Gesicht und sah sich um: Vor ihr stand ein großer Schreibtisch, dahinter ein schwerer Lederstuhl. Am anderen Ende des holzgetäfelten Raums konnte sie ein antikes Sofa mit geschwungenen Lehnen sehen und darüber das große Porträt des Direktors.

Für einen Moment starrte das Mädchen das Bild an. Der Mann auf dem Ölgemälde starrte zurück. Ein Schauer lief ihr über den Rücken. Sie wusste, dass sie nur wenig Zeit hatte. Sie schlich zum Schreibtisch und durchsuchte die Schubladen, aber außer ein paar Stiften und einer Kiste Zigarren fand sie nichts.

»Mist«, murmelte sie, »wo kann es nur sein?« In dem Raum befanden sich neben dem Schreibtisch und dem Sofa keine anderen Möbel, also auch keine weiteren Möglichkeiten, etwas zu verstecken.

Das Porträt schien sie mit Blicken zu durchbohren. Sie kniff die Augen zusammen und flüsterte: »Versteckst du es etwa?« Sie kniete sich auf das Sofa, hob das Bild leicht von der Wand und lugte dahinter. Tatsächlich! In der Holzvertäfelung saß ein Tresor.

Sie hob das Gemälde von der Wand und stellte es vorsichtig am Boden ab. Dann zog sie am Griff des Tresors, doch der rührte sich nicht. Sie drehte am Rädchen des Zahlenschlosses, doch ohne die Kombination hatte sie keine Chance. *Und was jetzt?*, dachte sie enttäuscht. Sie setzte sich auf das Sofa und stützte das Kinn in eine Hand.

Plötzlich hallten Schritte im Gang vor dem Zimmer. Sie sprang auf und lauschte. Als die Schritte immer näher kamen, packte sie hektisch das Gemälde und hängte es an den Haken. Panisch blickte sie sich um. Keine Zeit mehr, sich aus dem Zimmer zu schleichen. Ihr Blick fiel auf die schweren Samtvorhänge am Fenster. Sie hatte sich gerade hinter einem von ihnen versteckt, als die Tür mit Schwung geöffnet wurde. Vorsichtig lugte sie hinter dem Stoff hervor.

Der große, stämmige Mann schlug die Tür hinter sich zu und setzte sich mit dem Rücken zu ihr an den Schreibtisch. Sie schluckte trocken. Der Mann fluchte leise vor sich hin. Er legte sein Handy auf die Tischplatte, öffnete eine Schreibtischschublade, nahm eine Zigarre heraus, schnitt die Spitze ab und zündete sie an. Er zog an der Zigarre und stieß eine große Wolke Qualm in die Luft.

Der Lederstuhl knarrte, als er aufstand. Schnell zog sie ihren Kopf hinter den Vorhang zurück. Sie konnte spüren, wie er ans Fenster trat. Er stand jetzt nur wenige Zentimeter von ihr entfernt. Der Qualm seiner Zigarre waberte in Schwaden in ihr Versteck und kitzelte sie in der Nase. Sie hielt den Atem an.

Plötzlich hörte sie seine rauchige Stimme: »Na, wen haben wir denn da?«

Sie schloss die Augen. Er hatte sie entdeckt.

Doch statt den Vorhang zurückzuziehen, öffnete er das Fenster und schrie: »Hey, ihr da unten! Was macht ihr da draußen? Geht sofort in euer Klassenzimmer!«

Das Fenster schlug wieder zu. Er murmelte vor sich hin: »Diese Dreckskinder! Na ja, wenigstens habe ich diese Bande nicht mehr lange am Hals!«

Sie hörte, wie er sich vom Fenster entfernte. Erleichtert atmete sie aus. Vorsichtig lugte sie wieder hinter dem Vorhang hervor und beobachtete, wie er zu dem Gemälde ging und es von der Wand nahm. Er drehte am Rädchen und das Mädchen beobachtete, welche Zahl er einstellte. Es klickte. Sie merkte sich die Zahl und die drei weiteren, die er eingab. Dann zog sie den Kopf zurück und wiederholte in Gedanken die vierstellige Zahlenkombination. Sie hörte, wie er den Hebel drehte und den Tresor öffnete. Er nahm etwas aus seiner Tasche und legte es hinein.

Das Handy auf dem Schreibtisch schrillte und sie zuckte zusammen. Der Mann wandte sich von dem offenen Tresor ab, ging zum Schreibtisch und nahm ab. »Wolfsell ... Was wollen Sie? ... Ja, das hab ich Ihnen doch schon tausendmal gesagt! ... Wie, jetzt? ... Nein, ich habe keine Zeit! ... Das gibt es doch nicht! Jaja, ich komme!«

»Verdammt«, fluchte er und legte auf. Rasch schlug er die Tresortür zu, drehte das Rad zurück und hängte wieder das Bild davor. Das Mädchen hörte, wie er aus dem Zimmer stapfte und die Tür hinter sich abschloss. Schritte entfernten sich.

»Puh!«, seufzte sie. »Das war knapp.«

Schnell ging sie zu dem Tresor. Sie nahm das Bild ab, drehte an dem Rad und murmelte dabei: »3 – 6 – 4 – 7.« Erleichtert hörte sie, wie es klickte. Sie öffnete die Tür. Im Tresor lagen zwei große Briefumschläge und darunter eine Luftpolstertasche. Sie nahm die Umschläge und öffnete den ersten. Darin waren ein paar Geldscheine. Sie nahm das Geld mit einem zufriedenen Grinsen und öffnete den nächsten.

»Ja!« Triumphierend sah sie das große Bündel 100-Euro-Scheine an. Sie stopfte das Kuvert zusammen mit den anderen Scheinen in ihre Tasche. Kurz überlegte sie und nahm dann auch noch die Luftpolstertasche, die dick mit Klebeband zugeklebt war.

Und was jetzt?, überlegte sie. Sie ging zum Fenster und öffnete es. Das Büro lag im zweiten Stock, doch neben dem Fenster rankte wilder Wein an einem Gitter empor, das ziemlich stabil aussah. Im Hof war niemand mehr zu sehen.

Sie steckte die Luftpolstertasche in ihren Hosenbund und kletterte auf den Sims vor dem Fenster. Vorsichtig zog sie den Fensterflügel zu und begann, das Gitter hinunterzuklettern.

In der Eile bemerkte sie nicht, dass einer ihrer Ohrringe fehlte.

Kapitel 2:

Die neue Klassenlehrerin

Am Starnberger See, Gegenwart

»Na, und wo wart ihr in den Sommerferien?«, säuselte Isabelle und blitzte Antonia an. »Ach ja, ich hatte vergessen, dass ihr immer nur in der Jugendherberge seid.« Sie lachte, als hätte sie den größten Witz gerissen. Neben ihr stand Xenia, ihre Cousine. Auch sie grinste Antonia an.

»Was dagegen?«, schnaubte Antonia und schüttelte den Kopf.

Isabelle wandte sich zu einer Gruppe Mädchen hinter ihr und verkündete: »Also, ich war vier Wochen in den USA. Papa hat ein Wohnmobil gemietet und wir sind durchs ganze Land gefahren. Wir waren am Grand Canyon, in Las Vegas und in Hollywood.«

Die anderen machten große Augen. Isabelle zog ihr Handy heraus. Sie genoss es, die Aufmerksamkeit auf sich zu ziehen. »Hier, seht mal«, sagte sie, »das bin ich auf dem Walk of Fame, und hier sind wir in den Universal Studios, und dann habe ich sogar Zendaya auf der Straße getroffen. Die ist voll nett!« Die Hälfte der Klasse drängelte sich um sie und bewunderte Isabelles Selfie mit der berühmten Schauspielerin.

»Sie hat gesagt, dass sie diesen Herbst nach München kommt. Papa hat sie eingeladen, bei uns im Hotel zu übernachten«, trumpfte Isabelle auf und sah einen nach dem anderen an. »Und sie hat gesagt, dass sie das sehr gern tun wird.«

Emma grinste, als Antonia die Augen verdrehte. Wie immer brachte Isabelle ihre beste Freundin mühelos zur Weißglut.

Doch Isabelle war noch nicht fertig. Sie drehte sich wieder zu Antonia. »Oder habt ihr Platz bei euch in der Seeburg? Vielleicht will Zendaya lieber in einem Stockbett im Sechserzimmer übernachten.«

Die anderen Mädchen lachten.

Antonia lächelte Isabelle süßlich an. »Das wäre kein Problem«, konterte sie, »sie ist immer willkommen.«

»Na ja, wenn ihr die Seeburg dann noch habt«, fuhr Isabelle beiläufig fort.

»Was meinst du damit?«

»Tja, wer weiß, was noch so alles kommt«, antwortete Isabelle, drehte sich wieder ihrem Fanclub zu und würdigte Antonia keines Blickes mehr.

»Jetzt hab ich die sechs Wochen nicht gesehen und schon am ersten Tag geht sie mir so was auf die Nerven!« Bockig setzte sich Antonia neben Emma auf eine Bank im Schulhof.

»Ach Antonia, du kennst sie doch.« Emma rückte ihre Brille zurecht. »Sie ist halt, wie sie ist.«

»Ja genau. Eine dumme, eingebildete Tusse!«, maulte Antonia. Sie nahm ihr Handy, tat so, als wische sie über ein paar Fotos und äffte Isabelle nach: »Oh, sieh mal, hier bin ich an der Strandpromenade in Starnberg und hier habe ich ein Selfie mit Erna, der Kuh von Bauer Sepp, gemacht, wow, ich bin soooo toll!«

Emma musste lachen.

»Echt? Du bist toll? Zeig mal«, sagte eine Stimme hinter ihr.

Emma drehte sich um. Hinter ihnen war Franky aufgetaucht. Sie erklärte ihm: »Antonia äfft Isabelle nach, die allen ihre Urlaubsfotos zeigt, ob sie sie sehen wollen oder nicht.«

Franky grinste. »Also alles beim Alten«, witzelte er.

In dem Moment läutete die Schulglocke. Gemeinsam schlenderten die drei Freunde ins Klassenzimmer. Dort standen ihre Klassenkameraden noch herum, keiner machte Anstalten, sich hinzusetzen. Alle waren im Sommerferienmodus.

Emma schaute sich um. »Wo ist Jaron?«, fragte sie.

»Keine Ahnung«, antwortete Antonia, »Angelika und er sind gestern Abend ziemlich spät aus dem Urlaub zurückgekommen. Heute Morgen habe ich auf ihn gewartet, doch er ist nicht aufgetaucht, und so bin ich alleine gefahren.«

»Komisch. Vielleicht ist er krank?«, fragte Emma.

Franky zuckte mit den Schultern.

Sie wurden unterbrochen, als die Tür zum Klassenzimmer aufging und die Schulleiterin hereinkam. Schnell setzten sich alle auf ihre Plätze, denn jeder wusste, dass Frau Nitsche-Dieterle fair war, aber auch sehr streng sein konnte.

Hinter ihr betrat eine etwa 25-jährige Frau mit langen blonden Haaren den Raum. Sie trug Jeans und eine weiße Bluse und lächelte freundlich. Über ihrer rechten Schulter hing lässig ein Rucksack, und in der Hand hielt sie eine Kaffeetasse.

»Wer ist das denn?«, flüsterte Emma Antonia zu.

»Keine Ahnung, bestimmt eine neue Referendarin«, flüsterte Antonia zurück.

Gerade als die Schulleiterin etwas sagen wollte, flog die Tür auf. Jaron stürmte ins Klassenzimmer und rannte in die junge Frau. Ihr Arm mit der Kaffeetasse in der Hand flog nach oben und der Kaffee floss über ihre Bluse. Die ganze Klasse kicherte. Emma hielt sich die Hand vor den Mund.

Jaron wurde knallrot. »Oh, das wollte ich nicht!«, stotterte er.

»Junger Mann, das gibt es doch nicht!«, blaffte Frau Nitsche-Dieterle.

»Sorry, echt, tut mir voll leid. Ich werde Ihnen die Reinigung bezahlen«, sagte Jaron im Versuch, die für ihn äußerst peinliche Situation zu retten.

»Hey, schon gut«, meinte die junge Frau, »das kann doch mal passieren.« Sie lächelte ihn freundlich an, während sie versuchte, den Kaffee mit einem Taschentuch abzutupfen.

»Warum kommst du erst jetzt?«, fragte die Schulleiterin.

»Ich, äh, ich habe verschlafen«, stotterte Jaron wieder und sah auf den Boden.

Er tat Emma leid. Normalerweise war Jaron zuverlässig und pünktlich.

»Wir sind gestern ziemlich spät aus dem Urlaub zurückgekommen«, fuhr er fort.

»Soso. Na gut.« Frau Nitsche-Dieterle schüttelte den Kopf. »Aber das passiert nicht noch einmal, haben wir uns verstanden?«

Jaron nickte stumm.

Der strenge Blick der Schulleiterin wurde freundlicher. »Dann setz dich. Und mit Frau Rahn regelst du die Reinigung.« Jaron warf der jungen Frau einen verwunderten Blick zu, nickte dann und setzte sich.

»Rahn?«, wiederholte Emma flüsternd und sah Antonia an. »Die hat den gleichen Nachnamen wie Jaron.«

»Ja, anscheinend. Aber das ist doch nicht so ungewöhnlich, oder?«, antwortete Antonia leise.

Emma musterte die junge Frau. »Die sieht auch irgendwie aus wie Jaron.«

»Hä?« Antonia blickte Frau Rahn verwundert an.

»Ja, guck doch mal, die Gesichtszüge. Das könnte voll die Schwester von Jaron sein«, beharrte Emma.

Antonia überlegte und meinte dann: »Ja, stimmt irgendwie.«

»Bitte hört auf zu flüstern.« Das war wieder die Schulleiterin. »Ich möchte euch Frau Rahn vorstellen. Sie wird ab diesem Jahr eure Klasse übernehmen.«

»Wo ist denn Frau Richter?«, fragte Isabelle, die nicht sehr begeistert schien, dass sie eine neue Lehrerin bekamen.

»Oh, die Lieblingsschülerin der Richter sieht ihre Felle davonschwimmen«, zischte Antonia.

»Frau Richter hat aus privaten Gründen die Schule gewechselt«, erklärte Frau Nitsche-Dieterle.

»Und warum erfahren wir das erst am ersten Schultag?«, fragte Isabelle schnippisch.

Emma lächelte, als sich der Gesichtsausdruck der Schulleiterin verfinsterte.

»Soweit ich weiß, leite ich die Schule und ich muss mich nicht rechtfertigen«, erwiderte sie.

Jetzt grinste auch Antonia. Isabelle sagte kleinlaut: »Klar. Tschuldigung.«

»Gut, dann sehen wir uns in der nächsten Stunde im Schulgottesdienst.« Frau Nitsche-Dieterle verließ das Klassenzimmer.

Frau Rahn trat an den Lehrertisch und stellte ihre nun leere Tasse und den Rucksack ab. Der Kaffeefleck auf ihrer Bluse hatte sich noch mehr ausgebreitet, doch das schien sie nicht zu bemerken. Sie lächelte die Klasse an und sagte: »Ich freue mich, eure Klassenlehrerin zu sein. Ich denke, wir werden uns gut verstehen.«

Nachdem alle ihre Vornamen genannt hatten, erzählte Frau Rahn, dass sie die Klasse in Deutsch und Geschichte unterrichten würde. Sie hatte letztes Jahr das Referendariat an einer Schule in Würzburg abgeschlossen und die 7c war ihre erste Klasse als »echte« Lehrerin.

Kapitel 3:

Auf dem Schulhof

Nach dem Schulgottesdienst trafen sich die vier vom See auf dem Pausenhof.

»Die neue Lehrerin ist voll nett«, sagte Franky, während er ein großes Stück Pizza Regina aus einer Tüte zog. Frankys Eltern gehörte die beste Pizzeria in Allmannshausen und Franky liebte Pizza Regina. »Und«, fügte er hinzu, »sie könnte echt mit dir verwandt sein, Jaron.« Er sah seinen besten Freund an.

»Findest du?«, fragte Jaron ungläubig. »Warum das denn?«

»Na, die sieht dir voll ähnlich«, stimmte Emma ein und Antonia nickte kräftig.

»Vielleicht seid ihr wirklich verwandt«, überlegte sie, »ich meine, ihr habt immerhin den gleichen Nachnamen.«

»Pfff, keine Ahnung.« Jaron zuckte mit den Schultern. »Ich kenne sie jedenfalls nicht.«

»Aber du wirst sie kennenlernen«, prustete Franky, »beim Waschen der Bluse!«

Die Mädchen lachten.

»Oh Mann, das war so megapeinlich!«, stöhnte Jaron und grinste gequält.

»Hallo ihr vier«, hörten sie eine Stimme. Ihre neue Klassenlehrerin Frau Rahn stand hinter ihnen. »Ich habe gehört, dass ihr in der Seeburg wohnt.«

»Ja, äh, also nein«, antwortete Emma. Die Frage verwirrte sie.

»Jaron und ich wohnen in der Seeburg«, ergriff Antonia das Wort.

»Ah, seid ihr Geschwister?«, fragte Frau Rahn.

»Nein. Meine Eltern sind die Herbergseltern der Jugendherberge, und Jarons Mutter arbeitet dort. Deshalb wohnt er auch da.«

»Ah, verstehe.«

»Woher wissen Sie das?«

»Was?«

»Dass wir in der Seeburg wohnen.«

»Ach, Frau Nitsche-Dieterle hat mir davon erzählt. Ich kenne die Seeburg nämlich aus meinen Recherchen.«

»Was für Recherchen?«, wollte Franky wissen.

»Ich habe meine Masterarbeit über die Burgen und Schlösser rund um den Starnberger See geschrieben. Da ist mir auch die Seeburg begegnet.«

»Cool! Haben Sie etwas Besonderes rausgefunden?«, fragte Antonia neugierig.

»Na ja, nicht wirklich. Die Seeburg ist ja keine richtige Burg. Sie ist eine Villa, die wie eine Burg aussieht. Ein reicher Kaufmann aus München hat sie vor 120 Jahren gebaut.«

»Ja, das weiß ich«, stimmte Antonia zu, »und irgendwann hat sie mein Großvater übernommen.«

»Christoph Reihmann?«, fragte die Lehrerin.

Antonia sagte verblüfft: »Äh, ja. Mein Opa hieß Christoph.« Sie runzelte die Stirn. Es kam ihr komisch vor, dass die junge Lehrerin so viel über sie wusste.

Die bemerkte das und sagte: »Tut mir leid, dass ich dich so überrumpelt habe. Ich musste damals alle Besitzer oder Hausherren jeder Burg und jedes Schlosses am Starnberger See auflisten. Und als ich hergezogen bin, hab ich mir noch mal durchgelesen, was ich über die Seeburg geschrieben habe. Aber viel mehr weiß ich auch nicht.«

»Dann haben Sie aber ein gutes Gedächtnis«, meinte Emma beeindruckt.

»Namen kann ich mir gut merken«, stimmte Frau Rahn zu. Sie sah auf ihre Uhr. »Na dann, bis gleich. In zehn Minuten geht der Unterricht weiter. Ich muss bis dahin noch was kopieren.«

Als sie weg war, drehte sich Antonia zu ihren Freunden um. »Was geht denn hier ab?«, fragte sie. »Woher weiß sie das alles?«

»Schon komisch«, bestätigte Jaron.

»Das ist bestimmt nur Zufall. Sie hat doch gesagt, dass sie das alles für ihre Masterarbeit rausfinden musste«, sagte Emma.

»Ich weiß nicht.« Antonia gab sich nicht zufrieden. »Und dann hat sie auch noch den gleichen Nachnamen wie Jaron. Das ist doch kein Zufall!«

»Stimmt«, antwortete Franky und nickte ernst. »Sie ist wahrscheinlich eine Agentin, die der Familie Reihmann und ihrem Jugendherbergssyndikat das Handwerk legen will. Agentin 007c – unterwegs im Dienst der Krone.«

»Du bist so ein Spinner!« Antonia lachte und knuffte Franky in die Seite.

»Sollen wir uns heute Nachmittag im alten Heinrich treffen und ein wenig chillen?«, fragte Antonia nach Schulschluss, als die vier Freunde Richtung Allmannshausen radelten. Rechts von ihnen schimmerte der See und Segelschiffe zogen darauf ihre Runde.

Der alte Heinrich war ein ehemaliger Zirkuswagen direkt vor der Seeburg. Die vier Freunde hatten sich dort ein gemütliches Bandenquartier eingerichtet mit einem Sofa und einem kleinen Labortisch für Emma.

»Würde ich ja gerne, aber ich kann nicht«, antwortete Emma traurig, »ich muss heute Nachmittag auf Mia aufpassen. Manuela hat irgendeinen komischen Termin und Papa ist im Labor.« Emmas Eltern waren geschieden, und seitdem ihre Mutter mit ihrem neuen Mann nach Berlin gezogen war, wohnte sie bei ihrem Vater, seiner Frau Manuela und ihrer Halbschwester Mia. Emmas Vater war Chemiker und in der Villa der Familie lag auch sein Labor.

»Ich kann auch nicht, bevor ich zum Kung-Fu gehe, mähe ich noch den Rasen bei Frau von Beilstein«, sagte Jaron.

»Du mähst Rasen bei wem?« Antonia sah ihn erstaunt an.

»Bei der alten Frau von Beilstein aus dem Jägerhaus«, antwortete Jaron.

Frau von Beilstein war eine entfernte Verwandte von Isabelle, aber sehr nett und nicht so eingebildet wie ihre Verwandten im Schlosshotel Unterallmannshausen.

»Echt? Seit wann das denn?«, wollte Antonia wissen.

»Hab es vor unserem Urlaub zum ersten Mal gemacht.«

»Cool, wie bist du denn an den Job gekommen?«, wollte Emma wissen.

»Ach, Mama ist irgendwie mit der Dame ins Gespräch gekommen und da erwähnte sie, dass sie jemanden braucht, der Rasen mäht und so …«

»Kann das nicht der Hausmeister vom Schlosshotel machen? Der muss doch sowieso für Zendaya aufräumen!«, spottete Antonia.

Alle lachten.

»Ich bin ganz froh, dass ich das machen kann. Ich kriege 50 Euro im Monat dafür«, erwiderte Jaron, »und außerdem darf ich auf das Boot.«

»Welches Boot?«, fragte Emma interessiert.

»Das Segelboot an der Boje vor dem Löwensteg. Das gehört ihrer Tochter.«

»Ich wusste gar nicht, dass Frau von Beilstein eine Tochter hat«, meinte Antonia verwundert.

»Hat sie. Die wohnt in Hamburg und ist nur manchmal da«, erklärte Jaron.

»Und du darfst mit dem Boot auf dem See rumfahren?«, wollte Franky wissen. Seine Augen blitzten abenteuerlustig.

»Nein, alleine nicht. Ich darf hinrudern und dort abhängen. Dabei soll ich ab und zu mal nachsehen, ob alles in Ordnung ist«, antwortete Jaron, »aber mit einem Erwachsenen zusammen dürften wir auch segeln gehen, meinte sie. Einer, der einen Segelschein hat.«

»Cool, das sollten wir mal machen«, rief Emma. »Papa hat einen.«

»Echt?«, fragte Jaron erfreut. »Das wusste ich gar nicht. Dann können wir das ja wirklich mal machen.«

An der Seeburg trennten sich ihre Wege. Franky radelte weiter nach Allmannshausen zur Pizzeria und Emma fuhr an der Seestraße entlang nach Ammerland zur Villa, in der ihre Familie wohnte.

Kapitel 4:

Der Zusammenstoß

Ein paar Tage später saß Antonia in ihrem Zimmer über den Hausaufgaben, als es klopfte und die Tür aufging. Ihre Mutter Gitti steckte den Kopf ins Zimmer. »Antonia, bringst du bitte den Müll nach draußen?«, forderte sie ihre Tochter auf.

»Ach Mama, die Zwillinge sind dran«, maulte Antonia.

»Ich weiß, aber die sind nicht da. Also bist du dran.«

»Aber Emma kommt gleich!«, protestierte Antonia.

»Meine Güte, das dauert fünf Minuten!«, rügte Gitti. »Die Zeit wirst du ja wohl noch haben.«

Antonia schnaubte genervt, stand aber auf und folgte ihrer Mutter in die Küche. »Vergiss den Biomüll nicht«, ermahnte sie diese.

»Jaja«, murmelte Antonia. Sie riss Bio- und Restmüllbeutel aus ihren Eimern und stapfte aus der Wohnung.

Als sie im Erdgeschoss um die Ecke bog, kam ihr ein Mädchen entgegengerannt. Keine der beiden konnte rechtzeitig bremsen und sie knallten zusammen. Durch den Aufprall riss der Biomüllbeutel und der Inhalt verteilte sich auf dem Fußboden.

»Mann, kannst du nicht aufpassen!«, schrie Antonia das Mädchen an. Es war etwa so alt wie sie, mit schwarzen Haaren, einer Jeans mit Löchern und einer schwarzen Lederjacke. Um den Hals trug sie einige Ketten und um das Handgelenk mehrere Nietenarmbänder.

»Hey, was willst du!?«, raunzte das Mädchen zurück. »Du bist ja wohl diejenige, die aufpassen sollte.«

»Wie bitte?«, antwortete Antonia empört. »Du rennst rum wie 'ne Irre und jetzt liegt hier der ganze Müll rum!«

Das Mädchen lachte nur und meinte: »Na, dann heb ihn mal schön auf.« Sie hob einen Fuß und rührte damit im Müll, sodass sich der Haufen noch mehr verteilte.

»Sag mal, spinnst du?!«, rief Antonia fassungslos.

»Was hast du gesagt?«, zischte das Mädchen.

»Du spinnst!«, wiederholte Antonia. Das Mädchen zog die Augenbrauen zusammen und kam drohend auf sie zu.

Die war überrumpelt von der aggressiven Reaktion der Unbekannten, aber fest entschlossen, nicht einzuknicken. Langsam stellte sie den Restmüll, den sie immer noch in der Hand hielt, auf den Boden.

Das Mädchen baute sich vor ihr auf. »Nimm das sofort zurück oder du bereust es!«

Antonia sah sie wütend an.

»Was ist hier los?«, rief eine Männerstimme aus Richtung Speisesaal. Antonia drehte sich um. Ein Mann um die vierzig kam auf sie zu.

»Naila, was hast du jetzt wieder angestellt?«, fragte er barsch. Er schien einer der Lehrer zu sein, die an diesem Nachmittag mit ihren Klassen angereist waren.

»Ich hab gar nichts gemacht!«, schrie Naila ihn an. »Diese dumme Kuh ist in mich reingerannt! Sie ist selbst schuld, dass der ganze Müll jetzt hier rumliegt.«

»Stimmt das?«, fragte der Lehrer Antonia.

»Nein! Die ist in mich reingerannt!« Antonia ließ nicht locker.

»Okay, wenn ihr euch nicht einigen könnt, räumt ihr das zusammen auf«, beschloss der Mann, drehte sich um und ging davon.

»Aber, das …«, rief ihm Naila hinterher, doch das hörte er schon nicht mehr.

Antonia sah sie an. »Ich hole einen neuen Beutel und dann machen wir da alles rein, okay?«, sagte sie.

»Vergiss es!«, fauchte Naila, drehte sich um und verschwand um die Ecke.

Völlig fassungslos blieb Antonia zurück. Noch nie hatte sich jemand in der Jugendherberge so aggressiv und rücksichtslos verhalten. Da sie aber keine Lust auf einen weiteren Konflikt hatte, schob sie den Müll provisorisch an die Seite und ging seufzend zurück in die Wohnung. Als sie mit einem neuen Müllbeutel, Besen und Schaufel zurückkam, öffnete gerade Emma die Haustür.

Verwundert blickte sie auf das Chaos im Flur. »Was ist denn hier los?«, fragte sie und bückte sich sofort, um zu helfen.

Während die Freundinnen den Müll zusammenklaubten und wegbrachten, erzählte Antonia ihr, was geschehen war. Emma war ebenso verblüfft wie sie über das Verhalten des fremden Mädchens.

Nachdem die Mädchen ein paar Runden Tischtennis gespielt hatten, nahm Emma gerne Gittis Einladung an, zum Abendessen zu bleiben. Sie liebte es, mit der ganzen Familie Reihmann am großen, runden Tisch in der Wohnküche zu sitzen. Das gab es bei ihr zu Hause selten.

»Und, wie ist eure neue Lehrerin?«, fragte Gitti Antonia und Emma.

»Die ist echt nett«, antwortete Emma.

»Ja, sie heißt Rahn mit Nachnamen, so wie Jaron«, erzählte Antonia.

»Und sie weiß voll viel über die Seeburg«, fuhr Emma fort,

»sie hat über die Burgen und Schlösser am Starnberger See ihre Masterarbeit geschrieben.«

»Interessant«, meinte Andreas. Emma fiel auf, dass er sich bis zu diesem Punkt nicht an der Unterhaltung beteiligt hatte. Es war ungewöhnlich, dass er so still war.

»Sie wusste sogar den Namen von Opa Christoph«, fuhr Antonia fort und biss von ihrem Wurstbrot ab.

»So?«, fragte Andreas und runzelte die Stirn. »Das ist ja außergewöhnlich.«

»Na ja, schon, aber das findet man schnell raus, wenn man will«, meinte Gitti. Sie hob eine große Portion Salat in Antonias Salatschüssel, die sie entsetzt ansah.

»Mann, Mama!«, maulte sie.

»Vitamine sind gesund«, antwortete Gitti.

»Ja, und schmecken eklig«, knurrte Antonia. Sie legte ihr Brot beiseite und pikste mit der Gabel lustlos ein Salatblatt auf.

»Mama, dürfen wir heute Nacht in der Hütte schlafen, die wir uns im Wald gebaut haben?«, fragte Luca mit vollem Mund. »Das wär so cool!«

»Au ja, Mama!«, stimmte Sina begeistert zu.

Emma musste lächeln. Die jüngeren Geschwister von Antonia waren zwar oft nervig, aber manchmal eben auch süß.

»Äh … nein«, antwortete Gitti.

»Ach Mann, nie dürfen wir in Hütten schlafen«, maulte Luca.

»Ja, ich weiß, das ist gemein«, erwiderte Gitti gelassen, »aber so sind Eltern halt.«

»Da waren einige andere im Wald heute«, meinte Sina. »Und dann war da noch so ein nettes Mädchen.«

»Nettes Mädchen?«, fragte Gitti.

»Ja, die hat uns geholfen, Stöcke für unser Haus zu sammeln«, ergänzte Luca.

»Die sah nur komisch aus«, fuhr Sina fort, »die war so schwarz angezogen und hat gruselige Armbänder angehabt. Aber trotzdem war sie voll nett.«

»Ja, sie hat mit uns gespielt«, sagte ihr Zwillingsbruder.

»Das war bestimmt Naila«, warf Andreas ein.

Emma sah, wie Antonia aufschreckte.

»Naila?«, fragte Antonia. »Das ist das Mädchen, das voll in mich reingerannt ist!«

Nun wusste auch Emma, woher sie den Namen kannte.

»Das war so eine dermaßen blöde Kuh!«, schimpfte Antonia. Dann erzählte sie, was am Nachmittag passiert war.

Andreas Reihmann nickte. »Sie ist mir bei der erlebnispädagogischen Einheit heute Nachmittag sofort aufgefallen«, meinte er. »Sie ist wohl vom Jugendamt in das Internat gesteckt worden. Ihre Klasse ist gerade hier auf Klassenfahrt.«

»Ein Internat?«, fragte Emma.

Andreas nickte. »Ja, das Internat Isartal. Die siebten Klassen kommen immer am Beginn des Schuljahrs zu uns. Ich mache dann mit ihnen ein Programm, um den Klassenverbund zu stärken und soziale Kompetenzen zu trainieren.«

»Soziale was?«, fragte Antonia.

»Soziale Kompetenzen«, wiederholte Andreas, »das heißt, dass alle gut miteinander umgehen. Diese Kinder haben da einige Herausforderungen, weil es ein Hochbegabteninternat ist.«

»Hochbegabteninternat? Das heißt, diese Naila ist hochbegabt?!«, fragte Antonia ungläubig.

»Anscheinend«, meinte Andreas unbeeindruckt.

»Niemals. Die ist dumm wie Brot«, erwiderte Antonia trocken.

Emma grinste.

»Wie kann denn ein Brot dumm sein?«, wollte Luca wissen und sah den kleinen Rest Brot auf seinem Teller an.

»Das sagt man nur so«, erklärte Gitti, »und jetzt iss dein Brot bitte auf.«

»Aber ich kann nicht mehr«, protestierte der Siebenjährige.

»Das ist nur noch ein Bissen. Bitte, ich will nicht schon wieder Essen wegschmeißen«, insistierte Gitti.

»Ach Mann«, maulte Luca, »dummes Brot.«

Alle lachten, aber Emma fiel auf, dass Andreas wieder merkwürdig ruhig blieb. Sie bemerkte auch, dass sich ihre Freundin immer noch ärgerte, und versuchte, das Gespräch in eine andere Richtung zu lenken. »Hattet ihr denn einen guten Tag?«, fragte sie Andreas und Gitti.

»Oh, das ist aber nett, dass du fragst«, sagte Gitti, »bis auf einen nervigen Brief vom Amt war alles in Ordnung.«

»Was für ein Brief?«, wollte Antonia wissen.

»Ach, den kriegen wir alle paar Jahre von der Behörde«, antwortete Andreas. Seine Miene zeigte Emma, dass es dieser Brief war, der ihn beschäftigte. Er fuhr fort: »Der hat mit der Verlängerung der Pachtverträge für die Seeburg zu tun.«

»Und was heißt das?«, fragte Antonia.

»Das Jugendherbergswerk hat die Seeburg vom Freistaat Bayern gepachtet, also gemietet«, erklärte er, »und alle paar Jahre müssen wir die Pachtverträge verlängern. Das ist ein ganz normaler Vorgang. Das Nervige daran ist nur, dass wir dann immer wieder neue Bedingungen aushandeln müssen.«

»Das heißt, die Burg gehört gar nicht euch?«, fragte Emma erstaunt.

»Nein, nein«, sagte Gitti und lachte, »dann wären wir wirklich reiche Leute.«

»Das Herbergswerk hat vor fünfzig Jahren den ersten Pachtvertrag abgeschlossen und mein Vater war der erste

Herbergsvater auf der Seeburg. Der Freistaat Bayern war damals sehr froh, einen Pächter zu finden, denn die Seeburg stand zuvor viele Jahre leer. Sie war in einem ziemlich schlechten Zustand. Die Pachtverträge laufen seitdem immer für zehn Jahre.«

»Und was würde passieren, wenn der Freistaat Bayern die Verträge nicht verlängert?«, fragte Emma.

»Dann müssten wir die Jugendherberge schließen und ausziehen«, erklärte Gitti.

»Was?« Antonia sah ihre Eltern fassungslos an. »Wir müssen ausziehen?«

»Antonia, alles gut. Reg dich nicht auf«, sagte Andreas sanft, »wir machen das ja nicht zum ersten Mal, das ist eine reine Formsache. Ich habe nächste Woche einen Termin auf dem Amt. Da regeln wir es neu und dann haben wir wieder zehn Jahre Ruhe. Kein Stress, okay?« Er sah seine Tochter eindringlich an.

Antonia nickte nachdenklich. Der Schreck darüber, dass es möglich war, dass sie ihr Zuhause verloren, steckte ihr sichtlich in den Knochen.

Nach dem Abendessen begleitete Antonia ihre Freundin vor die Seeburg, wo sie auf Emmas Vater warten wollten.

Während sie dort standen, wanderte das Abendrot hinter den Silhouetten der Bäume über den Himmel und tauchte den See in Rot und Gelb. Am gegenüberliegenden Ufer blitzten schon die ersten Lichter der Dörfer und Häuser auf. Es war sehr still, wunderbar ruhig, doch Emma bemerkte, dass ihre Freundin unruhig war.

»Alles klar bei dir?«, fragte sie.

»Ja, passt schon.«

»Das glaub ich dir nicht.«

»Ach, ich stelle mir gerade vor, wie es wäre, wenn wir hier ausziehen müssten«, seufzte Antonia und rührte mit einer Fußspitze im Schotterboden.

»Aber dein Papa hat doch gesagt, dass das nicht passieren wird«, meinte Emma beruhigend.

»Ja, ich weiß, aber irgendwie … ach egal, ich liebe diesen Ort einfach«, sagte Antonia und legte ihren Kopf auf Emmas Schulter.

Emma legte lächelnd einen Arm um ihre Freundin. »Ja, ich auch. Er ist ein Stück vom Himmel.«

»Das stimmt«, sagte Antonia, »ich bin echt froh, dass du meine Freundin bist.«

»Ich auch.«

Stumm standen sie aneinandergelehnt da und blickten auf den See, bis die Lichter des Autos von Emmas Vater auftauchten.

Kapitel 5:

Seltsame Ähnlichkeit

Am Samstag wollte Franky eigentlich ausschlafen, aber er wurde aus irgendeinem Grund schon früh wach. Damit ihn seine Eltern nicht zum Mithelfen in der Pizzeria verdonnern konnten, schnappte er sich ein Stück Pizza vom Vorabend und schwang sich auf sein Fahrrad, bevor sie aufwachten. Er radelte zur Seeburg, denn er war um 11 Uhr mit den anderen drei vom See im alten Heinrich verabredet.

Als Franky an der Seeburg ankam, war alles ruhig. Die Gäste im Wagendorf vor der Burg schliefen noch und auch von Familie Reihmann war nichts zu sehen. Nur ein Eichhörnchen rannte aufgeregt weg, als Franky auf den Parkplatz fuhr. Er stellte sein Fahrrad im Wirtschaftshof der Burg ab und ging zum alten Heinrich. Auf einmal bemerkte er einen Schatten hinter dem Fenster des alten Zirkuswagens. Dann hörte er, wie die Tür des Wagens aufging. Schnell versteckte er sich hinter einem Baum. Ein Mädchen mit schwarzen Haaren und einer schwarzen Lederjacke kam aus dem Wagen. Franky hatte sie noch nie gesehen. Da sie ungefähr so alt war wie er, vermutete er, dass sie ein Gast der Seeburg war. *Aber was macht sie im alten Heinrich? Und warum ist der nicht abgesperrt?*, wunderte er sich.

Er rief: »He, was machst du da?«, ohne aus seinem Versteck hervorzukommen. Das Mädchen sah sich erschrocken um und rannte dann in Richtung See. Sie schien ihn nicht entdeckt zu haben.

Schnell ging Franky zum alten Heinrich und sah sich um. Alles wie immer. Er zog die Schublade unter dem Tisch auf, fand aber nichts Ungewöhnliches.

Stirnrunzelnd setzte er sich aufs Sofa. *Bis die anderen kommen, dauert es noch eine Weile,* dachte er. Er holte sein Tablet aus seinem Rucksack und startete einen Film, aber noch vor dem Ende schlief er ein.

Als Jaron zwei Stunden später die Tür zum alten Heinrich aufriss, fuhr Franky erschrocken vom Sofa hoch und sah ihn ganz verdattert an.

»Was machst du denn schon hier?«, fragte Jaron erstaunt. Normalerweise war sein Freund nie der Erste, wenn sie sich trafen.

Franky rieb sich die Augen. »Ach, ich bin vor der Arbeit geflohen«, antwortete er und gähnte.

»Und dann wieder eingeschlafen, oder wie?« Jaron biss von einem Wurstbrötchen ab, das er sich aus der Küche mitgenommen hatte.

»He, es ist Samstag!«, wandte Franky ein.

Hinter Jaron tauchten Antonia und Emma im Türrahmen auf.

»Wow, ihr seid beide schon da?«, fragte Antonia. »Gibt's was umsonst oder was?«

»Franky ist der Frühaufsteher«, sagte Jaron, »ich bin gerade erst gekommen. Und ich kann nachher leider nicht mit auf den Flohmarkt gehen. Ich schneide bei Frau von Beilstein die Hecken. Dafür gibt's noch mal 50 Euro.«

»Wow, nicht schlecht, du wirst ja noch zum Unternehmer«, sagte Franky und setzte sich auf. Er sah seine Freunde an. »Oh Mann, ich muss euch erzählen, was ich heute Morgen gesehen habe.« Er erzählte seinen Freunden, was er beobachtet hatte.

»Das war garantiert diese Naila«, sagte Antonia und schüttelte missbilligend den Kopf. »Die ist so ein Freak, ich würde ihr zutrauen, dass sie einfach rumschnüffelt.«

»Das kannst du doch gar nicht wissen«, wandte Emma ein.

»Die Beschreibung passt aber genau auf sie«, widersprach Antonia.

»Wahrscheinlich hast du recht«, gab Emma zu.

»Diese Naila spinnt doch komplett. Wie ist sie überhaupt hier reingekommen?«, fragte Antonia Franky.

»Na, das ist nicht so schwer. Es ist ein altes Schloss. Das kriegt man mit einem Dietrich locker geknackt«, antwortete er.

»Und sie ist einfach weggerannt?«, fragte Jaron.

»Ja, die hat voll Schiss vor mir gehabt«, erklärte Franky stolz, »ist ja auch klar. Ich bin immerhin der Frankynator!«

»Ja, klar! Du bist eher der Pizzanator!«, gab Antonia trocken zurück.

»He!«, protestierte Franky, während die anderen lachten. Er wandte sich an Jaron. »Aber sag mal, was ist denn der Deal mit unserer neuen Lehrerin? Ist sie deine verschollene Cousine oder so?«

»Nee, das kann nicht sein. In unserer Verwandtschaft gibt es keine Janina Rahn«, antwortete Jaron.

»Hast du schon deine Mutter gefragt?«, wollte Emma wissen.

»Ja, hab ich, aber Mama kennt auch keine«, beharrte Jaron. Er war langsam genervt von der Fragerei.

»Vielleicht ist es eine entfernte Verwandte von dir, die deine Mutter nicht kennt?«, fragte Antonia.

Jaron zuckte mit der Schulter. Er hatte das Thema satt. »Und wenn schon. Ist doch egal, oder?«

»Ist Rahn eigentlich der Geburtsname deiner Mutter oder deines Vaters?«, fragte Franky.

»Der meines Vaters«, seufzte Jaron. »Mama hat seinen Namen bei der Hochzeit angenommen, ganz traditionell.«

»Dann müsste Janina Rahn ja mit deinem Vater verwandt sein«, überlegte Franky, »hat dein Vater Geschwister?«

»Ja, aber ich kenne meinen Onkel nicht. Der hat irgendwann den Kontakt zu meinem Vater abgebrochen, bevor ich geboren wurde.«

»Ich google mal«, sagte Franky und griff nach seinem Tablet.

Jaron stöhnte. »Mann, ernsthaft? Du übertreibst es mal wieder«, sagte er. Er ließ Franky aber weitermachen, denn er wollte keinen Streit anfangen.

Franky tippte »Janina Rahn« ein. Sofort erschienen massenhaft Bilder von Frauen mit diesem Namen.

»Janina Rahns gibt es ganz viele. Das bringt uns nicht weiter«, sagte er.

»Sie hat doch gesagt, dass sie in Würzburg ihr Referendariat gemacht hat. Vielleicht findest du etwas über sie, wenn du danach suchst«, schlug Antonia vor.

»Kein Problem«, meinte Franky und tippte erneut. Doch dann schüttelte er den Kopf. »Nein, da ist nichts. Hier ist ein Artikel über eine Anna Rahn, die hat irgendein Kung-Fu-Turnier gewonnen. Leider ohne Foto.«

»Was wollt ihr denn?« Jetzt wurde Jaron wirklich wütend. »Ich habe keine Ahnung, wer Janina oder Anna Rahn ist und warum die eine so aussieht wie ich und die andere Kung-Fu macht. Was weiß ich, wer das ist?!«

»Hey, jetzt komm mal runter«, sagte Antonia, »wir sind doch nur neugierig.«

»Dann lasst mich jetzt damit in Ruhe«, gab Jaron unwirsch zurück.

Für einen Moment war es ganz still im alten Heinrich.

»Warum stresst dich das so?«, brach Antonia schließlich das Schweigen.

Jaron sah sie nachdenklich an. Eigentlich wusste er das selbst nicht. »Weil ich, ach …«, stotterte er und überlegte. In ihm war ein komisches Gefühl, das er nicht so genau benennen konnte. Seit er von Köln an den Starnberger See gekommen war, ging es ihm richtig gut. Er hatte tolle Freunde gefunden, und es war, als wäre er schon immer hier gewesen. Aber er fühlte in sich ein Flüstern. Unsicherheit. Irgendwie hatte er Angst, dass sich etwas ändern könnte. Was, wenn diese Janina Dinge aus der Vergangenheit aufdeckte, die er lieber nicht wissen wollte? Dinge über seinen Vater, der vor acht Jahren gestorben war? Ihm war mulmig, als ob ein Geheimnis in der Luft läge.

»Jaron hat recht«, unterbrach Emma seine Gedanken, »es ist doch völlig egal, ob diese Janina etwas mit ihm zu tun hat, oder?« Sie sah die anderen an.

»Ja, stimmt«, gab Antonia zu und Franky nickte.

Jaron war erleichtert. Wenn es nach ihm ginge, würden sie nie wieder über die neue Lehrerin sprechen.

Kapitel 6:

Begegnung am Löwensteg

Als die Hecken von Frau von Beilstein so kurz waren, wie sie es sich wünschte, war Jaron völlig durchgeschwitzt. Es war für einen Spätsommertag noch richtig heiß, und ihm taten Arme und Beine weh, weil er die abgeschnittenen Äste einen kleinen Hügel hochgeschleppt hatte. Seine Klamotten waren dreckig und staubig. In seinen Haaren hingen kleine Blätter und seine Haut juckte.

Eine Abkühlung wäre jetzt genau das Richtige, dachte er, als er wieder an der Seeburg ankam. Andreas Reihmann saß gerade an der Rezeption und gab ihm gern den Schlüssel für den Löwensteg.

Der Löwensteg aus Beton gehörte zur Seeburg und war den Gästen der Jugendherberge vorbehalten. Den Namen Löwensteg trug er, weil auf ihm zwei steinerne Löwen auf den See hinausschauten und Wache hielten.

Als Jaron das kleine Gatter aufschloss, sah er, dass er nicht alleine war. Ein Mädchen saß auf einer der Statuen. Sie hatte lange schwarze Haare und trug Kopfhörer. Ihre schwarze Lederjacke hatte sie über den Kopf des Löwen gelegt. *Ist das diese Naila, von der Franky und Antonia gesprochen haben?*, fragte er sich.

Er zögerte und überlegte einen Augenblick, ob er einfach kehrtmachen sollte. In diesem Augenblick drehte sich das Mädchen um und blaffte ihn an: »Is' was?«

Jaron war für einen Moment überrumpelt, fasste sich dann aber und antwortete: »Äh, nein, ich will nur baden gehen.«

Das Mädchen musterte ihn und meinte: »Na, der Steg ist ja für alle da, oder?«

Jaron nickte und schloss das Bootshaus auf. Er zog sich seine Badehose an und stieg ins Wasser. Naila schenkte ihm keine weitere Beachtung. Einen flüchtigen Moment wagte Jaron, einen genaueren Blick in ihr Gesicht zu werfen. Sie schien ganz in Gedanken und strahlte eine stille Melancholie aus.

Das Wasser war kälter, als Jaron erwartet hatte. Seine Muskeln zogen sich zusammen, während er eintauchte und er schnappte nach Luft. Er schwamm einige Züge auf den See hinaus und legte sich dann auf den Rücken. Glücklich blinzelte er in die Sonne und streckte sich. Plötzlich zwickte sein Oberschenkel, dann durchfuhr ihn ein starker Schmerz. Die Muskeln in seinem Bein verkrampften sich. Für einen Moment blieb ihm die Luft weg. Panik stieg in ihm auf, als er versuchte, sich mit den Armen und dem anderen Bein über Wasser zu halten. Doch dann schoss der Schmerz auch in sein zweites Bein. Verzweifelt kämpfte er darum, nicht unterzugehen.

Das Mädchen auf dem Löwen schien zu bemerken, dass etwas nicht stimmte. »Alles okay bei dir?«, rief sie ihm zu.

Jaron konnte vor Schmerz nicht antworten, versuchte nur zu winken, während er mit den Armen paddelte, so schnell er konnte.

Das Mädchen sprang auf, kletterte von der Löwenstatue und sprang mitsamt ihren Kleidern in den See. Mit kräftigen Schwimmzügen erreichte sie Jaron. Sie packte ihn und zog ihn in Richtung Ufer, bis er im flachen Wasser am Strand neben dem Steg lag.

»Ich habe einen Krampf«, stöhnte Jaron.

»Beruhig dich«, meinte das Mädchen, »das hört gleich auf.«

Jaron setzte sich hin und rieb sich die Beine. Langsam ließ der Schmerz nach, aber er war immer noch sehr stark.

»Du musst aufstehen und rumgehen«, sagte Naila und wischte sich die nassen Haare aus dem Gesicht. Sie ging ein Stück den Strand hinauf und setzte sich dort in die Sonne.

Jaron versuchte, sich aufzurichten. Er stöhnte vor Schmerz, schaffte es aber auf die Beine. Vorsichtig ging er ein paar Schritte. Nach und nach wurde es besser. Nachdem er eine Weile hin- und hergegangen war, war der Krampf tatsächlich weg. Atemlos setzte er sich neben Naila.

»Danke«, sagte er.

»Kein Ding. Das mache ich jeden Tag.«

»Was machst du?«

»Na, Menschen retten.«

Jaron grinste. »Mann, tut mir leid«, sagte er, »ich war völlig überhitzt und bin wohl zu schnell ins Wasser gegangen.« Was für ein dummer Anfängerfehler! Es war ihm richtig peinlich.

»Jetzt ist dir wenigstens nicht mehr heiß.«

Jaron lachte. »Aber deine Sachen sind ganz nass«, sagte er.

»Das macht nichts. Bei dem Wetter trocknen die schnell.«

Jaron musterte Naila von der Seite.

»Bist du mit deiner Klasse in der Seeburg?«

»Ja, leider.«

»Warum leider?«

»Ach, das sind voll die Freaks. – Und du?«

»Ich wohne in der Seeburg.«

»Nicht schlecht! Die Burg ist schon krass. Gehört die dir?«

»Nein, nein«, antwortete Jaron lachend, »meine Mum arbeitet in der Jugendherberge. Deshalb wohnen wir dort.«

»Wie heißt du?«

»Äh, Jaron.«

»Cooler Name.«

»Danke.« Jaron musterte sie schüchtern von der Seite. Sie schien nett zu sein.

»Und du?«

»Naila.«

»Ah«, sagte Jaron. *Sie ist also tatsächlich das Mädchen, von dem die anderen erzählt haben,* dachte er. Laut antwortete er: »Auch cooler Name.«

Das Mädchen grinste. »Hey, hast du Bock, zu vapen?«, fragte sie plötzlich.

Die Frage war Jaron noch nie gestellt worden. Überrumpelt stotterte er: »Äh, nein, äh, ich rauche nicht, danke.« Ein paar ältere Jungs an seiner Schule rauchten zwar E-Zigaretten, aber in seinem Alter kannte er niemanden. Die Lehrer hatten sie darüber aufgeklärt, wie ungesund Vapes waren, und er hatte nicht vor, damit anzufangen.

Das Mädchen stand auf und ging durch das Törchen auf den Steg. Kurz darauf kam sie mit ihrem Rucksack wieder. Sie setzte sich neben Jaron und kramte darin herum. Jaron fiel das außergewöhnliche Symbol auf dem Rucksack auf: ein großer Totenkopf. Naila schob ein braunes Kuvert zur Seite und zog darunter eine kleine Dose hervor. Als sie den Deckel abnahm, sah Jaron darin eine E-Zigarette und mehrere kleine Kapseln. Auf der Zigarette stand »Black Mamba«. Naila zog die Zigarette und eine Kapsel heraus. Geschickt entfernte sie die Schutzfolie und steckte die Kapsel in das Mundstück. Sie zog genüsslich daran und inhalierte tief.

»Das tut gut«, seufzte sie. »Willst du auch mal?« Sie hielt ihm die Zigarette hin.

Jaron schüttelte den Kopf. »Nein, danke.«

Naila stieß eine große Wolke Dampf aus. Er roch stark nach künstlichem Apfelaroma, was Jaron ziemlich eklig fand.

»Was arbeitet deine Mum in der Burg?«

»Sie ist die Sekretärin.«

»Und dein Dad?«

»Lebt nicht mehr.«

Naila sah ihn an. »Oh, sorry. Meine Mum lebt auch nicht mehr. Sie ist bei meiner Geburt gestorben.«

»Das tut mir leid«, sagte Jaron.

»Schon gut«, wiegelte Naila ab. Sie nahm noch einen Zug. »Mein Dad ist ein berühmter Pianist, weißt du?«

»Cool.« Jaron fiel nichts Besseres ein.

»Er lebt in Japan.«

»In Japan? Ganz schön weit weg.«

»Ja, aber ich fahre bald zu ihm. Er wartet schon auf mich.« Das Mädchen blickte auf den See.

»Und warum bist du nicht bei ihm in Japan?«, fragte Jaron.

»Er hat total viel zu tun. Deswegen hat er mich ins Internat geschickt«, antwortete sie. »Hier.« Sie kramte wieder in ihrem Rucksack und zeigte ihm ein Foto auf ihrem Handy. Es zeigte einen Mann im Anzug an einem Flügel, der in die Kamera grinste.

»Cool«, sagte er, »ist dein Vater auch hier berühmt?«

Naila sah für einen Moment traurig aus. Dann zuckte sie mit den Schultern. »Nee, nur in Japan. Die stehen wohl besonders auf ihn, keine Ahnung warum.«

Jaron ahnte, dass hinter der Geschichte mehr steckte, als sie verriet.

»Ich fliege schon bald zu ihm«, fuhr Naila fort.

»Warum kommt er nicht zu dir?«, fragte Jaron.

»Er hat keine Zeit. Er muss viele Konzerte spielen. Aber ich hab die Kohle zusammen und fliege bald nach Japan.« Sie warf einen kleinen Stein ins Wasser.

»Okay.« Irgendetwas an dem Mädchen stimmte Jaron nachdenklich. *Was ist nur mit ihr?*, fragte er sich. *Und warum muss sie selbst das Geld für den Flug besorgen, kann ihr Vater ihr nicht einfach ein Ticket schicken?*

»Hier, das ist von Papa.« Naila holte unter ihrem nassen T-Shirt eine Kette hervor, an der ein Notenschlüssel-Anhänger baumelte.

»Meine Mama hat sie Papa zum Studienabschluss geschenkt.«

»Und warum hast du sie?«, wollte Jaron wissen.

»Die kam mit der Post, kurz nachdem ich ins Kinderheim kam.«

»Du warst in einem Heim? Schon vor dem Internat?«

Sie nickte.

»Und warum? Du hast doch einen Papa.«

Sie zuckte mit den Schultern. »Keine Ahnung. War schon immer da.«

»Und dein Papa hat dich nie besucht?« Jaron fand ihre Geschichte sehr seltsam und traurig.

Doch Naila schien nicht mehr erzählen zu wollen. Sie zeigte mit dem Arm aufs Wasser und fragte: »Gehört das Boot zur Seeburg?«

Jaron blickte in die angezeigte Richtung. Das Segelboot von Frau von Beilstein lag schaukelnd bei seiner Boje auf dem Wasser. Er schüttelte den Kopf. »Nein, das gehört nicht zur Jugendherberge. Das gehört einer ziemlich reichen Familie hier am See.«

»Cool, kennst du die?«

»Ja, ich mähe ihren Rasen und dafür darf ich auch manchmal auf das Segelboot.«

»Echt!?« Naila sah ihn abenteuerlustig an. »Kann ich da auch mal drauf?«

»Ja, klar«, antwortete Jaron, bereute es aber sofort.

»Cool«, sagte Naila, schmiss ihr Handy in den Rucksack und zog ein letztes Mal an der E-Zigarette, bevor sie sie wieder in der Dose verstaute. Sie stand auf. »Los, komm!«, forderte sie ihn auf.

Jaron sah verdutzt zu ihr empor und druckste dann herum: »Äh, nicht jetzt, ich muss erst Frau von Beilstein fragen.«

»Okay, aber vielleicht heute Abend?«

»Sorry, abends wird es Frau von Beilstein sicher nicht erlauben.«

»Morgen früh?« Sie ließ nicht locker.

»Da gehen wir in den Gottesdienst.«

»Echt? Ihr geht in die Kirche?«

Jaron runzelte die Stirn. Jetzt fand er Naila schon etwas nervig. Und je hartnäckiger sie war, desto weniger Lust hatte er, ihr das Boot zu zeigen. »Ich frag mal und geb dir dann Bescheid«, versprach er schließlich.

»Nice! Ich freu mich!« Damit schwang sie ihren Rucksack über die Schulter, drehte sich um und ging.

Jaron starrte ihr nach. *Was für ein merkwürdiges Mädchen*, dachte er.

Kapitel 7:

Diebstahl

Internat Isartal

Erich Wolfsell nahm seine Brille ab und legte sie auf den Schreibtisch. Müde stützte er die Ellbogen auf die Tischplatte, legte die Hände an sein Gesicht und rieb sich die Augen. Hinter seinen Augäpfeln spürte er, wie sich die Kopfschmerzen breitmachten, die ihn nach solchen Tagen oft quälten. *Diese verdammten Kinder,* dachte er*, ich werde wirklich zu alt für den Zirkus.* Er hasste es, zu unterrichten, und konnte sich kaum noch an die Zeit erinnern, in der er gerne Lehrer gewesen war. *Und morgen bin ich schon wieder in einer achten Klasse. Schlimmer kann die Hölle auch nicht sein.* Für einen Moment schloss er die Augen.

Er seufzte tief und öffnete die oberste Schublade seines Schreibtischs. *Ich muss wieder Nachschub besorgen,* dachte er, als er die letzte Zigarre herausholte. Erwartungsvoll schnitt er die Spitze ab und zündete die Zigarre an. Der erste Zug war wie immer der beste. Genüsslich stieß er den Rauch aus und spürte der Entspannung nach, die sich in ihm breitmachte. Er lehnte sich in dem Lederstuhl zurück und nahm noch einen Zug.

Der Gong zur nächsten Stunde ertönte, doch Wolfsell blieb sitzen. Er hatte eine Freistunde, bevor er wieder unterrichten musste, und die wollte er in Ruhe genießen. Nach und nach verstummte der Lärm der Schüler im Hof vor seinem Fenster, als diese zu ihren Klassenzimmern zurückströmten. Es wurde still. Doch auf einmal hörte der Schulleiter, wie vor seinem Fenster wieder Stimmen ertönten. Kinder kreischten und lachten. *Ach Mann,* dachte er, *was hat man sich nur dabei gedacht, als man das Büro des Schulleiters in einem Raum untergebracht hat, der direkt auf den Schulhof geht?* Verärgert ging er mit der Zigarre in der Hand zum Fenster und öffnete es.

»Seid ihr wohl verdammt noch mal ruhig da unten!«, brüllte er den Kindern im Hof zu. Die erschraken fürchterlich und waren mit einem Schlag still. Zufrieden grinsend schloss er das Fenster wieder.

Als er sich zum Zimmer hin umdrehte, fiel sein Blick auf den Boden. Etwas Glänzendes lag halb versteckt unter dem rechten Samtvorhang. Er bückte sich und hob es auf. *Das ist ein Ohrring,* dachte er verwundert, als er das Schmuckstück in seiner Hand genauer ansah. *Wie kommt der denn hierhin?*

Er sah sich im Zimmer um. *Jemand muss hier gewesen sein,* dachte er. Aber alles sah so aus wie immer. Ob die Putzfrau ihn verloren hatte? Aber die Dame kleidete sich eher schlicht und dieser Ohrhänger war zum Arbeiten sicher unpraktisch.

Plötzlich kam ihm eine fürchterliche Ahnung. Schnell legte er die Zigarre in den Aschenbecher auf seinem Schreibtisch, den Ohrring daneben. Er eilte zu dem Gemälde, hinter dem sich der Wandtresor verbarg, und hob das Bild von der Wand. Sein Atem ging schneller, als er die Kombination eingab und den Griff drehte. Er öffnete die Tür.

Es ist weg! Entsetzt blickte er hinein. Nicht nur die Umschläge mit dem Geld fehlten, sondern auch die Luftpolstertasche mit den Unterlagen. Sein Herz begann zu rasen, für einen Moment wurde ihm schwindelig. Dann wurde ihm schlecht, der Schweiß brach ihm aus. Er setzte sich auf das Sofa, beugte sich nach vorn und legte die Arme auf die Knie. Eine Weile konnte er keinen klaren Gedanken fassen, doch dann setzte sein Verstand wieder ein. Er stand auf, ging zum Schreibtisch und nahm den Ohrring noch einmal in die Hand. *Der könnte einem der Mädchen gehören,* dachte er. *Oder einer Lehrerin.*

Wolfsell eilte hinaus. Die Zigarre qualmte noch lange im Aschenbecher vor sich hin.

Im Lehrerzimmer sprach er die dort anwesenden Lehrkräfte an. »Entschuldigen Sie bitte. Auf dem Gang habe ich gerade diesen Ohrring gefunden. Wissen Sie vielleicht, wem er gehört? Er sieht wertvoll aus, ich möchte ihn ungern in die Fundkiste legen«, log er.

Er gab den Ohrring dem Lehrer, der rechts von ihm am Tisch saß, der betrachtete ihn, schüttelte dann den Kopf und gab ihn weiter. Erst die vierte Lehrerin blickte Wolfsell an. »Ich glaube, ich weiß es«, sagte sie, »er ist mir aufgefallen, weil der Stein so hübsch ist.«

»Ah, das ist gut. Und wie heißt die Besitzerin?«

»Naila Seiffert. Sie geht in die 7b.«

»Danke«, sagte Wolfsell zufrieden. »Wären Sie so nett und würden ihn Naila zurückgeben, wenn Sie das nächste Mal in der Klasse sind?«

Seine Kollegin nickte und steckte das Schmuckstück ein.

Naila Seiffert, dachte der Schulleiter, während er das Lehrerzimmer wieder verließ, *wir sprechen uns noch!*

Kapitel 11:

Das neue Zuhause der Familie Reihmann

Die Seeburg am Starnberger See, Mai 1975

»Warum geht es nicht weiter?«, fragte Christoph Reihmann laut. Ein wenig Ärger schwang in seiner Stimme mit, als er die Bauarbeiter fixierte, die im Innenhof der Burg warteten und rauchten. Sie hatten die Steine vom Platz vor der Burg in den Innenhof gebracht und standen nun in einer Gruppe zusammen. Die Männer drehten sich zu ihm um. Einer nahm einen Zug aus seiner Zigarette. Er presste dabei den Filter mit den Lippen zusammen, seine Wangen eingezogen, als wolle er den letzten Rest Qualm aus dem Stängel quetschen. Dann schnippte er den Stummel auf den Boden, drehte ihn mit der Fußspitze zu einem Fleck und ging ein paar Schritte auf Christoph zu.

»Wenn das Material nicht da ist, können wir nicht arbeiten«, knurrte er, sichtlich verärgert, weil Christoph seine Pause unterbrach.

»Was soll das bedeuten: Das Material ist nicht da?«, fragte Christoph. »Die Backsteine sind doch geliefert worden.«

»Das bedeutet, dass wir ohne Zement keinen Mörtel mischen können«, antwortete der Bauarbeiter spöttisch, »und

Backsteine ohne Mörtel aufeinanderstapeln? Das machen Kinder, die mit Bauklötzen spielen. Da wir Maurer sind und keine Kinder, können wir nicht arbeiten. Also geht es nicht weiter.«

»Zement? Aber der sollte doch schon vor zwei Tagen geliefert werden.«

Der Bauarbeiter zuckte mit den Achseln. »Keine Ahnung. Ich bin nicht für die Materialbeschaffung zuständig.«

»Nein, Sie nicht. Der Vorarbeiter ist es. Wo ist der Mann?«

»Der ist vor einer halben Stunde Richtung Starnberg weggefahren. Wollte schauen, wo der Zement bleibt«, erwiderte der Mann grinsend. Er griff in die Brusttasche seiner blauen Arbeitshose, zog eine zerdrückte Schachtel hervor und schüttelte sie, bis ihm eine neue Zigarette in die Hand fiel. Bevor er zu seinen Kollegen zurückging, warf er Christoph einen letzten Blick zu, in dem so etwas wie Triumph lag. Er flüsterte den anderen Männern etwas zu und sie grinsten. Christoph war sich sicher, dass sie über ihn lachten.

Der Bauarbeiter ließ sich von einem Kollegen Feuer geben, legte den Kopf in den Nacken und blies eine große Rauchwolke in den Himmel über dem Burghof. Das Gespräch war für ihn eindeutig beendet.

Christoph seufzte tief, schüttelte den Kopf und wandte sich ab. Er fragte sich, warum die Bauarbeiter sich ihm gegenüber so seltsam benahmen. Frustriert ging er durch den Haupteingang in das Gebäude, um einen Blick auf die Stelle zu werfen, wo eine neue Mauer den zukünftigen Speisesaal abtrennen sollte. Das Loch sah noch genauso aus wie am Tag zuvor. Staub und Steinkrümel lagen überall, die Fenster, die nur notdürftig gegen den Dreck geschützt worden waren, bedeckte ein grauer Schleier, sodass es unmöglich war, hinauszublicken. Es war unvorstellbar, dass dieser schweigende, dreckige, nach Zementstaub riechende Raum in nur wenigen Wochen mit sonnengebräunten jungen Leuten gefüllt sein sollte, mit dem Geruch von Spaghetti Bolognese, Sonnencreme und Hagebuttentee, mit Lachen und dem Geklirr von Tellern.

»Sacklzement«, fluchte Christoph leise. »Wenn das so weitergeht, werden wir nie fertig.«

Er hatte große Pläne mit der Seeburg, mit dieser etwas gruseligen Villa, die seit vielen Jahren leer stand. Vor wenigen Monaten hatte das Deutsche Jugendherbergswerk den Zuschlag für den Pachtvertrag bekommen und viele in der Organisation hatten das als großen Glücksfall eingestuft. *Ob es das wirklich ist?*, fragte sich Christoph. Der Freistaat Bayern hatte wenige Alternativen gehabt, seit Jahren hatte sich niemand mehr für das heruntergekommene Gebäude interessiert, dessen Fenster eingeschlagen oder mit Brettern verschlossen waren und in dessen Dachstuhl Fledermäuse nisteten.

Ende des 19. Jahrhunderts hatte sich ein reicher Geschäftsmann die Burg ans Ufer des Starnberger Sees gebaut. Später waren darin ein Kinderheim und ein Erholungsheim für Soldaten untergebracht gewesen. Die Ausstattung und die Bäder waren zuletzt in den 50er-Jahren erneuert worden und somit 20 Jahre alt. Außerdem stand das Gebäude unter Denkmalschutz, was bedeutete, dass eine Sanierung auf die ursprüngliche Gestaltung Rücksicht nehmen musste. Das verkomplizierte und verteuerte jeden Umbau gewaltig. *Es gibt so viel zu tun, bevor sich hier wieder jemand wohlfühlen kann*, dachte er.

Christoph war das Projekt voller Enthusiasmus angegangen. Er würde zum ersten Mal als Herbergsvater eine eigene Jugendherberge führen. Bisher hatten er und Gerlinde in anderen Einrichtungen mitgearbeitet. Der Start als Leiterpaar – und dann gleich eine solch besondere, so toll gelegene Herberge, eine Riesensache! Hier würde ihre Familie ein bleibendes Zuhause finden.

Christoph wandte sich ab, ging den Gang wieder zurück und eine kleinere Treppe hinauf in die Räume über dem Burgtor. Auch hier war eine Baustelle, wenn auch eine kleinere: In den vier Zimmern, deren Fenster hinaus auf den Platz vor der Burg schauten, entstand gerade die neue Wohnung für seine Familie. Im Bad kreischte eine Säge. Der Fliesenleger sah nur kurz auf und nickte ihm zu, als Christoph an der Tür vorbeiging. In der Küche warteten leere Wände auf die Einbauküche, die in der kommenden Woche geliefert werden sollte.

Der 45-Jährige trat an die großen Panoramafenster und blickte hinaus in den Wald. *Ich glaube, wir werden uns hier sehr wohlfühlen,* dachte er. *Ein toller Ort, um Kinder großzuziehen.*

Auf dem Weg hinaus auf den Parkplatz kam ihm sein Vater Theodor entgegen. Christophs zwölfjähriger Sohn Thomas ging neben seinem Großvater, sah sich staunend um und kommentierte fröhlich, was er sah. Seine Stimme hallte im Durchgang wider. Christoph vergaß seinen Ärger und musste lächeln. Thomas war zum ersten Mal auf der Seeburg und seine Begeisterung über ihr zukünftiges Zuhause war ansteckend.

»Hallo ihr beiden«, begrüßte er sie, »na, was sagt ihr? Das ist doch mal ein beeindruckendes Gemäuer, oder nicht?«

»Ja, eine richtige Burg!« Thomas sprudelte fast über. »Papa, man kann hier sogar schwimmen gehen!«

Christoph und Theodor mussten lachen.

»Ja, das habe ich dir doch erzählt«, antwortete sein Vater, »es gibt eine eigene Badestelle für die Burg. Wenn du willst, können wir nachher ans Ufer gehen und du probierst sie aus. Mama hat deine Badehose eingepackt. Es könnte nur sein, dass das Wasser noch ein wenig kalt ist.«

»Wenn du dich ins Wasser traust, gehe ich vielleicht sogar mit«, sagte sein Großvater.

»Au ja!«, jubelte Thomas. »Das machen wir!«

Inzwischen war auch seine Mutter zu ihnen getreten.

»Was machen wir?«, fragte sie.

»Mama, Opa und ich gehen nachher im See schwimmen!«, erklärte ihr Thomas.

»Schwimmen?«, fragte Gerlinde ungläubig. »Aber das Wasser ist doch noch zu kalt. Seid ihr sicher?«

»Vollkommen sicher«, bestätigte Theodor.

Thomas nickte eifrig.

»Na dann«, meinte Gerlinde und lächelte. »Vielleicht wartet ihr aber wenigstens noch ein paar Stunden, dann scheint die Sonne stärker.«

»In Ordnung, das machen wir«, sagte Theodor und Thomas nickte.

Christoph seufzte.

»Was ist denn los?«, fragte Theodor.

»Wieder eine Verzögerung. Es ist wie verhext! Erst warten wir tagelang auf die Backsteine für die neue Mauer im

Speisesaal, und jetzt, da sie endlich da sind, geht es trotzdem nicht weiter. Diesmal wurde der Zement nicht geliefert!«

»Sehr ärgerlich«, bestätigte Theodor. »Kann ich irgendwie helfen? Du weißt ja: Ich bin hier, um mit anzupacken.«

»Das ist nett von dir«, sagte Gerlinde und legte ihrem Schwiegervater die Hand auf den Arm. »Aber du bist erst gestern angekommen und hast noch nicht mal alle Kisten in deiner neuen Wohnung ausgepackt. Erhol dich erst ein wenig vom Umzug von Lübeck hierher und gewöhn dich ein. Und pass vor allem auf, dass du dich nicht überanstrengst. Du weißt, dass du auf deinen Blutzucker aufpassen musst. Wenn du gut angekommen bist, ist immer noch genug Zeit zum Helfen. Die Arbeit läuft uns nicht weg, und wenn irgendwo eine Hand gebraucht wird, kann ich ja auch mithelfen.«

»Du?«, rief Theodor ungläubig. »Ganz sicher nicht! Deine Aufgabe ist es, auf meine neue Enkelin oder meinen Enkel aufzupassen.«

Die ganze Familie hatte sich sehr gefreut, dass Gerlinde nach so vielen Jahren noch einmal schwanger geworden war. Sie lächelte. »Beruhige dich, es wird noch Monate dauern, bis du ihn oder sie kennenlernst. Es geht mir gut und ich kann mit anpacken, solange ich nichts Schweres heben muss. Kommandieren kann ich zum Beispiel ganz gut!«

Theodor grinste. »Da hast du recht. Aber ich bin trotzdem der Erste, den du fragst, Christoph, wenn es etwas zu tun gibt. Versprochen?«

Christoph Reihmann nickte. »Natürlich, Papa. Ich würde nichts anderes wagen. Aber im Moment sind uns sowieso die Hände gebunden. Solange wir kein Material haben, kann keiner von uns etwas machen.«

»Tja, dann können wir wohl nur warten. Und Gerlinde, mach dir keine Sorgen. Ich passe auf, versprochen. Morgen ist mein erster Termin bei meinem neuen Arzt hier in Starnberg.«

Schon als Theodor ein Jugendlicher gewesen war, war aufgefallen, dass er Symptome der Zuckerkrankheit zeigte. Damals gab es noch keine Behandlung und er hatte nur überlebt, weil er einen Arzt gehabt hatte, der sich für die neueste Forschung interessierte und wusste, wie er ihm helfen konnte. Seither musste er eine strenge Diät einhalten und sich regelmäßig Insulin spritzen. Wenn er unter Stress geriet, konnte sich der Zuckerspiegel in seinem Blut schnell und heftig verändern. Das konnte richtig gefährlich werden.

Die Krankheit war vererbbar und trat meistens in der Kindheit zum ersten Mal auf. Christoph hatte sie ebenfalls geerbt, und er und Gerlinde beteten jeden Tag, dass Thomas verschont blieb. Bis jetzt war der Junge gesund.

Theodor wandte sich seinem Enkel zu und lächelte. »Thomas, ich habe eine Idee, was wir in der Zwischenzeit machen können, während wir auf die Sonne warten. Ich frage mich schon die ganze Zeit, wie die Aussicht von da oben ist, vom größten Turm. Hast du Lust, das mit mir herauszufinden?«

Thomas riss die Augen auf. »Auf den großen Turm? Da kann man hochsteigen?«

»Aber klar!«, bestätigte Christoph und griff in seine Hosentasche. »Ich gebe euch den Schlüssel.« Er reichte ihn seinem Vater.

»Kommt ihr mit?«, fragte Theodor seinen Sohn und seine Schwiegertochter.

Gerlinde schüttelte den Kopf. »Nein danke. Die ganzen Stufen tue ich mir nicht mehr an. Außerdem war ich schon ein paar Mal da oben. Aber ich kann es wirklich empfehlen!«

»Und ich leiste meiner Frau Gesellschaft«, fügte Christoph hinzu, »geht ihr zwei nur alleine.«

»Na«, sagte Theodor, »dann wollen wir mal.«

Der Weg in den Turm führte sie am zukünftigen Speisesaal vorbei und eine breite, gebogene Treppe hinauf in den zweiten Stock. Rechts ging es durch den Dachstuhl des Hauptgebäudes. Licht fiel durch Löcher zwischen den Ziegeln, unter denen Eimer standen. Fledermäuse raschelten leise, als der alte Mann und sein Enkel an ihrer Schlafstelle vorbeigingen. Theodor schloss eine knarrende Holztür auf. Dahinter kam eine enge Wendeltreppe zum Vorschein.

Der Blick ist wirklich überwältigend, dachte Theodor, als Thomas und er oben auf dem Turm ins Freie traten und zwischen den Säulen der Balustrade hinunterblickten. Unter ihnen lag die Burg: das fleckige Dach des Hauptgebäudes auf der rechten Seite, das neue Nebengebäude und die Kapelle auf der linken. Vor ihnen das Burgtor, davor der Innenhof. Die Bauarbeiter hatten sich auf die Steine gesetzt und teilten sich einen Kasten Bier. Ihr raues Lachen klang bis zu den beiden auf dem Turm.

Thomas war ganz still – entgegen seiner sonstigen Art – und sah sich nur um. Der See schimmerte leise durch die dichten Kronen der Buchen. Weiter draußen konnte Theodor ein weißes Segel erkennen. Der Wind blies ihnen frisch ins Gesicht und man merkte, dass zum Sommer noch ein paar Wochen fehlten.

»Schau mal, dort!«, rief Thomas plötzlich und zeigte mit dem Arm auf ein Fenster über dem Burgtor, dorthin, wo gerade die neue Küche der Familie entstand. Gerlinde öffnete ein Fenster, sie und Christoph lehnten sich hinaus und winkten Theodor und Thomas zu. Die beiden winkten zurück. Gerlinde sagte etwas zu Christoph, dann verschwanden sie wieder.

Thomas drehte sich zu seinem Großvater um und sagte: »Ich kann gar nicht glauben, dass wir hier wirklich wohnen werden! Auf einer echten Burg!«

Theodor lächelte. »Ja, ganz schön beeindruckend«, stimmte er seinem Enkel zu, obwohl er wusste, dass es eigentlich keine Burg, sondern nur eine Villa war. Schweigend standen sie nebeneinander und betrachteten die Gegend um sich herum.

Theodor ließ seinen Blick über die Burg schweifen. Plötzlich schien ihm, als ob er diese Aussicht schon einmal gesehen hätte. Die wunderschöne Szene vor ihm trübte sich. Es war, als stiege ein grauer Schleier tief aus einer Erinnerung empor und schliche sich vor seine Augen. Das Lachen der Bauarbeiter, das Rauschen der Bäume und das Zwitschern der Vögel klangen auf einmal wie durch Watte an sein Ohr. Ihm wurde schwindelig. Er trat schwankend einen Schritt zurück und lehnte sich mit dem Rücken an den rauen Stein des Turms. Thomas bemerkte es nicht.

Verwundert lauschte Theodor in sich hinein. *Woher kenne ich diesen Ort?*, dachte er. *Ich war hier doch noch nie!*

Er fuhr sich mit den Händen übers Gesicht, sog den Atem tief durch die Nase ein und atmete durch den Mund aus. Der Schwindel verschwand. Doch das vage Gefühl, dass er mit der Seeburg verbunden war, blieb und lag wie ein Knoten in seinem Bewusstsein.

Kapitel III:

Besuch aus der Vergangenheit

Starnberg, Mai 1975

Die alte Frau lauschte dem Klicken im Schloss. Gleich würde sich die Tür öffnen. Sie spürte, wie sich ihr Herzschlag beschleunigte und ihr Mund trocken wurde. Seufzend stand sie aus dem Sessel auf, in dem sie die letzten vier Stunden gewartet hatte. Vor den Fenstern, die auf eine ruhige Straße hinausgingen, war es inzwischen dunkel geworden. Die Umzugskisten, die sich überall im Raum stapelten, waren nur noch als graue Schatten erkennbar. Die alte Frau beugte sich vor und schaltete die Stehlampe neben dem Sessel an. Sie dehnte ihre Schultern, den Schmerz in ihren Knien ignorierte sie.

Durch den Türspalt drang der kalte Schein der Neonlampen aus dem Hausflur herein. Zwei dunkle Silhouetten zeichneten sich im Türrahmen ab, ein großer und ein kleiner. Eine Jungenstimme sagte etwas, was die Frau nicht verstand. Der große Schatten brummte zustimmend und griff nach dem Lichtschalter neben der Tür.

»Wir müssen nur die Kartons vom Sofa räumen, dann …«, hob er an. Plötzlich stutzte der Mann. Er hatte wohl bemerkt, dass im Zimmer schon Licht brannte. Er wandte den Blick und starrte Lieselotte an. Eine tiefe Verbundenheit stieg in ihr auf. Sie konnte immer noch nicht fassen, dass sie Theodor endlich gegenüberstand. Das war mehr, als sie lange zu hoffen gewagt hatte.

Der Junge sah sie erstaunt an und sein Mund klappte auf.

Lieselotte lächelte zögerlich und sagte leise: »Herr Reihmann, ich weiß, dass ich unbefugt in Ihre Wohnung eingedrungen bin, dafür bitte ich vielmals um Entschuldigung. Ich konnte nicht riskieren, dass uns jemand zusammen sieht.« Sie sah Theodor an. Äußerlich war sie ruhig, aber innerlich voller Angst. Dieser Moment war entscheidend. *Wenn er jetzt geht und die Polizei holt, ist alles verloren,* dachte sie.

Theodor schien nachzudenken. Er machte einen Schritt auf sie zu, mit dem Arm hielt er den Jungen zurück, runzelte tief die Stirn und starrte sie weiter an. Für einen Moment war es ganz still.

»Was … was machen Sie hier?«, stotterte Theodor dann.

Lieselotte lächelte. »Ich erkläre Ihnen gleich, warum ich hier bin, warum ich in Ihrer Wohnung auf Sie warte und nicht geklingelt habe. Ich versichere, ich habe nichts Böses im Sinn und bin keine Gefahr, auch für Ihren Enkel nicht. Ich will nur reden.«

Theodor war immer noch unsicher. »Das ist höchst unanständig«, knurrte er, »ich sollte die Polizei holen.«

Lieselotte nickte. »Das könnten Sie, ja. Aber dann werden Sie nie erfahren, was ich zu sagen habe. Ich habe wichtige Informationen für Sie.«

Theodor zögerte. Er ließ sie nicht aus den Augen. Schließlich nickte er leicht und meinte: »Nun, ich denke, wir können hören, was Sie zu sagen haben. Aber dann verschwinden Sie.«

Lieselotte lächelte erleichtert. »Versprochen.«

Theodor drehte sich halb zu seinem Enkel um, behielt den ungebetenen Gast aber im Blick, während er fragte: »Was meinst du, Thomas? Willst du lieber gehen oder sollen wir bleiben und hören, was die Dame zu sagen hat? Ich kann mir nicht vorstellen, dass sie uns etwas tun will.«

Thomas tat einen Schritt nach vorn und musterte Lieselotte, ihre dünnen weißen Haare, die sie wie immer sorgfältig mit Klammern zurückgesteckt hatte. Unter seinem prüfenden Blick strich sie unbewusst ihre Strickjacke glatt und richtete das Seidentuch um ihren Hals. Seine Augen blieben an ihren Händen hängen, an denen sie dünne Stoffhandschuhe trug. Sie wartete geduldig, bis er sich ein Urteil gebildet hatte.

»Ich glaube, sie ist in Ordnung«, befand der Junge schließlich.

»Na dann, setzen wir uns«, sagte Theodor und wies mit dem Kinn auf den Sessel, vor dem Lieselotte stand. »Sie hatten es sich ja schon gemütlich gemacht. Erwarten Sie nicht, dass ich Sie auch noch bewirte. Machen Sie das eigentlich immer so, wenn Sie neue Leute kennenlernen wollen?«

»Nein, natürlich nicht. Dies sind besondere Umstände.« Lieselotte ließ sich froh wieder in den Sessel fallen. Theodor holte zwei Stühle für sich und Thomas und stellte sie dem Sessel gegenüber. Das Sofa war noch voller Pappkartons. Lieselotte bemerkte, dass er die Wohnungstür einen Spalt offen gelassen hatte. *Er hält sich den Fluchtweg frei. Schlau.*

»Also – reden Sie«, knurrte Theodor.

Lieselotte atmete tief durch. Diesen Moment hatte sie in ihrem Geist schon oft durchgespielt. Würde er so verlaufen wie erhofft? »Ich habe Sie an der Seeburg gesehen«, sagte sie. »Ihr Sohn und Ihre Schwiegertochter machen dort eine neue Jugendherberge auf, richtig?«

Theodor nickte leicht, antwortete aber nicht und sah sie unentwegt an. Er wartete sichtlich auf die wichtige Information, die sie versprochen hatte. *Nun denn,* dachte sie.

»Sie müssen sich von diesem Ort fernhalten.«

»Von welchem Ort?«

»Von der Seeburg. Dort droht Ihnen Gefahr.«

Theodor schnaubte. »Das ist es, was Sie mir sagen wollen? Dass mir an der Seeburg Gefahr droht? Was für eine Gefahr soll das denn sein?«

»Es gibt Leute hier am See, die überhaupt nicht erfreut sein werden, wenn Sie dort auftauchen. Haben Sie schon mal von der Familie von Beilstein gehört?«

»Nein, der Name sagt mir nichts.«

»Die von Beilsteins sind die Nachbarn der Seeburg. Ihnen gehört das Schlosshotel Unterallmannshausen.«

»Ach, das Rokoko-Schlösschen. Das habe ich gesehen. Was ist mit dieser Familie, warum sollten sie gefährlich sein?«

»Das ist eine lange Geschichte.«

»Denken diese von Beilsteins, die Jugendherberge in der Seeburg könnte eine Konkurrenz zu ihrem Hotel werden? Das wäre lächerlich, doch nicht bei dem piekfeinen Laden!«

»Nein, das ist es nicht. Die Abneigung der von Beilsteins reicht weit in die Vergangenheit zurück. Ich bitte Sie eindringlich: Halten Sie sich von ihnen fern.« Lieselotte musterte das Gesicht des alten Mannes, das ihr so fremd und doch so vertraut war. In diesem Moment erkannte sie, dass ihr Plan nicht aufging. Sie hatte ihre Worte in Gedanken oft ausgesprochen, doch erst jetzt, da sie Theodor tatsächlich gegenüberstand, merkte sie, wie schwach sich ihre Argumente anhörten.

»In Ordnung. Sie sagen also, diese Familie hat einen anderen Grund, mir zu schaden. Welchen?«

»Den kann ich Ihnen nicht nennen.«

»Das ist doch lächerlich! Sie nehmen den ganzen Aufwand auf sich, in meine Wohnung einzubrechen und hier auf mich zu warten. Es ist Ihnen ganz offensichtlich sehr wichtig, mich vor den Nachbarn der Seeburg zu warnen. Und dann wollen Sie mir nicht sagen, warum? Wieso meinen Sie, dass ich irgendetwas von dem, was Sie gesagt haben, ernst nehmen sollte? Wer sind Sie eigentlich?«

»Auch das kann ich Ihnen nicht sagen.«

Theodor schüttelte frustriert den Kopf. »Ich weiß nicht, was Sie eigentlich von mir wollen.«

»Dass Sie sich von der Seeburg fernhalten.«

»Das werde ich nicht tun! Sie nennen mir keine Gründe, warum ich das machen sollte.«

»Das stimmt. Und Sie kennen mich nicht. Sie haben keinen Grund, mir zu vertrauen. Ich musste trotzdem versuchen, Sie zu warnen. Vielleicht können Sie wenigstens zwei Dinge tun: Bitte verraten Sie den von Beilsteins Ihren Vornamen nicht. Und forschen Sie nach Ihrer Vergangenheit.« Sie griff über die Armlehne und holte einen Gegenstand hervor, den sie auf dem Boden hinter dem Sessel platziert hatte. »Das ist für Sie. Es wird Ihnen helfen, mehr darüber herauszufinden, wer Sie sind.«

Völlig verdattert nahm Theodor das kleine Holzkästchen

entgegen, das sie ihm reichte. Es war etwa so groß wie eine Postkarte und es verschwand fast in seinen großen Händen.

Lieselotte stand auf. Sie sah Theodor noch einmal eindringlich an und flüsterte: »Pass bitte auf dich auf, Theodor.«

Dann verließ sie die Wohnung und schloss leise die Tür hinter sich.

Theodor und Thomas blieben zurück. Für einen Moment betrachteten sie stumm die Tür. Thomas war immer noch ziemlich verdattert, der Schreck über das plötzliche Auftauchen der alten Frau ließ nur langsam nach. *Ich dachte, das gibt es nur in Filmen,* überlegte er. *Ganz schön gruselig, wenn es in echt passiert.* Eigentlich liebte der Zwölfjährige geheimnisvolle Geschichten und Rätsel, aber das gerade war doch etwas zu viel gewesen.

Sein Großvater wandte sich an ihn, atmete tief durch und meinte: »Das war eigenartig.«

»Ja, ziemlich merkwürdig«, stimmte Thomas zu. »Und ganz schön frech, einfach so in deine Wohnung einzubrechen.«

»Stimmt. Ich habe ganz vergessen, sie zu fragen, wie sie das gemacht hat. Ob sie einen Schlüssel hat? Und wenn ja, woher?« Theodor rieb sich das Kinn.

»Keine Ahnung. Sollen wir nicht lieber die Polizei benachrichtigen?«, fragte Thomas unsicher.

»Mmmh. Ich weiß nicht. Sie hatte Stoffhandschuhe an, dabei ist es hier drin ziemlich warm. Ich bin mir eigentlich ziemlich sicher, dass sie darauf geachtet hat, keine Spuren in der Wohnung oder auf dem Kasten zu hinterlassen. Wie sollte die Polizei sie finden? Wir könnten sie natürlich beschreiben, aber wenn sie nichts mitgenommen und nur etwas dagelassen hat, wird die Polizei sich bei der Suche vermutlich nicht viel Mühe geben.«

»Wahrscheinlich hast du recht«, antwortete Thomas.

»Gefährlich erschien sie mir nicht. Wenn die Polizei sie finden würde, könnten wir mehr über sie erfahren, aber …«

Theodor betrachtete den Kasten, den er immer noch in der Hand hielt. Nachdenklich strich er mit dem Daumen über die glatte dunkle Holzoberfläche. Die Kanten der Box waren abgerundet und das Holz schimmerte leicht. Er klappte langsam den Deckel auf. Neugierig beugte sich Thomas vor, um ins Innere sehen zu können. Darin lag ein vergilbtes Stück Pappe mit gezacktem Rand. Sein Großvater nahm es und drehte es herum. Es war ein altes Schwarz-Weiß-Foto von einem Mann mit grauen Haaren und einem schwarzen Schnurrbart in einem strengen dunklen Anzug mit hohem Kragen, der in einem Polstersessel saß. Er sah ernst in die Kamera. Seine linke Hand lag auf der Lehne des Sessels, die rechte stützte sich auf einen Gehstock. Auf einem kleinen, runden Tisch neben dem Sessel stand eine Topfpflanze, daneben lag ein Buch. Den Hintergrund bildete ein Vorhang mit einem fremdartigen Muster.

Theodor drehte das Bild herum. Jetzt erst sah Thomas, dass jemand mit Bleistift und in merkwürdiger Schrift etwas auf die Rückseite geschrieben hatte. Die Schrift konnte er nicht lesen, aber eine Zahl: »1901.«

»Was steht da?«, fragte er.

Theodor las vor: »Für meine geliebte Lieselotte. 1901.«

»Ist das eine Geheimschrift?«

Theodor schmunzelte. »Nein, keine Geheimschrift. Das ist

Kurrentschrift. So hat man früher in Deutschland geschrieben. Die Schrift habe ich als Kind gelernt.«

»Ehrlich? Sieht jedenfalls komisch aus.«

Theodor nickte und betrachtete das Bild.

»Und wer ist der Mann auf dem Foto?«, fragte Thomas.

»Keine Ahnung, ich habe ihn noch nie gesehen. Und wer Lieselotte sein soll, weiß ich auch nicht.« Theodor legte das Bild auf einen Umzugskarton neben sich und holte noch etwas aus dem Kasten. Er hielt es zwischen Daumen und Zeigefinger in die Höhe: Es war eine Haarlocke, ein kleiner Kringel Haare, nicht viel dicker als ein Stückchen Wollgarn, blond und von einem verblichenen gelben Band zusammengehalten.

Thomas staunte. »Das sind Haare!«, rief er.

Theodor rieb die Haarlocke vorsichtig zwischen zwei Fingern und antwortete: »Ja, und so weich, dass sie wahrscheinlich von einem Baby stammen. Dem Satinband nach zu urteilen, ebenfalls schon sehr alt.«

»Kannst du damit was anfangen?«

»Nein. Absolut gar nichts.«

»Sehr merkwürdig. Warum bricht eine alte Frau in deine Wohnung ein, nur um dir Hinweise zu geben, mit denen du nichts anfangen kannst, ein Foto von einem Mann, den du nicht kennst, und eine Haarlocke eines Babys ohne Namen?«

»Ich habe wirklich keine Ahnung.«

»Vielleicht sollten wir doch die Polizei verständigen«, überlegte Thomas. Das Rätsel um die geheimnisvolle Besucherin reizte ihn, er fand das Ganze aber auch unheimlich.

»Ich weiß nicht«, sagte sein Großvater und betrachtete die Haarlocke in seiner Hand, »wenn wir der Polizei Bescheid sagen, dann müssen wir auch den Kasten abgeben.«

Daran hatte Thomas nicht gedacht. »Meinst du wirklich?«

»Ja klar. Der ist ein Beweisstück. Vielleicht sind sogar Fingerabdrücke dran.«

»Stimmt.« Enttäuschung machte sich in Thomas breit. Das Rätsel um den Kasten hätte er schon gerne selbst gelöst. »Dann vielleicht doch nicht. Oder erst später.«

»Einverstanden«, sagte Theodor zustimmend, »wir denken erst einmal in Ruhe nach und entscheiden uns dann. Außerdem – so komisch das vielleicht klingt – die Frau war mir irgendwie vertraut. So, als ob ich sie schon lange kennen würde. Ich hatte sofort das Gefühl, dass ich ihr glauben kann.«

Thomas war erstaunt. »Echt? Du meinst, du kennst sie?«

»Nein, nein. Das war nur so ein Gefühl. Ich habe diese Frau noch nie gesehen. Ist wahrscheinlich nichts. Obwohl …«, Theodor dachte nach. »Sie schien eine Menge über mich zu wissen. Vielleicht kennen wir uns doch.«

»Das ist schon komisch.« Thomas überlegte. »Woher solltest du sie denn kennen?«

»Ich weiß es nicht«, hauchte Theodor, »aber, es …« Er stockte.

»Opa, alles in Ordnung?« Thomas sah ihn besorgt an.

»Nun, es gibt viele weiße Flecken in meinem Leben.«

»Weiße Flecken?«

»Ja, Sachen, an die ich mich nicht mehr erinnern kann, über die ich nichts weiß.«

»Okay. Was denn?« Thomas musterte seinen Großvater. Er wirkte abwesend, tief in der Vergangenheit versunken.

»Ich wurde als Kind adoptiert«, sagte der alte Mann.

Thomas war erstaunt. »Das wusste ich gar nicht.«

»Ja, deine Urgroßmutter Auguste in Lübeck ist nicht die Frau, die mich geboren hat. Ich wurde mit etwa zwölf Jahren adoptiert.«

»Mit zwölf? Da warst du ja so alt wie ich jetzt.« Thomas wunderte sich sehr. »Was war denn vorher?«

»Na ja, das ist der Punkt, an dem das Bild unscharf wird. Ich habe tatsächlich nur sehr wenige Erinnerungen an die Zeit vor meinem Leben mit Uropa Otto und Uroma Auguste.«

»Weißt du, warum du dich an nichts erinnern kannst?«

»Nein, aber wenn ich an die Zeit vor meiner Adoption denke, habe ich immer ein schlechtes Gefühl. Es ist irgendwie unheimlich.«

Thomas sah ihn groß an. Sein Opa sah richtig ängstlich aus.

»Ich erinnere mich an einige Spielsachen, mit denen ich gespielt habe. An mein Bett, das in einem Zimmer mit Wänden aus Holz stand. Ich konnte dort aus dem Fenster blicken auf Wiesen und einen Wald. Und ich erinnere mich an einen Kuhstall. Dort musste ich immer arbeiten und den Mist wegbringen. Das war sehr schwere Arbeit. Ich glaube, jemand hat mit mir geschimpft, weil ich es nicht richtig machte, ich war wohl nicht kräftig genug. Aber ich war gerne in dem Stall, besonders im Winter, da war es schön warm. Ich habe die Kühe sehr gemocht. Eigentlich waren das meine einzigen Freunde.«

»Bist du denn nicht zur Schule gegangen?«

»Nein, ich glaube nicht. Ich kann mich nicht erinnern. Wenn ich es versuche, fühlt es sich kalt an, wie so ein trüber Herbsttag, wenn alles im Nebel liegt. Ich weiß nur, als ich adoptiert wurde.«

»Echt? Das ist ja unglaublich!« Thomas konnte es nicht fassen.

»Meine Adoptiveltern waren Lehrer, aber meine Mutter arbeitete nicht mehr an einer Schule, als ich in ihre Familie kam, das war damals so üblich. Sie hat mich zuerst unterrichtet, bis ich mit den anderen Kindern mithalten konnte. Dann erst bin ich in die Schule gegangen.«

»Das muss ziemlich komisch gewesen sein, oder?«, fragte Thomas.

»Ja, das war es. Die anderen Kinder haben mich angestarrt wie ein Monster.«

»Und was hast du dann gemacht?«

»Nichts. Nach einer Weile habe ich Freunde gefunden und dann war es toll.« Theodor lächelte.

»Und von der Zeit, bevor du adoptiert wurdest, weißt du nichts?«, bohrte Thomas nach. Er fand es seltsam, dass sein Opa sich an nichts erinnern konnte.

»Nein, nicht wirklich. Ich habe mir da nie viele Gedanken drum gemacht. Ich dachte, das sei normal.«

»Also bei mir ist es auf jeden Fall anders. Ich erinnere mich an ganz viele Sachen aus dem Kindergarten und der Schule.«

»Ich weiß nicht, ob es eine Erinnerung ist, aber ich habe ganz oft denselben Traum. Darin kommt ein Mann vor, der mit mir schimpft. Seine Frau schaut mich böse an. Ich habe

Angst vor ihr und verkrieche mich im Stroh. Der Mann zieht mich raus und sperrt mich in ein Zimmer. Dort ist es dunkel. Dann wache ich auf.«

»Das ist richtig gruselig.« Thomas fuhr es kalt den Rücken hinunter. Ihm tat sein Opa leid. Er hatte anscheinend als Kind viel Schlimmes erlebt.

»Aber«, fuhr sein Opa fort, »ich sehe oft auch ein Mädchen oder eine junge Frau. Sie hat mir immer Essen ins Zimmer gebracht und mit mir geredet und gespielt. Sie war sehr nett.«

»Hast du nie draußen gespielt? Mit anderen Kindern? Mit den anderen zusammen gegessen?«

»Nein, ich erinnere mich nur an ein dunkles Zimmer.«

»Hast du nicht einmal Weihnachten gefeiert?«, fragte Thomas voller Mitleid. »Oder Geburtstag?«

Theodor sah ihn an und lächelte, als wüsste er, was Thomas dachte. »Nein. Mein erstes Weihnachten habe ich bei meinen Adoptiveltern erlebt. Wann ich geboren bin, weiß ich nicht, aber wir haben einfach stattdessen meinen Adoptionstag gefeiert.«

Sein Enkel sah ihn verblüfft an. Sein Opa wusste nicht einmal, wann er geboren war?

»Vielleicht war da doch mehr, als du denkst!«, rief er eifrig. »Ich habe vor ein paar Tagen im Fernsehen eine Dokumentation über Hypnose gesehen. Da wurde ein Mann hypnotisiert und hat sich dann an Dinge erinnert, die er völlig vergessen hatte. Das könntest du doch auch machen.«

»Ich weiß nicht«, Theodor sah ihn skeptisch an, »das wäre mir, glaube ich, unheimlich. Und ich denke auch, dass das nicht gut ist. Von so etwas möchte ich mich fernhalten.«

Das konnte Thomas zwar nachvollziehen, aber seine Neugier war geweckt.

»Hast du denn nie versucht, mehr herauszufinden?«, fragte er.

»Meine Eltern haben mich immer davon abgehalten. Sie sind meinen Fragen ausgewichen. Entweder wussten sie wirklich nichts oder sie wollten mir nichts erzählen. Ich habe mich oft gefragt, warum. Sie schienen aus irgendeinem Grund Angst davor zu haben, dass ich herausfinde, woher ich komme. Das habe ich immer akzeptiert und es nie richtig versucht. Ich wollte sie nicht verärgern.« Theodor überlegte. »War vielleicht ein Fehler.«

Thomas fasste einen Entschluss. »Weißt du was, Opa? Wir werden rausfinden, was mit dir passiert ist.«

Theodor schwieg einen Moment und sagte dann: »Ich weiß nicht, ob das wirklich gut wäre.«

»Warum denn nicht?«, fragte Thomas enttäuscht.

»Ich denke, manchmal sollten wir die Vergangenheit ruhen lassen. Jesus hat mir ein gutes Leben gegeben. Ich bin sehr dankbar für meine Familie und besonders natürlich meinen Enkel.« Er wuschelte Thomas durch die Haare. »Und bald habe ich noch einen Enkel mehr!«

»Ich hoffe nur, ich kriege einen kleinen Bruder«, antwortete Thomas trocken.

Theodor lachte.

»Na, das liegt wohl in Gottes Hand.«

»Ja, da hast du recht.«

Thomas sah wieder auf das Kästchen. So schnell wollte er noch nicht aufgeben. Vor allem, weil die fremde Frau, die hier gewesen war, von einer Gefahr gesprochen hatte. Was hatte sie gesagt? Eine Familie von Beilstein wollte seinem Opa schaden? Wenn das wahr war, wollte Thomas etwas unternehmen.

»Was denkst du gerade?«, fragte sein Opa.

»Na ja, ich denke über dich nach. Du tust mir so leid.« Thomas umarmte seinen Opa. »Ich wünsche mir sehr, dass du mehr darüber erfährst, woher du kommst.«

Theodor hielt ihn eine Weile im Arm. Dann sagte er mit einem Seufzer: »Vielleicht hast du recht.«

»Mit was?«

»Na, dass ich meiner Vergangenheit mal auf den Grund gehen sollte. Ich meine, die Frau, die gerade da war, wirkte ja sehr besorgt.«

»Stimmt. Sie sagte, du solltest nicht in der Seeburg sein. Aber warum sollte das gefährlich sein?«

»Ich weiß es nicht.« Theodor zuckte mit den Schultern und erklärte dann mit fester Stimme: »Aber wir werden der Sache auf den Grund gehen.«

»Echt?«

»Ja, und dazu brauche ich deine Hilfe!«

»Au ja, Opa!« Thomas war begeistert. Er liebte seinen Großvater über alles. Mit ihm zusammen nach Antworten auf so spannende Fragen zu suchen, war das Schönste, was er sich vorstellen konnte.

Theodor schien seinen Enthusiasmus zu bemerken, denn er lachte laut los. »Na dann! Stürzen wir uns ins Abenteuer!«

Kapitel 8:

Der Elternabend

Am Starnberger See, Gegenwart

Seufzend ließ sich Angelika Rahn auf einen der Stühle sinken. Es war ein langer Tag gewesen, und wenn sie ehrlich war, hatte sie überhaupt keine Lust, hier zu sein. *Lieber wäre ich zu Hause und würde auf dem Sofa sitzen,* dachte sie und ermahnte sich selbst: *Aber als alleinerziehende Mutter hast du keine Wahl. Also reiß dich zusammen.* Sie lächelte Andreas zu, der sich neben sie gesetzt hatte. Sie waren gemeinsam mit dem Fahrrad zur Schule gefahren.

Nach und nach kamen die anderen Eltern herein und suchten sich einen Platz. Angelika begrüßte den Vater von Emma und die Mutter von Franky. Keiner von ihnen sah aus, als habe er Lust auf den Elternabend.

Doch mit einem Mal war Angelika wieder wach. Eine junge Frau hatte das Klassenzimmer betreten. *Ich kenne sie!,* dachte Angelika.

»Guten Abend«, begrüßte sie die junge Frau, »mein Name ist Janina Rahn und ich bin die neue Klassenlehrerin Ihrer Kinder.« Sie begann, den Lehrplan des ersten Halbjahrs zu erläutern, doch Angelika bekam davon nur wenig mit. Sie starrte Janina an und konnte es nicht glauben.

Andreas beugte sich zu ihr und flüsterte: »Sie hat den gleichen Nachnamen wie du. Antonia hat mir schon von ihr erzählt. Das ist witzig!«

Angelika nickte. »Ja, das ist seltsam. Aber ich habe eine Vermutung.«

»Seid ihr etwa verwandt?«, wollte Andreas wissen.

»Ich weiß es nicht. Vielleicht. Sobald das Ding hier aus ist, frage ich sie.«

Das Ende des Elternabends konnte nicht schnell genug kommen, doch Angelika musste sich gedulden. Sie hörte nur mit einem Ohr zu, als die Englischlehrerin hereinkam und erläuterte, wie sich in diesem Schuljahr die Noten zusammensetzen würden. Danach kamen die anderen Fachlehrer und -lehrerinnen in den Raum und erzählten das Gleiche für ihre Fächer. Der eine berichtete auch etwas vom Unterricht in der Klasse, manche lobten, eine merkte Schwierigkeiten an. Angelika spürte, wie sie immer unruhiger wurde. Endlich schloss Janina Rahn den Abend und entließ die Eltern.

So schnell sie konnte, ging Angelika zu der jungen Lehrerin und sprach sie an: »Hallo, Frau Rahn, ich habe eine vielleicht ein wenig ungewöhnliche Frage.«

Die junge Lehrerin sah sie verwundert an. »Na, dann schießen Sie mal los«, sagte sie und lächelte.

»Kennen Sie einen Johannes Rahn?«

Janina Rahn sah überrascht aus, als hätte sie den Namen schon mal gehört, aber sie antwortete: »Nein, warum fragen Sie?«

»Oder vielleicht Martin Rahn?«, fragte Angelika weiter.

»Ja«, antwortete die junge Frau verblüfft, »Martin Rahn ist mein Vater.«

»Ihr Vater?«, fragte Angelika verwirrt.

Die Lehrerin nickte.

»Aber die Tochter von Martin hieß doch Anna.«

»Ich heiße ja auch Anna. Anna Janina. Aber Janina gefällt mir besser, deshalb verwende ich meinen zweiten Vornamen. Woher wissen Sie das?«

»Ich war mit Johannes Rahn, dem Bruder von Martin, verheiratet.«

»Was?«

Angelika konnte es nicht fassen. »Ich habe Sie als Baby im Arm gehalten!«

»Wirklich? Davon hat mir mein Vater nie etwas erzählt.«

Angelika nickte. »Das wundert mich nicht. Johannes und ich waren erst kurz zusammen, als wir Ihre Familie besucht haben. Bei diesem Besuch hatten mein Mann und Ihr Vater einen fürchterlichen Streit und wir sind früher abgereist. Johannes wollte mir nie genau erzählen, worum es bei dem Streit eigentlich ging. Ich weiß nur, dass Martin – also Ihr Vater – danach nie wieder etwas von sich hat hören lassen. Ich habe noch ein-, zweimal versucht, ihn anzurufen, aber er war nie erreichbar. Irgendwann habe ich es dann gelassen, auch weil mich mein Mann darum gebeten hat.«

Janina nickte. »Von dem Streit wusste ich. Papa hat mir nie erzählt, wie sein Bruder heißt oder wie ich Sie erreichen kann. Das heißt, Sie sind meine Tante?«

Angelika nickte. »Das bin ich wohl.«

In diesem Moment trat Andreas zu ihnen. Angelika erklärte ihm, was sie gerade herausgefunden hatten.

Andreas meinte: »Das gibt's doch nicht! Was für ein Zufall. Aber Angelika, ich muss bald los. Möchtest du noch hierbleiben oder kommst du mit?«

»Warte bitte noch einen Moment auf mich«, bat Angelika, »ich muss auch nach Hause. Jaron wartet auf mich.« Sie wandte sich wieder Janina zu. »Wenn Sie möchten, kommen Sie uns doch mal besuchen«, sagte sie. »Ich würde mich freuen, Martins Familie etwas besser kennenzulernen. Ich fand es immer traurig, dass wir keinen Kontakt haben.«

»Das geht mir genauso«, antwortete Janina, »ich komme sehr gerne.«

Angelika erläuterte ihr den Weg zur Seeburg und sie verabredeten sich gleich für den nächsten Abend.

»Sie ist tatsächlich deine Nichte? Und Jarons Cousine?«, fragte Andreas neugierig, als Angelika und er zurück zur Seeburg radelten. »Das passiert auch nicht alle Tage, dass man verschollene Verwandtschaft auf einem Elternabend wiederfindet. Und du hattest keine Ahnung, dass sie hier als Lehrerin anfängt?«

»Nein, Martin wollte kurz nach ihrer Geburt nichts mehr mit Johannes zu tun haben und hat den Kontakt völlig abgebrochen.«

»Wie traurig«, antwortete Andreas.

»Ja, das finde ich auch. Ich habe immer gehofft, die Beziehung eines Tages wieder aufnehmen zu können.«

»Na, die Chance hast du ja jetzt.«

Kapitel 9:

Feuer!

Jaron schreckte hoch. Für einen Moment wusste er nicht, wo er war. In seinem Traum war er in der Schule gewesen. Es hatte Feueralarm gegeben und er hatte den Ausgang nicht gefunden. Das Geräusch einer Sirene drang in seine Ohren. *Träume ich immer noch*?, dachte er und sah sich um. Er war definitiv wach und lag in seinem Bett. Was war los?

Die Tür zu seinem Schlafzimmer ging auf und der Lichtschein aus dem Flur fiel auf den Boden. Seine Mutter stand im Türrahmen, in Schlafanzug und Hausschuhen.

»Jaron, steh auf!«, rief sie. »Es ist Feueralarm.«

Jaron strich sich durch die Haare und schaute aus dem Fenster. Auf der anderen Seite des Innenhofs gingen die Lichter in den Fenstern an. Feuer sah er nicht. *Oh Mann*, dachte er, *immer der blöde Alarm*.

Seufzend schwang er die Beine aus dem Bett. Er kannte das schon. Immer, wenn in der Küche etwas anbrannte und qualmte, reagierten die Rauchmelder und die Feuerwehr rückte an. Das einzig Ungewöhnliche war, dass es diesmal mitten in der Nacht passierte. *Wer brät denn da noch so spät in der Küche,* dachte er verärgert.

Seine Mutter war schon wieder im Flur verschwunden. »Jaron!«, rief sie.

»Ich komme«, antwortete er.

Als er an die Garderobe trat, streckte sie ihm seine Jacke

entgegen. »Zieh die an«, meinte sie, »es ist bestimmt kalt und wir wissen nicht, wie lange wir draußen bleiben müssen.«

Jaron nahm den Anorak und streifte ihn über. Dann schlüpfte er in seine Turnschuhe, ohne sie zuzubinden.

»Diese Brandmeldeanlage spinnt wirklich. Echt ärgerlich, dass sie immer noch nicht rausgefunden haben, wo der Fehler liegt«, meinte Angelika genervt, während sie die Wohnung verließen und die steile Holztreppe hinunter ins Erdgeschoss stiegen.

Die Außentür des neuen Flügels der Burg, in dem ihre Wohnung lag, öffnete sich zum Innenhof. Jaron sah, wie Gruppen von Schülern aus dem Hauptflügel kamen und sich aufgeregt unterhielten.

Jaron folgte seiner Mutter zum Sammelpunkt. »Wie viel Uhr ist es eigentlich?«, fragte er gähnend.

»Etwa halb drei«, antwortete sie.

Vor der Burg hatte sich schon ein Teil der Gäste versammelt, die Schüler standen in Gruppen zusammen und redeten. Einige waren aufgeregt, andere genervt. Viele trugen nur ihren Schlafanzug, hatten weder Schuhe noch einen Anorak an. Jaron spürte die kalte Nachtluft an seinen Beinen und konnte sich vorstellen, wie kalt ihnen war.

Zusammen mit seiner Mutter ging er zu Familie Reihmann. Andreas trug Sina auf dem Arm. Sie schlief und hatte sich an seinen Hals geschmiegt. Luca klammerte sich an das Bein seiner Mutter. Antonia stand zitternd neben ihren Eltern.

»Alles klar bei euch?«, fragte Gitti.

»Geht so«, sagte Angelika, »ich wäre lieber in meinem Bett.«

Gitti nickte genervt. »Ich auch.«

In diesem Moment hörten sie die Sirenen der Feuerwehr. Die Blätter der Bäume in Richtung Straße reflektierten das Blaulicht.

»Willst du meine Jacke?«, fragte Jaron Antonia. Sie sah ihn überrascht an, nickte dann aber. Er wurde ein wenig verlegen, freute sich aber auch, während er seine Jacke auszog und sie sanft um Antonias Schultern legte.

»Danke.« Sie lächelte abwesend.

Plötzlich knallte es. Alle zuckten zusammen, manche schrien, alle blickten die Fassade der Seeburg hinauf. Die Fensterscheibe des Gruppenraums an der Westseite der Burg war zerborsten. Dicker Rauch quoll aus der Öffnung.

»Es brennt doch!«, rief Jaron erschrocken.

In diesem Moment rollten mehrere Feuerwehrfahrzeuge auf den Parkplatz und hielten vor den versammelten Burgbewohnern. Die Besatzungen sprangen heraus und packten ihre Ausrüstung aus. Jeder schien genau zu wissen, was zu tun war. Andreas drückte Sina Gitti in den Arm und ging zu einer Feuerwehrfrau, die Befehle erteilte.

Jaron hörte, wie er ihr erklärte: »Ich bin der Jugendherbergsleiter. Alle Personen sind draußen und wurden gezählt. Es befindet sich niemand mehr in der Burg.«

»Sehr gut, vielen Dank«, erwiderte die Kommandantin. Sie griff nach ihrem Funkgerät und gab die Information weiter. Gleich darauf gingen drei Feuerwehrleute in voller Atemschutzausrüstung durch das Burgtor in den Innenhof. Andere rollten Schläuche aus und schlossen sie an.

Fasziniert beobachtete Jaron die Aktionen der Feuerwehr. Kein Handgriff war zu viel, alles war ins Detail durchorganisiert. Ihm wurde bewusst, dass die Feuerwehrleute ganz anders vorgegangen wären, wenn sie den Verdacht gehabt hätten, dass noch jemand in der Burg war.

Jaron sah Antonia an. Sie fand das Geschehen sichtlich nicht so interessant wie er, sondern beobachtete die Szene ängstlich und bleich. Erstaunt bemerkte er, dass sie sich eine Träne von der Wange wischte. In diesem Moment erschien ihm Antonia so verletzlich, wie er sie noch nie zuvor gesehen hatte. Er beugte sich zu ihr und fragte: »Alles in Ordnung?«

Ohne zu antworten, lehnte sich Antonia an seine Schulter. Für einen Moment stand er stocksteif und unbeholfen da. Als seine Mutter bemerkte, wie es Antonia ging, kam sie und nahm beide Kinder in den Arm.

Aus dem Fenster quoll währenddessen weiter Rauch. Der Schein der Flammen färbte die Bäume in ein geisterhaftes Rot. Alle standen stumm da und beobachteten die Flammen.

Es blieb ihnen nichts anderes übrig, als zu warten, bis der Brand gelöscht war und die Feuerwehr ihnen Näheres erzählen konnte.

Bald darauf hatten die Einsatzkräfte ihre Arbeit beendet. Es stellte sich heraus, dass es nicht so dramatisch gewesen war, wie es von außen ausgesehen hatte. Im Aufenthaltsraum war ein Vorhang in Brand geraten, was die Fensterscheibe hatte zerbersten lassen. Natürlich war der Raum an manchen Stellen verrußt und voller Löschschaum, aber die Brandschutztüren hatten den Flur geschützt, sodass der Rauch keine anderen Räume erreicht hatte.

Bevor die meisten Feuerwehrleute wieder abfuhren, kam die Einsatzleiterin noch einmal zu Andreas. Jaron und Antonia konnten hören, wie sie sagte: »Ein paar meiner Leute bleiben hier und passen auf, dass es sich nicht noch mal entzündet. Der Raum bleibt gesperrt, den Rest des Gebäudes können Sie wieder betreten. Sie sollten außerdem wissen, dass die Polizei morgen kommen wird.«

»Die Polizei? Warum das denn?«, fragte Andreas erstaunt.

»Wir vermuten, dass der Brand absichtlich gelegt wurde. Da muss die Polizei immer ermitteln.«

»Sie meinen, es war Brandstiftung?«, fragte Gitti verblüfft.

Die Frau nickte. »So sieht es aus. Ich vermute, dass einige Ihrer Gäste Quatsch gemacht haben. Wir haben mehrere Deospraydosen in dem Raum gefunden. Das geschieht oft, die Kids zündeln, ohne an die Konsequenzen zu denken.«

Sie verabschiedete sich und ging zu ihrem Auto.

»Brandstiftung!«, flüsterte Antonia Jaron zu. »Krass!«

Jaron nickte. Er war sehr, sehr müde und konnte gar nicht richtig fassen, was geschehen war. Er wollte nur noch ins Bett. Als er einen letzten Blick über die Menge der Burgbewohner warf, entdeckte er Naila. Sie stand – die Arme verschränkt und mit genervtem Gesichtsausdruck – etwas abseits ihrer Klassenkameraden. Ihre Blicke trafen sich und Jaron winkte ihr zu. Sie reagierte mit einem Nicken, lächelte aber nicht.

Keiner von ihnen sah die Gestalt, die hinter einem Baum stand und beobachtete, wie die Schülerinnen und Schüler langsam zurück zur Burg gingen. Sie rührte sich nicht und wartete geduldig, bis alle im Burgtor verschwunden waren.

Kapitel 10:

Die Entstehung der Seeburg

»Und es war wirklich Brandstiftung?«, fragte Janina Rahn ungläubig beim gemeinsamen Abendessen am Küchentisch der Familie Reihmann. Als Gitti gehört hatte, dass Angelika die Lehrerin zum Essen eingeladen hatte, hatte sie spontan gefragt, ob sie nicht zu ihnen kommen wollten. Sie wollte die neue Lehrerin von Antonia auch gerne kennenlernen und außerdem konnten sie sich so die Küchenarbeit teilen. Angelika hatte das Angebot gerne angenommen, denn die Folgen des Brands hielten sie beschäftigt und ihr Arbeitstag war lang gewesen. Nun saßen sie zu acht in der gemütlichen Küche.

»Ja, sehr wahrscheinlich«, sagte Andreas, »die Feuerwehr vermutet, dass jemand Unfug mit einer Spraydose und einem Feuerzeug betrieben hat.«

»Als Lehrerin hat man leider nicht immer alle im Griff«, seufzte Janina. »Gott sei Dank ist es gut ausgegangen.«

»Ja, der Schaden hält sich in Grenzen«, sagte Gitti, »wir wissen jedoch noch nicht, ob die Versicherung alles übernehmen wird. Aber wenigstens haben die neuen Brandschutztüren, die wir erst vor sechs Monaten eingebaut haben, verhindert, dass es in der ganzen Burg nach Rauch riecht.«

Darüber war Antonia auch sehr erleichtert. Sie sah in die Runde. Sie liebte diesen Raum, wenn viele Menschen am Tisch saßen. In solchen Momenten konnte sie sich nicht vorstellen, die Seeburg jemals zu verlassen. Der Brand hatte ihr deutlich vor Augen geführt, dass dieser Fall schneller eintreten konnte, als sie es wahrhaben wollte. Während sie auf die Flammen gestarrt hatte, hatte sie sich heimatlos gefühlt.

Gedankenverloren spielte sie mit der Kette, die Jaron ihr geschenkt hatte, als sie vor den Sommerferien im Krankenhaus gelegen hatte. Es war süß gewesen, wie er sich während des Feuers um sie gekümmert hatte. Doch das hätte sie nie zugegeben.

»Ich will mir gar nicht ausmalen, was noch alles hätte passieren können«, fuhr Gitti fort. Sie nahm das Salatbesteck und lud Antonia eine große Portion Salat auf den Teller.

»Mann, Mama«, beschwerte sich Antonia wieder einmal. Doch ihre Mutter schenkte ihr keine Beachtung.

»Und Sie sind hier am Starnberger See aufgewachsen?«, fragte Janina Rahn an Angelika gewandt.

»Sollen wir nicht zum Du übergehen?«, fragte Angelika. »Ich kann doch meine Nichte nicht siezen.«

»Sehr gerne«, antwortete Janina.

»Das gilt dann natürlich auch für Andreas und mich, Gitti«, warf Antonias Mutter ein.

»Ich heiße Sina«, sagte Antonias Schwester mit vollem Mund.

»Und mich darfst du Herr Reihmann nennen«, verkündete ihr Zwillingsbruder Luca.

»Luca!«, rief Gitti mit einem strengen Blick, doch das Lachen der anderen nahm ihrer Ermahnung alle Schärfe.

»Okay, Kinder, aber in der Schule müsstet ihr mich weiter siezen«, sagte Janina. »Ich hoffe, das ist für euch in Ordnung.«

»Geht klar«, antwortete Jaron.

»Kein Problem«, sagte Antonia. Sie fand es sowieso merkwürdig, eine Lehrerin mit Du anzureden.

»Um deine Frage zu beantworten, Gitti und ich sind zusammen in Kempfenhausen zur Schule gegangen«, sagte Angelika, »zum Studium bin ich dann weggezogen und habe Johannes kennengelernt. Wir haben ein paar Jahre in Köln gelebt. Johannes starb, als Jaron vier Jahre alt war. Und schließlich sind wir in die Seeburg gezogen. Es tut gut, wieder in der Heimat zu sein. Der Starnberger See ist einfach etwas ganz Besonderes.«

»Mich fasziniert der Starnberger See«, stimmte Janina ihr zu, »hier gibt es so viel Geschichte.«

»Antonia hat schon erzählt, dass du ganz viel über ihn weißt«, warf Andreas ein. »Du hast dich in deinem Studium mit den Schlössern hier beschäftigt?«

Janina nickte. »Ja, im Zuge meiner Masterarbeit. Vor allem mit den Bauten des Architekten Julius Hofmann.«

»Und warum gerade mit dem?«, hakte Angelika nach.

»Neben Geschichte interessiere ich mich auch sehr für Architektur. Ich war daher froh, als mir meine Betreuerin ein Thema aus der Architekturgeschichte vorgeschlagen hat, eben das Werk von Julius Hofmann.«

»Und wer war dieser Hofmann?«, fragte Jaron.

»Ein berühmter Architekt Ende des 19. Jahrhundert«, antwortete Andreas, »er hat die Seeburg gebaut.«

»Ja, genau. Berühmt war er, nachdem er die Innenausstattung von Schloss Neuschwanstein und Herrenchiemsee übernommen hatte«, erzählte Janina, »er wurde sogar zum Oberbaurat ernannt. Danach wollten natürlich alle reichen Münchner, dass er ihre Häuser baut. Auch der Bauherr der Seeburg.«

»Genau«, bestätigte Andreas. »Hat Hofmann nicht auch die Votivkapelle gebaut?«

»Er hat sie entworfen«, erklärte Janina, »aber er ist leider vor Baubeginn gestorben. Sein Sohn hat sie dann gebaut.«

»Welche Votivkapelle?«, fragte Jaron.

»Das ist eine Kapelle in Leoni. Die wurde zur Erinnerung an König Ludwig gebaut. Genau an der Stelle, an der er tot im Starnberger See gefunden wurde«, antwortete Gitti.

»Ach die«, meinte Jaron. Manchmal radelten sie auf dem Weg zur Schule an der Kapelle vorbei.

»Hofmann wurde 1889 von Heinrich von Höch für den Bau der Seeburg engagiert«, fuhr Janina fort, »doch sie hatte damals einen anderen Namen. Von Höch nannte sie ›Schloss Biberkor‹.«

»Biberkor?«, fragte Antonia erstaunt. »Ich kenne das Gut Biberkor, dort steht Emmas Pferd. Hat das was mit der Seeburg zu tun?«

»Ja, das Gut gehörte auch Heinrich von Höch. Er hat es 1889 gekauft, im gleichen Jahr, in dem Schloss Biberkor gebaut wurde.«

»Das ist ja interessant!«, meinte Andreas. »Ich wusste bisher nur, dass nach dem Tod von Heinrich ein Gustav von Höch die Villa übernommen und den Namen in ›Schloss Seeburg‹ geändert hat.«

Janina nickte. »Heinrich von Höch hatte keine Kinder. Sein einziger Sohn war bei der Geburt gestorben. Deshalb übernahm Heinrichs Bruder Gustav den Familienvorsitz und den gesamten Besitz.«

»Und dann gab es noch einen Adolf von Brüning«, warf Antonia ein. Das wusste sie von ihrem letzten Fall.

»Genau. Er erwarb das Schloss in den Vierzigerjahren und überließ es der Nationalsozialistischen Volkswohlfahrt. Seit 1945 gehört die Seeburg dem Freistaat Bayern. Nach dem Krieg war hier ein Lazarett, dann stand die Burg lange leer.«

Antonia war beeindruckt, wie viel Janina wusste.

»1975 wurde sie dann vom Deutschen Jugendherbergswerk gepachtet und Christoph und Gerlinde Reihmann übernahmen die Leitung.«

»Oma und Opa«, meinte Antonia.

Janina nickte.

»Wow, dann habe ich heute noch einiges dazugelernt«, sagte Andreas, »wenn du möchtest, kann ich dich rumführen, auch in die Bereiche, in die Gäste nicht kommen.«

»Sehr gerne«, sagte Janina, »das wäre toll!«

»Mama, darf ich aufstehen?«, nutzte Luca die kurze Pause im Gespräch der Erwachsenen.

»Ich auch?«, stimmte Sina ein. »Mir ist langweilig.«

»Ja, dürft ihr«, sagte Andreas, »räumt eure Teller ab, zieht den Schlafi an und putzt die Zähne. Dann dürft ihr noch ein bisschen in eurem Zimmer spielen.«

»Geht klar«, sagten beide im Chor und waren im Nu verschwunden.

»Wie laufen denn eigentlich die Verhandlungen für die neuen Pachtverträge?«, fragte Janina an Andreas gewandt.

Der stutzte für einen Moment und stotterte dann: »Äh, ganz gut. Warum?«

Woher weiß sie denn von den Pachtverträgen?, wunderte sich Antonia.

»Ach, ich habe nur das Gerücht gehört, dass sie vielleicht nicht verlängert werden sollen. Aber dann ist ja alles gut«, sagte Janina wie nebenbei.

Antonia traute ihren Ohren nicht. *Nicht verlängert werden?*

»Das ist wohl alles, was es ist: ein Gerücht«, erwiderte Gitti bestimmt, aber Antonia entdeckte eine Unsicherheit im Gesicht ihrer Mutter, die sie nicht kannte. Auch der Blick, den sie ihrem Mann zuwarf, war merkwürdig.

»So, will noch jemand Salat?«, fragte Gitti plötzlich.

»Gute Idee!«, rief Andreas überschwänglich. Auch das kam Antonia seltsam vor, denn ihr Vater mochte Salat genauso wenig wie sie. Ihre Eltern wollten offensichtlich nicht weiter über die Pachtverträge reden. Aber warum?

Das Gespräch wandte sich von der Seeburg der Geschichte der Familie Rahn zu. Angelika und Janina hatten viel nachzuholen. Sie sprachen über Jarons Vater Johannes und seinen Bruder Martin, Janinas Vater, und über die Erlebnisse, die sie nie miteinander hatten teilen können. Sie lachten viel und waren sichtlich froh, sich wiedergefunden zu haben.

Während die Erwachsenen redeten, dachte Antonia immer wieder über das nach, was Janina gesagt hatte. Als Jaron sie antippte, zuckte sie zusammen.

Er flüsterte: »Alles klar bei dir?«

»Ja, passt schon.«

»Denkst du an gestern? An das Feuer?«

»Auch«, antwortete sie kurz angebunden.

»Auch an das, was Frau Rahn … äh, Janina gerade gesagt hat?«

Antonia sah ihn erstaunt an. Sie kannte es gar nicht, dass er so aufmerksam war. Erst zuckte sie mit den Schultern, doch dann gab sie zu: »Ja, vielleicht.«

Er lächelte sie ermutigend an und sagte: »Ich glaube, das ist wirklich nur dummes Gerede.«

»Meinst du?«, fragte Antonia. Sie atmete tief ein und wisperte. »Ja, du hast bestimmt recht.«

»Ich habe recht?«, fragte Jaron. »Und das aus deinem Mund!«

Sie musste grinsen, zwinkerte ihm zu und erwiderte: »Ja, aber nur heute.«

Kapitel 11:

Franz Josef von Beilstein

»Schau mal, die beiden Karren!«, rief Jaron, »Nice!« Gerade fuhren Antonia und er um die letzte Kurve auf ihrem Heimweg und hatten nun die Seeburg direkt vor sich.

Antonia wusste sofort, welche Autos er meinte. Vor dem Burgtor parkten zwei Sportwagen, ein etwas älterer metallicweißer BMW und ein silberner Mercedes. Sie erkannte den BMW sofort. So einen fuhr nur einer hier am Seeufer.

»Och nee«, stöhnte sie, »den kann ich wirklich nicht gebrauchen.«

»Wen denn?«, fragte Jaron.

»Na diesen von Beilstein, den Vater von Isabelle!«, erklärte Antonia. »Erinnerst du dich nicht? Der fährt doch so einen BMW.«

»Stimmt, daran habe ich gar nicht gedacht. Das bedeutet wahrscheinlich Ärger«, räumte Jaron ein. »Aber der Mercedes ist krass.«

Antonia sollte mit ihrer Vorahnung recht behalten. Als die beiden ihre Fahrräder abgestellt hatten und in den Innenhof kamen, konnten sie im Hauptflügel der Burg eine laute Auseinandersetzung hören.

»Ich verlange auf der Stelle, dass Sie mir Zutritt gewähren!«, rief eine tiefe Männerstimme.

Jemand antwortete, Antonia erkannte die Stimme ihres Vaters, konnte aber nicht verstehen, was er sagte. Jaron war zuerst an der Tür und öffnete sie. Andreas stand hinter der Theke der Rezeption. Davor standen zwei Herren im Anzug. Den einen erkannte Antonia sofort: Es war tatsächlich Franz Josef von Beilstein, Besitzer des Schlosshotels Unterallmannshausen und Vater von Isabelle von Beilstein. *Ein Wichtigtuer und Großkotz,* dachte Antonia. Den anderen kannte sie nicht, aber er gehörte in die gleiche Liga wie von Beilstein. Er nahm ähnlich viel Raum ein und beäugte Andreas über eine randlose, teuer aussehende Brille, als sei er ein störendes Insekt.

Die Tür knarrte. Für einen Moment sahen sich die drei Männer um und blickten Jaron und Antonia an, was ihr ziemlich unangenehm war. »Hallo Papa«, grüßte sie, um die Spannung aufzulösen.

»Hi, ihr beiden«, antwortete Andreas.

Es gab keinen Grund für Jaron und Antonia zu bleiben, also gingen sie den Gang entlang in Richtung der Wohnung der Familie Reihmann, während ihnen die Männer hinterherschauten.

Kaum waren sie um die Ecke gebogen, schubste Antonia Jaron in eine offene Tür. »He!«, protestierte er.

»Pst!«, zischte sie.

Hinter der Tür lag ein kleiner Lagerraum, in dem ein Kopierer stand, Aktenschränke und Regale mit Ordnern und Formularen. Er grenzte direkt an das Foyer mit der Rezeption und eine zweite Tür führte hinter den Tresen. Antonia wusste aus Erfahrung, dass man hier sehr gut hören konnte, was im Foyer gesprochen wurde. Sie sah Jaron an und legte den Finger auf den Mund. Er sah sie erstaunt an, doch dann hörte er es auch. Ganz deutlich war Antonias Vater zu verstehen, der gerade völlig ruhig antwortete: »Und warum sollte ich das tun, Herr von Beilstein?«

»Mein Mandant hat das Recht, den ihm angestammten Besitz zu begutachten. Wenn Sie so freundlich wären, ihm die Räumlichkeiten zu zeigen.« Diese Stimme kannte Antonia nicht. Ihr Tonfall strahlte Autorität und eine gewisse Schärfe aus.

»Ich sehe nicht, wie Herr von Beilstein ein solches Recht besitzen könnte, Herr Trenner«, sagte Andreas Reihmann unbeeindruckt, »soviel ich weiß, gehört die Seeburg dem Freistaat Bayern und das Jugendherbergswerk ist der Pächter. Ich bin dessen Vertreter hier vor Ort und habe daher das Hausrecht.«

»Die Burg wird bald mir gehören, guter Mann!«, rief Herr von Beilstein aus. »So wie sie meiner Familie gehört hat, bevor sie unrechtmäßig enteignet wurde!«

»Franz Josef, überlass das mir.« Das war wieder Herr Trenner, er klang nun besänftigend. »Herr Reihmann, Sie wissen genauso gut wie wir, dass die Verlängerung der Pachtverträge sehr fraglich ist. Meine Kontakte in der bayrischen Staatsregierung haben mir mitgeteilt, dass Sie über den Antrag der Familie von Beilstein unterrichtet wurden.«

Antonia sah Jaron an. »Welcher Antrag?«, flüsterte sie ihm zu. Er zuckte mit den Achseln. Neugierig lauschten sie weiter.

»Das ist richtig«, sagte Andreas. Er klang immer noch völlig entspannt und Antonia bewunderte ihn dafür. Ihr Herz klopfte dafür umso lauter. »Wir wurden darüber informiert, dass die Familie von Beilstein einen Antrag auf Retribution gestellt hat«, fuhr Andreas fort. »Allerdings hat uns unser Anwalt auch darüber aufgeklärt, dass solche Anträge nicht zwangsläufig erfolgreich sind. Die Argumentation Ihres Mandanten steht wohl eher auf wackligen Füßen.«

»Wie können Sie es wagen!« Jetzt brüllte Franz Josef von Beilstein fast. »Mein Vorfahr hat die Seeburg gebaut, sie ist mein angestammtes Erbe! Mein Großvater wurde von den Nazis enteignet, weil er sich nicht unterwerfen wollte. Ich habe *jedes* Recht, mich hier umzusehen. Welches Anrecht hat *Ihre* Familie auf die Burg?«

Antonia konnte kaum glauben, was sie da hörte. *Die Seeburg soll der Familie von Beilstein gehören?,* dachte sie entsetzt. *Das kann nicht sein! Denen gehört doch schon das Schloss Unterallmannshausen. Und was haben die mit von Höch zu tun?*

»Franz Josef, bitte.« Jetzt klang Herr Trenner etwas genervt. »Das bringt doch nichts. Herr Reihmann sieht sicher ein, dass eine Besichtigung im Sinne aller Beteiligten ist. Die Übergabe kann nur reibungslos verlaufen, wenn die Einzelheiten frühzeitig geklärt sind. Dem stimmen Sie sicher zu, nicht, Herr Reihmann?«

»Nein, tue ich nicht.« Jetzt hatte auch die Stimme ihres Vaters eine Schärfe, die Antonia fremd war. »Ich werde Sie nicht einlassen. Sie werden warten, bis die Sache abschließend geklärt ist.«

»Das ist eine …«, begann von Beilstein.

»Und wenn Sie das Grundstück nicht augenblicklich verlassen, hole ich die Polizei«, unterbrach ihn Andreas Reihmann und brachte damit von Beilstein tatsächlich zum Schweigen. Antonia hatte ihren Vater noch nie so streng erlebt, es machte ihr fast Angst.

Für einen Moment war es still im Foyer. Antonia hörte nur noch ein Schnaufen. *Das ist wohl von Beilstein.*

»Franz Josef, lass uns gehen«, sagte Trenner schließlich. »Hier erreichen wir nichts. Aber lassen Sie es sich gesagt sein, Reihmann. Wir kommen wieder.«

»Oh ja, wir kommen wieder!«, schrie von Beilstein. »Darauf können Sie sich gefasst machen!«

»Auf Wiedersehen«, antwortete Andreas schlicht.

Die Haustür zum Innenhof knarrte, als sie geöffnet wurde. Schritte entfernten sich, dann fiel sie ins Schloss.

Antonia und Jaron sahen sich an. »Was war das denn?«, flüsterte Antonia.

Jaron presste die Lippen zusammen und sah sie voller Mitleid an. »Ich weiß es nicht. Aber ich bin sicher, dass dein Vater alles im Griff hat.«

Sie starrte auf den Boden. Ihre Gedanken wirbelten wild umher. *Werden wir die Seeburg verlieren?,* fragte sie sich. *Das gibt es nicht, das kann doch nicht sein!* Ihr Magen verknotete sich.

Jaron schien zu bemerken, was in ihr vorging. Auch er wirkte erschrocken und stand hilflos vor ihr. Dann legte er ihr eine Hand auf die Schulter.

»Hey, ich glaube, du musst dir keine Sorgen machen. Ich bin mir sicher, es ist alles in Ordnung.«

Sie nickte. Seine Geste war tröstlich, konnte ihre aufkommende Angst aber nicht beruhigen. Und der Knoten in ihrem Bauch blieb.

Während Antonia und Jaron der beunruhigenden Auseinandersetzung in der Seeburg lauschten, war Emma noch in der Schule beschäftigt. Mittwoch war ihr langer Tag und ganz am Ende lag die Mathe-AG.

Als sie aus dem Schulgebäude trat, war sie hungrig und müde. Sie freute sich auf ihr Zuhause. Der Pausenhof war leer und in den Fahrradständern standen nur noch wenige Fahrräder. Emma schloss ihr Fahrrad auf und schob es auf die Straße. Sie sah sich um, ob die Fahrbahn frei war. Ihr Blick fiel auf einen Mercedes, der mit laufendem Motor ein Stück weiter am Straßenrand stand. Er fiel ihr auf, weil vor der Schule eigentlich Parkverbot herrschte, und weil die Fahrertür offenstand. Ein Mann stand dahinter und hatte die Arme lässig auf den Türrahmen gelegt. Er hatte graues, etwas zu langes Haar und trug eine randlose Brille. Seine Kleidung sah elegant und teuer aus.

In diesem Moment bog eine Gestalt um die Ecke und der Mann löste sich vom Wagen. Er hob die Hand und winkte. »Janina!«, rief er.

Es war tatsächlich ihre neue Klassenlehrerin! Janina Rahn beantwortete den Gruß des Mannes lächelnd. Er ging um das Auto herum und kam ihr auf dem Gehweg entgegen. Als sich die beiden erreicht hatten, breitete er seine Arme aus und Janina umarmte ihn. Er beugte sich zu ihr und sie küssten sich lange.

Emma schaute weg. Es war ihr etwas peinlich, die Szene zu beobachten und ihre Lehrerin so zusammen mit ihrem Freund – oder ihrem Mann – zu sehen. *Ist der nicht etwas alt für Frau Rahn?,* dachte sie irritiert, während sie ihr Fahrrad in die entgegengesetzte Richtung schob. Die Lehrerin war ihr als eine lebhafte junge Frau mit zeitgemäßen Interessen erschienen, die wenig auf traditionelle Rollenbilder gab. Ein Mann, der sich so teuer kleidete und einen Mercedes fuhr, passte irgendwie nicht zu ihr.

Emma zuckte mit der Schulter, stieg auf ihr Rad und trat in die Pedale. *Man weiß halt nie, wo die Liebe hinfällt,* dachte sie.

Kapitel 12:

Der Streit

Das ungute Gefühl verließ Antonia den ganzen Abend nicht. Nicht nur beschäftigte sie, was sie gehört hatte, auch das schlechte Gewissen, weil sie gelauscht hatte, belastete sie.

Als sie im Bett lag, grübelte sie, was sie mit dem Gehörten machen sollte. Die Aggressivität von Franz Josef von Beilstein und die Gleichgültigkeit seines Begleiters waren überwältigend gewesen. *Wie begegnet man so etwas?*, dachte sie. *Was kann man dem entgegenhalten? Die Familie von Beilstein ist steinreich. Die können sich alles kaufen, was sie wollen. Können sie sich auch die Seeburg kaufen? Und er behauptet ja sogar, dass sie ihm rechtmäßig gehören würde.*

Sie dachte an die Versicherungen ihres Vaters. Er hatte ihr gesagt, sie solle sich keine Sorgen machen. Dass die Verlängerung der Pachtverträge nur eine Formsache sei. Aber: Hatte er das nur gesagt, um sie zu beruhigen, oder stimmte es wirklich? Sie wollte ihrem Vater gerne glauben, aber der Zweifel und die Angst nagten an ihr. Der Gedanke, die Seeburg zu verlieren, war unerträglich.

Entschlossen richtete sie sich auf und schwang die Beine aus dem Bett. *Ich muss Papa fragen. Er muss mir erklären, was wirklich passiert. Bevor ich das weiß, kann ich sowieso nicht schlafen.*

Doch so weit kam es nicht, denn als sie den Flur hinunterging, hörte sie die Stimmen ihrer Eltern aus der angelehnten Wohnzimmertür. Sie klangen verärgert, anscheinend stritten sie sich. Antonia wagte nicht, sie zur stören. Aber sie war zu neugierig, um zurück in ihr Zimmer zu gehen. Sie blieb vor der Tür stehen und hörte zu.

»Und ich finde doch, dass wir uns selbst einen Anwalt suchen sollten«, sagte Gitti gerade trotzig.

»Gitti, das Jugendherbergswerk wird schon wissen, was es tut. Die haben doch ständig Probleme mit Pachtverträgen. Dass sie Dr. Hoffmann für diese Fälle engagieren, ergibt Sinn, er kennt sich wirklich aus!«, antwortete Andreas beruhigend.

»Das kannst du doch gar nicht wissen!«, widersprach Gitti. »Wie willst du denn bitte wissen, was am besten ist? Andreas, verstehst du es nicht: Wir hatten noch nie mit solch einer Situation zu tun!«

»Schatz, ich weiß, aber er hat gesagt, dass er ständig solche Fälle hat. Er meinte, dass das Landesamt die Verhandlungen nur so verzögert, weil sie bessere Konditionen rausschlagen wollen.«

»Hat Herr Hoffmann auch ständig Fälle, in denen eine raffgierige Familie behauptet, sie hätte ein Anrecht auf das fragliche Gebäude? Hat er ständig Fälle, in denen es zu einem merkwürdigen Unfall kommt, der dem Pächter negativ ausgelegt wird? In denen sogar Feuer gelegt wird, um die Herbergseltern zu diskreditieren?« Jetzt klang Antonias Mutter richtig wütend. Dass Andreas sich keine Sorgen zu machen schien, regte sie auf.

Was hat denn der Brand mit den Pachtverträgen zu tun?, fragte sich Antonia verwundert.

»Nein, das hat er nicht«, gab Andreas zu. »Unsere Situation ist auch für ihn neu.«

»Und dazu kommt, dass er nicht aus Starnberg ist«, fuhr Gitti fort, »nicht einmal aus München. Er mag die wichtigen Stellen in Nordrhein-Westfalen kennen, aber hier in Bayern ticken die Uhren anders. Das weißt du doch. Mich nervt einfach tierisch, dass du das Ganze so leicht nimmst!«

»Das tue ich nicht«, protestierte Andreas, »werd nicht unfair!«

»Ich werde unfair!?« Gitti schnaubte. »Ich bin einfach nur realistisch!«

»Gitti, ich mache mir auch Sorgen!«

»So? Davon merke ich aber nichts! Du sagst immer nur, dass alles in Ordnung ist und dass alles gut ausgehen wird. Aber das können wir diesmal nicht wissen, gib es doch zu!«

Für einen Moment sagte Andreas nichts. Als er antwortete, klang er, als spräche er mit zusammengebissenen Zähnen. »Okay, wenn du das so denkst, kein Problem«, meinte er schnippisch, »dann holen wir uns halt einen Anwalt, obwohl wir keine Rechtsschutzversicherung haben. Du weißt ja sicherlich, dass das teuer wird. Dann fahren wir halt nächstes Jahr nicht nach Griechenland, was soll's. Mir doch egal.« Antonia hörte die Ironie in seiner Stimme. Er stand vom Sofa auf.

»Das ist dann halt so«, hörte sie ihre Mutter sagen, »es ist ja wohl wichtiger, dass die Kinder ihr Zuhause nicht verlieren.«

»Ja, das soll nicht passieren«, antwortete Andreas. Antonia schrak zurück. Er schien in Richtung der Tür zu gehen, denn seine Stimme klang auf einmal viel näher. Schnell drehte sie sich um und lief den Gang hinunter zu ihrem Zimmer. Hastig öffnete sie die Tür und schloss sie hinter sich. Dabei vergaß sie ganz, dass diese laut in den Rahmen schlug, wenn man sie zu schnell zumachte. Es rumpelte, aber Antonia ignorierte das Geräusch, legte sich zurück in ihr Bett und zog die Decke über sich.

Es dauerte nicht lange, da klopfte es leise. Ihr Vater steckte den Kopf ins Zimmer. »Antonia?«, fragte er, aber sie tat so, als schliefe sie. Er ließ sich jedoch nicht täuschen, sondern kam herein und setzte sich auf ihre Bettkante. Er streichelte ihr über den Kopf.

»Ich habe deine Tür gehört«, sagte er.

Sie reagierte nicht. Eine Träne kullerte in ihr Kopfkissen.

»Hast du gehört, was Mama und ich besprochen haben?«

Sie hob den Kopf nicht, nickte aber.

»Das tut mir leid«, sagte er sanft, »das war ein Gespräch zwischen Mama und mir. Das hättest du nicht hören sollen.«

»Hab ich aber«, erwiderte Antonia trotzig, drehte sich zu ihm um und wischte eine Träne weg. »Wir werden die Seeburg verlieren, oder!? Stimmt es, was Mama sagt?«

»Mein Schatz, bitte, mach du dir jetzt nicht auch noch Sorgen. Wir werden das klären, und es wird sich nichts verändern.« Er streichelte ihr über die Wange. Das nervte Antonia und sie drehte ihren Kopf trotzig weg.

»Mama hat recht. Du nimmst die Sache nicht ernst! Bist du dir wirklich sicher, dass du da etwas klären kannst!?«, fragte sie vorwurfsvoll.

Andreas wandte dann den Blick ab. Als Antonia sich wieder zu ihm umdrehte, wirkte er so verunsichert wie selten.

Für einen Moment sagte er nichts. Er strich sich übers Kinn und meinte dann leise: »Nein. Wenn ich ehrlich bin, kann ich nicht sagen, dass ich mir sicher bin. Die Situation ist jetzt anders und neu. So was haben wir noch nie gehabt, seit es die Jugendherberge gibt.«

Antonia ließ sich zurück auf ihr Kissen sinken. Er hatte gerade ihre schlimmsten Befürchtungen bestätigt. Sie starrte an die Decke und versuchte, ihre Gedanken zu ordnen.

Ihr Vater fasste nach ihrer Hand und blickte zum Fenster.

»Vielleicht will ich es nicht wahrhaben, dass wir möglicherweise wegziehen müssen.«

Antonia kamen wieder die Tränen. Sie wollte nicht weinen, aber sie konnte es nicht kontrollieren. Die Vorstellung, dass sie die Seeburg verlieren könnten, war unerträglich. Sie schwiegen eine Weile.

»Ich habe noch nie woanders gewohnt«, sagte Antonia schließlich schluchzend, setzte sich auf und lehnte sich an ihren Vater, der sie in den Arm nahm.

»Ich auch nicht«, antwortete Andreas und seine Stimme brach.

»Was passiert eigentlich, wenn wir hier raus müssen?«, fragte Antonia leise.

»Das weiß ich nicht. Aber ich weiß, dass das Jugendherbergswerk immer Herbergseltern für andere Jugendherbergen sucht. Vielleicht würden wir einfach eine von diesen übernehmen.«

»Aber was ist dann mit Emma, Franky und Jaron? Und dem alten Heinrich?«

Ihr Vater drückte sie an sich und streichelte ihr sanft über den Rücken. Für einen Moment saßen sie still nur nebeneinander.

»Die Seeburg ist mein Zuhause, seit ich denken kann«, sagte Andreas, »und mein Zuhause zu verlieren, macht mir total Angst.«

»Mir auch.«

»Aber mein Zuhause ist mehr als die Seeburg.«

»Was meinst du damit?« Antonia sah ihn verwirrt an.

»Na, die Seeburg ist nur ein Gebäude. Solche gibt es viele hier am See. Sie ist wunderschön, aber mein Zuhause sind eigentlich die Menschen, die hier wohnen. Du, Mama, Sina und Luca. Ihr seid mein Zuhause, egal an welchem Ort wir leben.«

Antonia widersprach: »Aber die Seeburg kenne ich. Jeden Winkel. Ich liebe sie schneebedeckt im Winter und ich liebe sie im Sommer.«

»Das kann ich verstehen. Ich auch. Aber du könntest einen neuen Ort genauso gut kennenlernen.«

»Ja, schon, aber hier sind alle Menschen, die ich lieb habe. Du und Mama, Sina und Luca und meine Freunde.«

»Die Menschen, die wir lieben, machen einen Ort zu einem Zuhause. Und Mama und ich, Sina und Luca würden mit umziehen, wohin auch immer es uns verschlägt. Wir wären auch an einem neuen Ort eine Familie. Das würde sich nicht ändern.«

»Ja, ich weiß. Aber meine Freunde?«

»Da hast du recht.« sagte Andreas. »Die können wir nicht mitnehmen.«

»Toll«, meinte Antonia trotzig.

»Ich glaube, unser echtes Zuhause besteht nicht aus einem Ort und auch nicht aus Menschen«, meinte ihr Vater nachdenklich. »Es besteht allein in Gott. Bei ihm sind wir wirklich daheim, ganz unabhängig davon, wo wir sind und wer bei uns ist.«

Antonia antwortete darauf nicht. Das waren viele neue Gedanken. Sie glaubte an Gott und glaubte, dass er alles im Blick hatte, aber das schlechte Gefühl ließ sie nicht los. Als sie in den Armen ihres Vaters lag und darüber nachdachte, spürte sie in ihrem Herzen, dass Gott da war. Diese Gedanken gaben ihr Trost. Vielleicht war es das, was ihr Vater mit dem Zuhause in Gott meinte. Die Angst vor etwas Neuem und Unbekannten war zwar nicht verschwunden, aber sie fühlte sich trotzdem geborgen.

Gleichzeitig spürte sie ihre Erschöpfung und die Müdigkeit, die sie übermannte. Ihr Vater blieb bei ihr und hielt sie fest, bis sie eingeschlafen war.

Kapitel 13:

Bloß weg!

»Und dann versucht ihr, durch den Raum zu laufen«, rief Andreas Reihmann von der Tür aus, doch das Geplapper der Siebtklässler machte es schwer, ihn zu verstehen. »Ohne dass der Bleistift herunterfällt!«, fügte er an.

Naila runzelte die Stirn. Vor ihr stand ein Mädchen aus ihrer Klasse und grinste sie an. Sie hielten zwischen sich einen Bleistift fest, jede nur mit einem Zeigefinger. *Jetzt reicht's,* dachte Naila. Sie zog ihre Hand zurück. Ihre Partnerin versuchte noch, den Stift zu fangen, doch er klapperte auf den Boden.

»Alter, was ist denn das für ein bescheuertes Spiel? Wir sind doch nicht mehr im Kindergarten!«, rief Naila.

Alle drehten sich zu ihr um und auch Andreas sah in die Richtung, aus der der Ruf gekommen war. Es wurde still im Raum.

Naila schob sich zwischen den anderen durch. »So einen bescheuerten Kack mach ich nicht mit!«, knurrte sie Andreas an.

»Naila, wir sind bald fertig«, antwortete Andreas ruhig, »und danach habt ihr Pause. Dann kannst du machen, was du willst.«

»Das kann ich jetzt schon!«, erwiderte sie. »Sie haben mir gar nichts zu sagen!« Damit riss sie die Tür auf, rannte hinaus und schlug sie hinter sich wieder zu. Für einen Moment blieb sie auf dem Flur stehen.

»Also, dann machen wir weiter!«, hörte sie Andreas Reihmann hinter der Tür sagen. »Das ist die letzte Aufgabe für heute.«

Naila schnaubte und ging den Flur entlang. *Was für ein Blödsinn,* dachte sie, *mir geht dieses bescheuerte Kompetenz-Training so dermaßen auf die Nerven! Können wir nicht wenigstens auf der Klassenfahrt was Interessantes machen?*

An der Rezeption sah sie sich um. Es war niemand zu sehen. Rasch beugte sie sich über die Theke und griff nach dem Schlüssel zum Löwensteg. Kurz darauf nahm sie den Weg hinunter zum Ufer. Unten angekommen setzte sie sich an ihren Stammplatz auf dem rechten Löwen und zog die E-Zigarette heraus. Sie nahm einen kräftigen Zug und blickte auf den See hinaus.

Der Abend zog langsam herauf, aber es war schönes Wetter und im See waren noch einige Schwimmer unterwegs. Sie beobachtete sie, wie sie vorbeizogen. Plötzlich bemerkte sie einen Schwimmer, der die Richtung änderte und auf sie zukam.

Naila runzelte die Stirn. *Ist das nicht …* Hastig steckte sie die E-Zigarette zurück in ihre Tasche, denn der Mann, der nun festen Boden erreicht hatte und aufstand, war ihr Lehrer. Doch es war zu spät. Er hatte sie entdeckt. »Naila!«, rief er, während er durch das flache Wasser auf sie zuging. »Was machst du denn hier unten?« Seine wenigen Haare klebten ihm am Schädel und sein Bauch hing über seiner Badehose.

Man sollte nicht gezwungen werden, seine Lehrer halbnackt zu sehen, dachte Naila seufzend. Er watete immer näher. »Äh, ich hatte Kopfweh«, stotterte sie.

»Kopfweh?« Der Lehrer sah sie eindringlich an. Sie wusste, dass er ihr nicht glaubte.

»Ja, Kopfweh«, wiederholte sie patzig. »Deshalb hat mich dieser komische Typ schon früher rausgelassen.«

»Erzähl mir doch nichts!«, gab er zurück. »Her damit!« Er streckte fordernd die Hand aus.

»Was!?«, fragte Naila unschuldig.

»Die Zigarette!«

Mit einem genervten Schnauben holte sie das Gerät aus ihrer Tasche und hielt es ihm hin.

»Na also, geht doch«, sagte der Lehrer und nahm es. »Warum machst du so was Dummes? Du weißt doch, wie gefährlich diese Dinger sind. Darüber haben wir gerade erst im Unterricht gesprochen.«

»Jaja«, antwortete sie genervt. *Alles, was Spaß macht, ist verboten. Warum muss gerade dieser Depp mich erwischen. Ich hoffe, er haut gleich wieder ab.*

»Wir sprechen uns noch! Und du gehst jetzt sofort hoch in die Burg, verstanden!« Damit drehte er sich zum Strand und watete durch das Wasser zum Ufer.

Naila stampfte voller Wut mit dem Fuß auf den Löwenrücken. Ein kleines Stückchen Beton löste sich und plumpste ins Wasser. *Ich muss hier weg!,* dachte sie.

Sie überlegte. Es ergab wenig Sinn, gleich loszustürmen. Ihre Abwesenheit würde schnell entdeckt werden. Besser war es, bis zum späten Abend zu warten. Und sie brauchte ein anderes Transportmittel als Bus oder Zug. Damit fuhren zu viele Leute, es gab zu viele Zeugen und man würde sie schnell wieder einfangen, das wusste sie aus Erfahrung.

Sie sah über die Wasseroberfläche. Nicht weit draußen schaukelte das Segelboot. Da kam ihr eine Idee. Sie würde mit dem Boot zum anderen Seeufer fahren und sich dort erst einmal verstecken. Sie hatte zwar keine Ahnung, wie man ein Segelboot fuhr oder lenkte, aber das war ihr egal. *Das kriege ich hin,* dachte sie und presste entschlossen die Lippen zusammen.

Von der Seeburg her ertönte ein Gong und rief zum Abendessen. Seufzend kletterte sie von dem Löwen hinunter und machte sich auf den Weg den Hang hinauf. *Na, dann mal zurück in den Wahnsinn. Aber nicht für lange!*

Nach dem Abendessen sah sich Naila ein paar Videos über Segelboote auf dem Handy an. So schwer konnte es nicht sein, das Ding flottzumachen. Sobald die anderen Mädchen in ihrem Zimmer schliefen, schlich sie sich hinaus. Ihren Rucksack mit ein paar notwendigen Dingen hatte sie vor dem Schlafengehen in der Nähe der Tür postiert, sodass sie keinen unnötigen Lärm machen musste. So leise sie konnte, ging sie durch die Gänge der Seeburg. Hinter einer Tür hörte sie die Stimmen der Lehrer. Sie lachten laut. *Sitzen wohl noch bei einem Glas Wein zusammen, nachdem sie genug Schüler gequält haben,* dachte sie bitter.

Die Außentür war noch nicht abgeschlossen und so kam sie ohne Probleme aus der Burg heraus und hinunter ans Seeufer. Am Wasser angekommen, wickelte sie ihren Rucksack in einen Müllsack und legte ihn in das kleine Beiboot, das am Strand lag. Vermutlich gehörte es zu dem Segelboot, irgendwie musste man ja hinaus zur Boje kommen.

Naila sah über das Wasser. Der Mond stand schon hoch am Himmel und so konnte sie die Silhouette des Segelboots gut erkennen. Es schaukelte sanft auf den Wellen. Weiter draußen sah sie zu ihrer Verwunderung zwei Schwimmer, die die Sommernacht zum Baden nutzten. Leises Lachen und Plätschern drangen zu ihr. Für einen Moment zögerte sie, ob sie sich aufs Wasser wagen sollte. Doch dann bemerkte sie, dass sich die beiden Köpfe dem Ufer näherten. Sie gab sich einen Ruck und begann, das kleine Boot ins Wasser zu schieben. Für sie allein war es schwer und sie keuchte, doch schließlich löste sich der Rumpf vom Sand. Schnell kletterte sie hinein. Während sie die Ruder einhakte, blickte sie zurück zum Ufer. *Endlich geht es fort. Ich werde es euch allen zeigen.* Sie wollte gerade losrudern, da durchfuhr sie ein Schreck. *Verdammt!* Sie fühlte an ihren Hals. *Meine Kette! Die liegt noch auf meinem Nachttisch! So ein Mist!* Sie hatte sie zum Duschen ausgezogen und vergessen, sie wieder anzulegen.

In diesem Moment hörte sie leises Lachen hinter dem Bootshaus. Wasser plätscherte. Naila hielt inne, rührte sich nicht und lauschte. Zwei Mädchenstimmen unterhielten sich, Schritte kamen auf dem Strand näher. Die beiden Schwimmerinnen schienen nicht weit entfernt aus dem Wasser gestiegen zu sein. Naila überlegte schon, wo sie sich verstecken könnte, da hörte sie, wie die Vorhänge der Umkleidekabinen im Bootshaus zurückgeschoben wurden. Die Schwimmerinnen zogen sich um.

So leise sie konnte, kletterte Naila aus dem Boot, sprang ins Wasser und watete ans Ufer. Als sie zur Straße schlich, raschelte es plötzlich neben ihr. Verwundert drehte sie sich um. In diesem Moment packte sie ein starker Arm und presste ihr einen Lappen auf den Mund. Sie versuchte zu schreien. Dann wurde ihr schwarz vor Augen.

Kapitel 14:

BFFs

Heute übernachtete Emma bei Antonia. Am Freitag würden die ersten beiden Stunden ausfallen, deshalb hatten es ihr Vater und ihre Stiefmutter erlaubt. Aufwand war es keiner, Emma war so oft bei Familie Reihmann, dass sie sogar einen Schlafanzug und eine Zahnbürste dort deponiert hatte.

Wie immer blieben die beiden Freundinnen noch sehr lange wach, nachdem sie das Licht gelöscht hatten. An diesem Abend gab es besonders viel zu bereden und Emma hatte sich neben Antonia auf die Matratze auf dem Boden gelegt. Die letzten Tage waren aufregend gewesen. Antonia hatte Emma zuerst von der Begegnung mit Franz Josef von Beilstein und Herrn Trenner berichtet, von dem Streit ihrer Eltern und der anschließenden Unterhaltung mit ihrem Vater.

»Es ist also wirklich ernst?«, fragte Emma besorgt. Antonia war deutlich anzumerken, wie sehr sie die Geschehnisse beunruhigten. Auch für Emma war es eine furchtbare Vorstellung, dass ihre beste Freundin möglicherweise wegziehen musste. Sie erinnerte sich daran, wie sie nach Berlin ziehen sollte und was das für ein schreckliches Gefühl gewesen war. Würde sie Antonia jetzt trotzdem verlieren? Sie versuchte, den Gedanken zu verdrängen.

»Sieht so aus«, seufzte Antonia.

»Das darf nicht sein«, antwortete Emma leise. Die beiden Mädchen lagen für einen Moment schweigend nebeneinander.

»Sollen wir beten?«, fragte Emma unsicher.

»Ja, vielleicht«, antwortete Antonia unschlüssig.

Emma setzte sich ein wenig aufrecht und nahm Antonias Hand.

»Lieber Jesus«, betete sie, »wir haben voll Angst, dass Antonia vielleicht aus der Seeburg ausziehen muss. Ich bitte dich, dass das nicht passiert. Bitte hilf, dass die Familie Reihmann hierbleiben kann und dass sich das alles irgendwie regelt. Bitte mach, dass Antonia keine Angst hat und dass sie trotzdem irgendwie gut drauf sein kann. Amen.«

»Amen«, sagte Antonia und drückte ihre Hand.

Emma sah sie an. Durch das große Fenster fiel der Schein des Vollmonds. Emma konnte die Sorge auf dem Gesicht ihrer Freundin sehen.

»Danke«, sagte Antonia.

»Geht klar.« Emma lächelte und nahm ihre Freundin in den Arm. *Sie braucht etwas Schönes, um ihren Kummer für eine Weile zu vergessen,* dachte sie.

Plötzlich kam ihr eine Idee, die sie schmunzeln ließ. Normalerweise war sie nicht die Abenteuerlustige von ihnen. *Aber besondere Situationen brauchen besondere Taten,* dachte sie.

Sie grinste Antonia an und fragte: »Hast du dieses Jahr eigentlich schon im Dunkeln im See gebadet?«

Antonia öffnete erstaunt die Augen. »Nein …?«

»Dann machen wir das jetzt«, sagte Emma entschlossen und stand auf.

»Jetzt?«, fragte Antonia.

»Ja, jetzt. Hast du etwa Angst?«

Antonia kniff die Lippen zusammen. »Natürlich nicht! Ich wundere mich nur. Was ist denn in dich gefahren?«

Emma lachte. »Na ja, weißt du, meine Freundin ist traurig. Da muss ich doch was machen.« Sie stand auf und fragte: »Na, was ist? Kommst du?«

Antonia schlug die Decke zurück. »Ja, ist schon gut, ich komme. Ich kann dich ja wohl nicht alleine gehen lassen, so durchgeknallt, wie du bist.«

Antonia schnappte sich ein Top und ihre Badeshorts und gab Emma ihren Badeanzug.

Es gelang ihnen, unbemerkt aus der Wohnung zu schleichen. Es ging auf Mitternacht zu und Antonias Eltern waren schon längst zu Bett gegangen. Der Mond schien so hell, dass sie die Lampen ihrer Handys auf dem Weg hinunter zum See nicht brauchten. Antonia schloss das Türchen zum Löwensteg auf und sie legten ihre Handtücher und Kleider in die Umkleidekabinen im Bootshaus.

Das Wasser war kälter, als Emma erwartet hatte. Ihr entfuhr ein kleiner Juchzer, als sie hineinglitt. Antonia folgte ihr und nebeneinander schwammen sie ein Stück in den See hinaus. Nach und nach gewöhnte sich Emma an das kühle Wasser und sie konnte das Bad genießen.

Sie sprachen nicht viel, zu magisch war die Szene vor ihnen. Der Himmel war sternenklar. Der Vollmond stand schon recht tief und war kurz davor, über dem westlichen Ufer unterzugehen. Es war windstill. Das Wasser war spiegelglatt und der Mondschein wie eine Straße zum Horizont. Die Lichter am anderen Ufer waren längst erloschen. Es war ruhig, nur ihre Schwimmzüge ließen das Wasser leise plätschern. Emma seufzte zufrieden. Antonia sah jetzt völlig entspannt aus, alle Sorge schien von ihr abgefallen zu sein.

Auf einmal bemerkte Emma etwas entfernt einen kleinen, leuchtenden Punkt auf der Wasseroberfläche. Neugierig schwamm sie näher. Der gelbe Funken zappelte vor ihr. Als sie ihn erreichte, sah sie, dass es ein Glühwürmchen war, das ins Wasser gefallen war. Vorsichtig streckte sie einen Finger unter das Insekt und hob es aus dem Wasser. Das Glühwürmchen klammerte sich völlig durchtränkt an ihre Haut, doch seine Laterne leuchtete weiter. Es sah aus, als würde Emmas Finger leuchten. »Antonia, schau mal!«, rief sie entzückt.

Antonia schwamm zu ihr. »Oh, wie süß!«, rief sie, als sie das Glühwürmchen sah. Es berappelte sich bereits und breitete seine Flügel aus, war aber noch zu nass, um loszufliegen. Sie betrachteten es eine Weile lächelnd.

»Lass uns zurückschwimmen«, sagte Emma schließlich, »damit es auf dem Trockenen ist und nicht noch mal ins Wasser fällt.«

Gemeinsam schwammen sie zurück zum Ufer, Emma mit nur einem Arm, den anderen hielt sie in die Höhe, um das Insekt nicht zu verlieren. Es hörte nicht auf, zu leuchten.

Am Ufer ging Emma den Strand hinauf und setzte das Glühwürmchen auf ein Blatt. Kurz beobachteten die beiden Freundinnen es noch, dann wurde es ihnen zu kalt. »Komm, wir ziehen uns an«, schlug Emma vor.

Während sie sich in einer Kabine im Bootshaus trockenrubbelten, hörten sie auf einmal einen unterdrückten Schrei aus Richtung der Straße. Sie hielten beide inne und sahen sich an.

»Was war denn das?«, flüsterte Emma. Sie bekam nun doch etwas Angst.

»Keine Ahnung.«

Sie lauschten für einen Moment, doch es war nichts weiter zu hören.

»Komm, beeilen wir uns«, sagte Antonia schließlich. »War vielleicht nur ein Vogel. Und ich bin müde.«

Als sie gemeinsam das Törchen hinter sich zuzogen, fiel Emma etwas ein und sie sagte: »Ich wollte dir noch was anderes erzählen, hatte ich ganz vergessen.«

»Was denn?«

Emma erzählte ihr von Janina Rahn und dem fremden Mann vor der Schule.

»Der Typ hat überhaupt nicht zu ihr gepasst«, schloss sie, »es war echt merkwürdig.«

Sie hatten die Seestraße erreicht und stiegen die Stufen zur Seeburg hinauf. Emma fiel ein Lieferwagen mit Starnberger Kennzeichen auf, der direkt am Löwensteg geparkt hatte.

»Diese Rahn ist sowieso komisch, finde ich«, sagte Antonia, »dass sie so viel über die Seeburg weiß, auch über die Sache mit dem Pachtvertrag. Das ist doch seltsam.«

»Ja, das stimmt«, sagte Emma, »wir sollten sie noch mal googeln, vielleicht hat Franky was übersehen.«

»Können wir machen«, stimmte Antonia zu, »das musst du aber übernehmen. Ich vermisse seit gestern mein Handy. Keine Ahnung, wo ich das wieder hingelegt habe.«

Emma schmunzelte. »Wir suchen es morgen früh. Jetzt freue ich mich aber erst mal auf mein Bett.«

»Ich auch«, seufzte Antonia.

Am nächsten Morgen hätten Emma und Antonia fast die Schule verpasst, so spät diese auch begann. Andreas musste sie aus den Betten werfen. Die restliche Familie Reihmann war schon mit dem Frühstück fertig, als sie in die Küche kamen.

»Guten Morgen«, begrüßte Gitti sie, »na, ausgeschlafen?«

Antonia nickte müde. »Ja, geht so.«

»Ich mach euch einen Kakao, setzt euch doch schon mal«, schlug Gitti vor.

Emma ging um den Tisch zu dem Platz, auf dem sie gewöhnlich saß. Dabei fiel ihr Blick aus dem Fenster auf den Parkplatz vor der Burg. Dort stand ein Polizeiauto.

»Warum ist die Polizei da?«, fragte sie Gitti, während sie sich neben Antonia setzte. Die streckte neugierig den Hals und sah aus dem Fenster.

»Ach, es gab heute Morgen etwas Aufregung«, erzählte Gitti. »Eine der Schülerinnen ist wohl heute Nacht abgehauen.«

»Abgehauen?«, fragte Emma.

»Ja, das kam schon öfter vor, hat ihr Lehrer erzählt.« Sie stellte zwei Tassen mit Milch in die Mikrowelle und drehte sich zum Tisch um. »Es ist übrigens dieses Mädchen, dem ihr auch schon begegnet seid, diese Naila.«

»Echt!?«, fragte Emma.

»Na, das wundert mich nicht, so schräg, wie die drauf ist«, meinte Antonia und nahm sich ein Brötchen aus dem Korb vor ihr.

»Habt ihr sie vielleicht gesehen?«

Emma schüttelte den Kopf und Antonia antwortete: »Nein. Und ich bin auch nicht scharf drauf.«

Kapitel IV:

Erinnerungen

Lübeck, Juni 1975

Nachdem die alte Frau ihm in seiner Wohnung das Kästchen übergeben hatte, war in Theodor der Entschluss gereift, nach Lübeck zu fahren, um seine Mutter zu besuchen und sie nach seiner Vergangenheit zu befragen. Solche Dinge erledigte man nicht per Brief oder am Telefon, es war ihm wichtig, ihr Gesicht zu sehen und ihre Reaktionen auf seine Fragen.

Aber es dauerte eine Weile, bis er die Zeit dazu fand. Auf der Seeburg gab es viel zu tun. Der Zement wurde endlich geliefert und plötzlich ging alles ganz schnell. Die Maurer zogen die neue Mauer im Erdgeschoss hoch und Theodor begann zusammen mit Christoph, den alten Parkettboden abzuschleifen, die Gästezimmer zu tapezieren und Lampen aufzuhängen. Die Wohnung für die neuen Herbergseltern wurde eingeräumt und Christoph, Gerlinde und Thomas zogen in die Burg.

Für Thomas begann die Schule wieder, er ging nun auf ein neues Gymnasium in Kempfenhausen. Nachmittags verbrachte sein Opa viel Zeit mit ihm und die beiden streiften gemeinsam durch die Hügel am See, gingen schwimmen oder beobachteten die Taucher, die direkt vor der Burg ins

Wasser stiegen, um an der Steilwand im See hinunterzutauchen. Die Männer und Frauen mit ihren Neoprenanzügen und Sauerstoffflaschen hatten es Thomas besonders angetan, er war sehr neugierig und stellte ihnen viele Fragen. Nach solchen Gesprächen schwärmte er davon, wie toll es sein musste, die Welt unter Wasser zu entdecken und schwerelos durch die fremdartige Landschaft dort unten zu schweben. Theodor schmunzelte über die Begeisterungsfähigkeit seines Enkels, eine Eigenschaft, die er sehr bewunderte. Er nahm sich fest vor, nach einer Tauchschule für ihn zu suchen.

In seiner eigenen Wohnung hatte Theodor inzwischen zwar einige Umzugskisten ausgepackt, aber immer noch stapelten sich die Kartons in fast jedem Raum. Das störte ihn aber nicht. Er war froh, seinen Sohn und dessen Familie in der Nähe zu haben und ihnen auf der Baustelle helfen zu können. Er packte viel lieber mit an und half anderen, bevor er es sich selbst gemütlich machte.

Vielleicht schob er den Besuch bei seiner Mutter auch deshalb vor sich her, weil er insgeheim fürchtete, was das Gespräch hervorbringen konnte. Doch endlich riss er sich zusammen – auch weil sein Enkel immer wieder nachbohrte – und rief seine Mutter an, um ihr seinen Besuch anzukündigen. Am nächsten Morgen fuhr er sehr früh zum Bahnhof, kaufte ein Zugticket und machte sich auf die lange Fahrt.

Nach einer anstrengenden Reise stand er viele Stunden später vor dem Haus, in dem er seine Jugend verbracht hatte und in dem seine Adoptivmutter immer noch wohnte. Sie war inzwischen 85 Jahre alt und lebte alleine. Sein Vater war vor 15 Jahren gestorben.

Theodor klingelte. Es dauerte eine Weile, bis er ihre schleppenden Schritte im Hausflur hörte, doch ihre Augen leuchteten wie immer, als sie die Tür öffnete und ihn sah.

»Mein lieber Theodor! Wie schön, dass du mich besuchen kommst. Komm rein!«

Theodor umarmte seine Mutter und gemeinsam setzten sie sich im Wohnzimmer auf das Sofa. Sie hatte Kaffee gekocht und Kuchen beim Bäcker nebenan besorgt. Erst unterhielten sie sich über ihren Alltag, alte Freunde und die Nachbarn. Während des Gesprächs bemerkte Theodor, dass die Vergesslichkeit seiner Mutter stark zugenommen hatte. Sie konnte sich an manche Personen aus der Vergangenheit nicht mehr erinnern, erzählte Begebenheiten mehrmals oder suchte nach Worten. Bei jedem seiner Besuche wurden die Aussetzer stärker.

Theodor erzählte von den Bauarbeiten in der Seeburg und von Christoph und seiner Familie. Seine Mutter schien erfreut über die neuen Entwicklungen, aber er war sich nicht sicher, wie lange sie sich an das Erzählte würde erinnern können. Doch die Unterhaltung nahm bald einen anderen Kurs. Theodors Mutter ahnte, dass ihr Sohn einen Grund für seinen Besuch hatte, denn normalerweise kam er nicht einfach so für einen Tag vorbei, dafür war die Reise zu weit. Und so fragte sie schließlich: »So, mein Junge, du bist bestimmt nicht hergekommen, um den neuesten Tratsch zu hören. Was bringt dich nach Lübeck?«

Theodor strich sich übers Kinn und überlegte, wie er anfangen sollte. »Nun«, begann er, »ich bin ja, wie du weißt, wieder nach Starnberg zurückgekehrt, dorthin, wo wir uns zum ersten Mal gesehen haben. In Starnberg haben Vati und du mich damals gefunden.«

Seine Mutter nickte.

»Vor ein paar Tagen hatte ich nun eine Begegnung, die mich dazu gebracht hat, über meine Vergangenheit nachzudenken. Also an die Zeit, bevor ich bei euch war. Mir ist aufgefallen, dass ich recht wenig über meine Herkunft weiß.«

Theodor konnte sehen, dass die Unterhaltung eine Richtung nahm, die seiner Mutter unangenehm war. Sie nestelte nervös den Seidenschal zurecht, den sie sich aus Anlass seines Besuchs um den Hals gelegt hatte. Dann strich sie sich durch die dünnen, weißen Haare, sagte aber nichts.

Theodor fuhr fort: »Ich habe es immer vermieden, zu viele Fragen zu stellen, da ich den Eindruck hatte, dass ihr darüber nicht reden wollt. Bis jetzt war das auch für mich in Ordnung. Ihr seid immer für mich da gewesen und seid die besten Eltern, die man sich nur vorstellen kann.«

Seine Mutter lächelte.

»Ich hatte nie das Bedürfnis, in meiner Vergangenheit zu graben«, fuhr Theodor fort. »Aber das hat sich geändert. Ich möchte gerne wissen, wer meine leiblichen Eltern waren und woher ich komme.«

Seine Mutter sah aus dem Fenster, die Brauen gerunzelt. »Man sollte die Vergangenheit ruhen lassen, weißt du?«, antwortete sie leise.

Theodor spürte, wie sich sein Gewissen regte. Tat er das Richtige? Er liebte seine Mutter. Wollte er ihr wirklich Fragen stellen, die sie ganz offensichtlich nicht beantworten wollte? Doch er wusste, dass er nicht zurückkonnte. Der Umzug nach Starnberg und die Begegnung mit der alten Frau hatten etwas in ihm ausgelöst, das er noch nie gefühlt hatte: Das Verlangen zu wissen, wer er war. Er dachte an den Mann auf dem Schwarz-Weiß-Foto. Wer war dieser Mann?

»Ich weiß, dass du nicht darüber reden willst«, sagte er. »Aber ich bitte dich: Erzähl mir, was du weißt. Nicht nur um meines Friedens willen. Auch Thomas stellt Fragen, die ich nicht beantworten kann. Ich weiß, dass ihr mich in Starnberg adoptiert habt. Was ist damals passiert?«

Die alte Frau seufzte. »Ich verstehe nicht, warum dich das nach so vielen Jahren noch interessiert. Hattest du bei uns nicht alles, was du brauchtest?«

Theodor schüttelte schnell den Kopf. »Das ist es nicht, Mutti. Ihr wart die besten Eltern, die ich mir hätte wünschen können. Bitte, versteh doch, ich möchte gerne wissen, woher ich komme. Das hat mit euch nichts zu tun.«

Auguste wandte sich ab und starrte auf den Boden. Eine ganze Weile herrschte Schweigen. Die Standuhr in der Ecke schlug sechs Uhr.

Theodor streckte seinen Arm aus und legte seine Hand auf die seiner Mutter. »Mutti?«, fragte er leise.

Auguste senkte den Kopf und schloss die Augen. Dann fing sie ganz unvermittelt an, zu erzählen: »Es war eine schwierige Zeit für uns damals, mitten im Ersten Weltkrieg. Dein Vater und ich waren erst ein paar Monate verheiratet, fast jede Woche mussten wir auf eine Trauerfeier für Schüler unserer Schule, die gefallen waren. So viele junge Männer, die nie wieder zurückgekehrt sind.« Sie seufzte traurig. »Dein Vater musste nicht mehr dienen, weil er gleich am Anfang des Kriegs ein Bein verloren hatte. Und dann war ich schwer krank und der Arzt hat uns gesagt, dass wir wohl keine Kinder bekommen können. Das war ein schwerer Schlag.«

Theodor war ganz still. Noch nie hatte seine Mutter erzählt, dass sie schwere Zeiten erlebt hatte. Sie und sein Vater waren Menschen, die ihr ganzes Leben lang alles Dunkle, Angsteinflößende ganz weit von sich weggeschoben hatten. Nie hatten sie sich gestritten, zumindest hatte er nichts davon mitbekommen. Negative Gefühle wie Trauer, Verzweiflung oder Angst waren in seinem Elternhaus nicht geäußert worden. Man sprach nicht über sie, sondern machte alles mit sich selber aus. Alles musste in rosa Licht getaucht werden, um erträglich zu sein. Er lauschte, während sie fortfuhr.

»Wir hatten uns schon für eine Adoption registriert und hofften, bald ein Baby oder ein Kleinkind bei uns aufnehmen zu können. Wie sehnlich haben wir gewartet! Und dann bist eines Tages du aufgetaucht.«

»Nicht gerade ein Baby, oder?«

»Nein, sicher nicht, du warst ja schon etwa zwölf Jahre alt. Aber die Umstände waren so außergewöhnlich, du hast uns so leidgetan, dass wir gar nicht anders konnten.«

»Was meinst du mit außergewöhnlich?«

»Du hast eines Tages einfach auf dem Marktplatz in Starnberg gestanden. Keiner kannte dich, keiner wusste, woher du kamst. Und du konntest kaum sprechen, noch weniger erzählen, was dir passiert war.«

»Ich konnte kaum sprechen? Das wusste ich ja gar nicht.«

»Ja, das war sehr merkwürdig. Du wurdest natürlich von einem Arzt untersucht, er meinte, du würdest unter Schock stehen. Du hast dann später auch angefangen zu reden, hattest aber einen erstaunlich kleinen Wortschatz für ein Kind deines Alters. Als ob du nie viel Gelegenheit gehabt hättest, mit anderen zu sprechen. Außerdem war deine Haut sehr hell und deine Augen sehr lichtempfindlich. Sie fingen im Sonnenlicht immer an zu tränen.«

»Habt ihr mich auf dem Marktplatz gefunden?«

»Nein, wir nicht. Du bist zuerst den Marktfrauen aufgefallen. Die haben dann die Polizei benachrichtigt. Die ersten Wochen hast du in einem Kinderheim verbracht.«

Plötzlich stieg ein Bild in Theodor auf. Eine Erinnerung. »Der Saal!«, stieß er hervor.

Seine Mutter sah ihn erstaunt an.

»Ich erinnere mich. Es war fremd«, stotterte er, »da waren viele andere Jungen. Wir haben alle in einem großen Saal geschlafen.« Er sah den Raum mit den vielen Betten deutlich vor sich.

»Ja, dem Heimleiter war schnell klar, dass dir das Heim nicht guttun würde, dass du eine Familie brauchtest. Deshalb haben die Behörden angefangen, nach einer Adoptivfamilie zu suchen. Und da wir schon registriert waren, haben sie uns gefragt. Als wir dir das erste Mal begegnet sind, haben wir uns sofort in dich verliebt. Du warst so schüchtern und verängstigt. Du hast uns so leidgetan. Dein Vater und ich hatten beide das starke Gefühl, dass Gott uns bat, uns um dich zu kümmern.«

Theodor nickte und fragte: »Hat man nachgeforscht, woher ich kam?«

»Ja, natürlich. Aber es war, als wärst du aus dem Nichts aufgetaucht. Niemand kannte dich, niemand vermisste einen ungefähr zwölfjährigen Jungen. Ich erinnere mich nicht mehr ganz genau, aber da war etwas ... Was war es nur?« Theodors Mutter stockte und versank in Gedanken. Dann schüttelte sie frustriert den Kopf. »Es fällt mir nicht mehr ein. Irgendetwas ist damals passiert, aber ich weiß es einfach nicht mehr. Vielleicht erinnere ich mich später wieder.«

»Das ist in Ordnung«, sagte Theodor, um sie zu beruhigen.

»Tut mir leid, dass ich dir nicht mehr erzählen kann.«

»Schon gut.« Theodor legte ihr den Arm um die Schulter und drückte sie an sich. Ihre Vergesslichkeit machte seine Mutter oft unruhig, sie wurde ganz aufgeregt, wenn ihr etwas nicht mehr einfiel. Das tat ihr nicht gut. Deshalb versuchte Theodor, ihr diese Sorge abzunehmen, so weit das für ihn möglich war.

Er überlegte. Sein Vater war ein sehr gewissenhafter Mensch gewesen, sicher hatte er alle Unterlagen von der Adoption sorgfältig abgeheftet. Und sein Arbeitszimmer war seit seinem Tod unangetastet. Bestimmt standen dort noch alle Aktenordner mit den Papieren.

»Mutti, hättest du was dagegen, wenn ich in Vatis Arbeitszimmer nachschaue, ob ich dort noch was finde?«

»Was willst du denn finden?«, fragte seine Mutter verwirrt.

»Unterlagen aus Starnberg, aus der Zeit, als ihr mich adoptiert habt.«

»Ach so, ja richtig. Geh nur. Schau ruhig nach, ob du was findest. Ich richte so lange den Tisch fürs Abendbrot.«

Theodor drückte sie noch einmal. Er ging den Hausflur entlang und öffnete die Tür zum Arbeitszimmer. Die Fensterläden waren geschlossen, es war düster und roch nach altem Papier und Staub. Theodor schaltete das Licht an und sah sich um. Hier hatte sich seit dem Tod des Schulleiters nichts verändert. Der Schreibtisch aus massiver Eiche stand mitten im Raum, an der Wand dahinter ein Regal mit einem ledergebundenen Brockhaus-Lexikon und Schulbücher aus verschiedenen Jahrzehnten. Rechts war das Fenster, links hingen gerahmte Familien- und Schulfotos. Theodor wandte sich dem Regal gleich neben der Tür zu, hier hatte sein Vater Dokumente und Briefe zu Steuer, Versicherungen und anderen offiziellen Dingen fein säuberlich in Ordner abgeheftet und alphabetisch sortiert.

Theodor fand schnell, was er suchte, und zog den Ordner mit der Beschriftung »Adoption Theodor, Starnberg 1918« aus dem Regal. Der Bürostuhl seines Vaters knarrte leise, als er sich an den Schreibtisch setzte und den Ordnerdeckel aufschlug. Das erste Deckblatt trug die Beschriftung »Rechnungen«. Theodor blätterte durch alte Abrechnungen für Kleidung, Schulsachen, eine Kinderzimmerausstattung und Bücher.

Er erinnerte sich noch gut, wie er das Zimmer, das seine Eltern für ihn eingerichtet hatten, das erste Mal betreten hatte. Seine Mutter hatte das Bett schon bezogen und ihm sogar eine Tafel Schokolade auf den Schreibtisch gelegt, in Kriegszeiten ein sehr seltener Genuss. Sein Vater hatte ihm stolz die kleine Sammlung von Jugendbüchern erklärt, die er ihm in das Regal gestellt hatte. Theodor wusste noch, wie fremd ihm das alles vorgekommen war und wie sehr er sich geschämt hatte, dass er nicht einmal die Titel der Bücher entziffern konnte. Erst später hatte sein Vater erkannt, dass sein Sohn gar nicht lesen und schreiben konnte. Danach wurde Theodors Bildung für ihn und seine Frau zu einer Mission.

Er blätterte weiter. Er las die Aufzeichnungen des Heimpersonals, die von der Schüchternheit des Jungen erzählten, von seinen Sprachproblemen und seiner Angst, nach draußen zu gehen. Dann die Berichte des Arztes, der ihn untersucht hatte und bescheinigte, dass Theodor mangelernährt und entwicklungsverzögert war. Er litt besonders an Rachitis, einem Mangel an Vitamin D, sodass sich seine Knochen nicht richtig ausgeformt hatten. Das war für Theodor nichts Neues, er litt heute noch an den Folgen dieser Rachitis, an Schmerzen in Beinen und Armen. Der Arzt hatte als Vermutung in den Bericht geschrieben, dass dieser Vitamin-D-Mangel entstanden war, weil Theodor in seiner Kindheit nicht oft in der Sonne gewesen war. Das deckte sich mit seinen eigenen Erinnerungen an ein dunkles Zimmer und den Stall. Erst seine Adoptiveltern hatten ihn immer wieder zu Sport und anderen Aktivitäten nach draußen gelockt.

Der Arzt war auch derjenige, der Theodors Alter auf etwa zwölf Jahre geschätzt hatte. Weitere Hinweise auf das Geburtsjahr gab es nicht.

Als Nächstes betrachtete Theodor die Urkunde der Adoption. Doch dort stand unter »Leibliche Eltern« nur der Eintrag »unbekannt« und unter »Geburtsdatum«: »circa 1905«.

Ganz hinten im Ordner fand Theodor endlich, was er suchte: Die letzte Abteilung trug die Aufschrift »6. Oktober 1917«. Er wusste, dass das der Tag gewesen war, an dem er auf dem Marktplatz in Starnberg aufgefunden worden war. Gleich das erste Papier war eine Überraschung: Es war ein Zeitungsartikel aus dem »Starnberger Boten« vom 8. Oktober, zwei Tage nach seinem Auftauchen. Theodor lehnte sich in den Sessel zurück und las:

Das Geheimnis um Theodor

Vor zwei Tagen, am Samstag, den 6. Oktober, unterbrach ein ungewöhnliches Ereignis den Bauernmarkt auf dem Marktplatz in Starnberg. Ein Junge wurde aufgegriffen, der völlig allein zu sein schien. »Wir haben uns gewundert«, berichtete eine der Marktfrauen dem Starnberger Boten, »er stand einfach so da. Als wir abgebaut haben, war er immer noch da. Ich habe ihn dann angesprochen, aber er konnte mir nicht sagen, wo seine Eltern sind. Da habe ich den Wachtmeister verständigt.«

Der Junge trug als einzigen Hinweis einen Zettel bei sich, auf dem die Worte geschrieben waren: »Bitte kümmern Sie sich um mich. Mein Name ist Theodor. Ich bin Waise.« »Die Schrift und die Worte weisen auf jemanden hin, der wenig Schulbildung genossen hat«, sagte Oberwachtmeister Hinklgruber gegenüber der Zeitung.

Die Polizei geht davon aus, dass der Verfasser des Zettels unter der Landbevölkerung zu finden ist, und führt umfangreiche Befragungen auf den Bauernhöfen der Umgebung durch. Bisher hat niemand den etwa zwölfjährigen Jungen als vermisst gemeldet.

Wiederholt sich gerade bayrische Geschichte? Wird man herausfinden, wer der geheimnisvolle Junge ist? Oder wird es ausgehen wie bei Kaspar Hauser, der vor fast 90 Jahren auf ganz ähnliche Weise in Ansbach auftauchte? Man hat nie herausgefunden, woher Kaspar Hauser stammte und über seine Herkunft wird auch heute, über 80 Jahre nach seinem Tod, noch gerätselt.

Wenn Sie wissen, wer der Junge sein könnte, melden Sie sich bitte auf dem Polizeirevier.

Theodor betrachtete das Foto, das den Text begleitete. Es zeigte ihn selbst zwischen zwei Polizisten. Er trug eine geflickte Bundhose und eine Jacke, die ihm beide viel zu groß waren, eine Schiebermütze und Lederschuhe, deren Kappen abgeschnitten waren, sodass seine Füße in Socken mit großen Löchern herausragten. Mit weit aufgerissenen Augen starrte der bleiche Junge in die Kamera.

Theodor las den Artikel noch einmal. Dann blätterte er weiter. Das nächste Dokument kannte er schon aus dem Artikel: Es war der Zettel, den er bei sich getragen hatte. Er war etwa so groß wie eine Postkarte, ein Stück Papier, herausgerissen aus einem größeren Schriftstück. Die Aufschrift war voller Fehler, die die Zeitung nicht wiedergegeben hatte: »Bitte kümmerds eich um mi. Ich hoas Theodor. I bin a Waise«, stand da in krakeliger Schrift und mit Bleistift geschrieben.

Als Nächstes stieß Theodor auf ein Foto der Kleidung, die er getragen hatte. Darauf war noch deutlicher zu erkennen, wie zerlumpt sie gewesen war.

Theodor stützte die Ellbogen auf die Schreibtischplatte und dachte nach. Bewunderung für seine Eltern stieg in ihm hoch. Sie hatten ihn bei sich aufgenommen, obwohl sie nichts über ihn wussten. Sie hatten große Energie in seine Schulbildung gesteckt und ihm so geholfen, fast alles aufzuholen, was er in seiner Kindheit versäumt hatte. Dafür war er ihnen umso dankbarer, jetzt wo ihm dies alles bewusst wurde. Aber warum gab es so wenige Hinweise auf seine Herkunft?

Kurzentschlossen löste er die Papiere aus der letzten Abteilung des Ordners. Nach kurzem Suchen fand er in einer Schreibtischschublade einen Papierhefter, in den er die Zettel einlegte. Dann stellte er den Ordner zurück ins Regal.

In dieser Nacht lag Theodor in seinem alten Kinderzimmer und fand nicht in den Schlaf. Immer wieder ging er in Gedanken die Einzelheiten durch, die er aus dem Zeitungsartikel erfahren hatte. Ob es noch mehr davon gab?

Kapitel V:

Auf der Suche

Starnberg, Juni 1975

Als Theodor seinem Enkel zwei Tage später erzählte, was er in seinem Elternhaus erfahren hatte, war dieser begeistert.

»Das ist doch super!«, rief Thomas aufgeregt. »Jetzt haben wir die ersten Hinweise, woher du kommst!«

»Wirklich?«, fragte sein Großvater und musste schmunzeln. »Eigentlich wissen wir nur mehr über mein plötzliches Erscheinen auf dem Starnberger Marktplatz. Wir sind noch keinen Schritt weiter bei der Frage, wo ich vorher war.«

»Na ja, schon, aber wir wissen, wo wir anfangen können zu suchen!«, widersprach Thomas.

»So, wo denn?«, wollte Theodor wissen.

»Na, diese Zeitung hat doch über dich berichtet. Vielleicht gibt es noch mehr Artikel?«

»Könnte sein«, antwortete Theodor. »Schließlich hat das Auftauchen von Kaspar Hauser 90 Jahre früher auch ein riesiges Interesse hervorgerufen.«

»Ja, den Namen habe ich in dem Artikel gelesen. Wer war das?«, fragte Thomas.

»Das war ein Junge, der im 19. Jahrhundert auf ganz ähnliche Weise wie ich auf einmal in der Altstadt stand, damals aber in Ansbach. Er war etwa 16 Jahre alt. Man hat nie herausgefunden, woher er kam, aber das Rätsel seiner Herkunft hat die Leute fasziniert. Er wurde richtiggehend berühmt. Es wurden Bücher und sogar Theaterstücke über ihn geschrieben, es gab Dokumentationen im Fernsehen und vor ein paar Jahren hat Reinhard Mey ein Lied über ihn gedichtet.«

»Siehst du!«, sagte Thomas sichtlich zufrieden. »Wenn die Leute sich so für diesen Kaspar Hauser interessiert haben, dann bestimmt auch für dich.«

»Na ja, damals war gerade der Große Krieg«, dämpfte Theodor seinen Eifer. »Aber wir können versuchen, das herauszufinden. Dafür brauchen wir aber mehr Zeitungsartikel.«

»Und wo finden wir die?«

»Jede Zeitung hat ein Archiv, in dem sie alle Artikel, die jemals erschienen sind, aufbewahrt, oft noch viele Jahrzehnte. Ob das auch für Artikel aus dem Ersten Weltkrieg der Fall ist, weiß ich aber nicht. Und danach kam ja noch der Zweite, in dem viel zerstört wurde.«

»Fragen kostet nichts. Wir gehen einfach zu dieser Starnberger Zeitung und sagen ihnen, dass wir mal die Artikel im Archiv sehen wollen«, beschloss Thomas und sah seinen Großvater erwartungsvoll an. Theodor schmunzelte über den Tatendrang seines Enkels.

»Ja, wahrscheinlich müssen wir das tun«, sagte er, »und da wir wissen, welchen Zeitraum wir uns anschauen wollen, sollte die Suche nicht zu schwierig sein.«

Ganz so einfach, wie Thomas sich das gedacht hatte, war es dann doch nicht: Der Starnberger Bote existierte nämlich schon seit 30 Jahren nicht mehr. Stattdessen erschien inzwischen eine andere Lokalzeitung, der Starnberger Merkur. Theodor musste einige Telefongespräche führen, bis er herausfand, dass das Archiv des Starnberger Boten trotzdem noch existierte. Es war nach dem Zweiten Weltkrieg dem Stadtmuseum Starnberg übergeben worden und nur nach Voranmeldung zugänglich. Daher dauerte es einige Tage, bis Theodor und Thomas dort eingelassen wurden. Thomas hatte sich belegte Brote mitgenommen und traf sich direkt nach der Schule mit seinem Großvater vor dem Museum.

Das Archiv lag im Keller des Stadtmuseums, einem älteren Bau nahe dem Zentrum. Nachdem Großvater und Enkel sich an der Information angemeldet hatten, wies ihnen die Rezeptionistin den Weg zu einer Tür im Hintergrund. Eine enge, von alten Neonröhren beleuchtete Treppe führte in die Tiefe. Schon bevor sie die Tür am Fuß der Treppe erreichten, schlug ihnen der Geruch nach altem Papier und Staub entgegen.

Theodor klopfte. Ein Mann etwa Anfang sechzig öffnete ihnen die Tür. Er trug ein hellblaues Hemd, abgewetzte karierte Stoffhosen und braune Hosenträger. Seine Augen blitzten freundlich hinter einer Brille mit runden Gläsern hervor und sein verschmitztes Lächeln war ansteckend. »Hallo. Sie hatten sich für das Archiv des Starnberger Boten angemeldet?«, fragte er und klang dabei, als täte er nichts lieber, als den beiden bei ihrer Suche zu helfen.

»Ja, das haben wir«, antwortete Theodor.

»Dann kommen Sie doch herein. Hier entlang, bitte.«

Der Archivar ging ihnen voraus durch einen engen Gang

zwischen Metallregalen, die bis zur Decke reichten und in denen sich Kartons mit handgeschriebenen Etiketten stapelten. Theodor konnte im Vorbeigehen einige davon entziffern. »Polizeiberichte« stand auf den Kartons einer ganzen Regalreihe, dazu Jahreszahlen von 1945 bis 1960. Etwas weiter sah er gebundene Bände, auf deren Rücken in Kurrentschrift »Geburtsregister« stand. *Eine Reise in die Vergangenheit,* dachte er. Auch Thomas schien beeindruckt von den vielen verschiedenen Dingen, die hier gelagert wurden. Er blickte sich mit großen Augen um.

Die Regale öffneten sich zu einem kleinen Raum, der freigehalten worden war. Dort stand, im Lichtkegel einer Deckenlampe, ein Tisch mit Stühlen. Der Archivar wies darauf und sagte: »Setzen Sie sich. Ich werde Ihnen holen, was Sie brauchen. Sie suchen ja Artikel aus dem Starnberger Boten. Aus welcher Zeit etwa?«

Theodor setzte sich auf einen Stuhl neben Thomas. »Wir suchen Berichte von 1917«, antwortete er, »ab Oktober.«

»In Ordnung. 1917. Auch aus den Jahren vorher?«

»Nein, das ist nicht nötig. Das Ereignis, das uns interessiert, hat im Oktober 1917 stattgefunden.«

Der Archivar nickte. »Darf ich fragen, welches Ereignis das war? Ich frage nur, weil die Anfragen der Leute, die hierherkommen, normalerweise nicht so präzise sind. Die suchen dann zum Beispiel Informationen über die Kriegsfolgen oder die Entwicklung des Handwerks. Was also interessiert Sie so am Oktober 1917?«

Theodor wollte eine ausweichende Antwort geben, doch sein Enkel kam ihm zuvor. »Wir suchen Berichte über ihn«, platzte er heraus und zeigte auf Theodor, »mein Opa war damals nämlich eine Berühmtheit in Starnberg.«

»Ach ja?«, fragte der Mann und hob die Augenbrauen. »Aber so alt sind Sie doch noch gar nicht. Sie müssen damals ein Kind gewesen sein ... in welcher Hinsicht waren Sie denn berühmt?«

Theodor stand nicht gerne im Mittelpunkt und die Suche nach seiner Herkunft war sein ganzes Leben lang ein solches Tabu gewesen, dass es ihm schwerfiel, offen darüber zu sprechen. Die Neugier des Mannes gefiel ihm ganz und gar nicht. Doch er schüttelte den Gedanken ab. *Sei kein Feigling!*, schalt er sich selbst. *Er weiß viel, er kann dir helfen!*

»Ich bin wohl eines Tages einfach auf dem Marktplatz aufgetaucht«, erklärte er. »Keiner wusste, woher ich kam.«

»Sollten Sie dann nicht eher im Archiv des Ansbacher Boten suchen?«, fragte der Archivar und lachte über seinen eigenen Witz.

Theodor sah ihn missbilligend an: »Haha, ich weiß schon, Sie spielen auf Kaspar Hauser an. Aber genau deswegen bin ich hier. Ich dachte, dass es vielleicht noch mehr Berichte gibt, weil das die Leute damals bestimmt interessiert hat. Gerade wegen der Ähnlichkeit zur Geschichte von Kaspar Hauser. Meine Adoptiveltern hatten einen Artikel aus dem Starnberger Boten aufgehoben, der über mein Auftauchen berichtet hat.«

»Ja, natürlich ...«, sagte der Archivar, nahm seine Brille ab und putzte sie geistesabwesend an einem Zipfel seines Hemds, der ihm aus dem Hosenbund gerutscht war. »Ich glaube, ich erinnere mich an den Fall! Ich war da noch nicht geboren, aber ich habe mal was darüber gelesen. Das war damals tatsächlich ein großer Aufreger. Sogar in der

Jahreschronik wurde darüber berichtet. Und dieser Junge, das waren Sie?!«

Theodor nickte.

»Wie spannend!«, rief der Mann begeistert. »Ich bin mir sicher, Sie finden hier eine ganze Reihe von Artikeln. Wissen Sie was? Ich bringe Ihnen nicht nur den Oktober 1917, sondern die Zeitungen aus dem ganzen darauffolgenden Jahr, bis Oktober 1918.«

»Das wäre großartig«, sagte Theodor.

Der Archivar grinste zufrieden und fuhr fort: »Zwischen den ganzen Schlagzeilen zum Großen Krieg werden Sie vielleicht nicht allzu viel finden, aber einen Versuch ist es wert.«

»Vielen Dank!«

»Einen Moment.« Der Archivar verschwand in einem Regalgang und kehrte nach einer Weile zurück. Er schob einen kleinen Wagen aus Metall, auf dem sich mehrere große, gebundene Bücher stapelten. Er lud sie auf den Tisch, an dem Theodor und Thomas saßen und erklärte: »Sie finden in jedem Band die gebundenen Zeitungen von einem Monat. Ich habe Ihnen die Sammlungen von Oktober 1917 bis Dezember 1918 geholt. Bitte blättern Sie langsam und vorsichtig um. Zeitungspapier ist sehr dünn und die Seiten sind groß. Sie reißen leicht. Wenn Sie noch mehr brauchen, sagen Sie Bescheid. Und wenn Sie etwas Interessantes gefunden haben, das Sie kopiert haben wollen, legen Sie ein Lesezeichen ein.« Er wies auf einen Stapel Karteikarten auf der Tischplatte. »Jede Kopie kostet 50 Pfennig. Viel Erfolg!«, schloss er und entfernte sich.

Theodor betrachtete die dicken Bände, die sich vor ihm und seinem Enkel stapelten.

»Das ist ja ganz schön viel Zeugs«, seufzte Thomas. Erst jetzt ging ihm so richtig auf, wie viel Arbeit vor ihnen lag.

»Na dann«, meinte Theodor und zog den ersten Band zu sich.

Es war mühsam, durch die dünnen Seiten zu blättern. Sie waren vergilbt und trocken. An manchen Stellen klebten sie aneinander. Als Erstes fanden sie den Artikel, den sie schon kannten, vom 8. Oktober 1917. Am Tag danach hatte die Zeitung erneut berichtet:

Geheimnisvolles Findelkind in Kinderheim aufgenommen

Die Suche nach der Herkunft des geheimnisvollen, etwa zwölf Jahre alten Jungen, der vor drei Tagen auf dem Marktplatz in Starnberg gefunden wurde, geht weiter. Wie Oberwachtmeister Alois Hinklgruber berichtet, haben sich noch keine Personen gemeldet, die das Kind vermissen. Auch eine groß angelegte Befragung der Bauern in der Umgebung von Starnberg habe keine neuen Erkenntnisse erbracht.

Der Junge mache weiterhin nur spärliche Angaben über seine Herkunft. Er erzählt, so Hinklgruber, dass er sich, so lange er sich zurückerinnern kann, vor allem in einem Zimmer aufgehalten habe und dieses nur selten verlassen durfte. »Wir rufen alle Bewohner von Starnberg und den umliegenden Kreisen auf, sich bei der Polizei zu melden, wenn sie etwas über den Jungen wissen.« Der Oberwachtmeister fügte die Beschreibung des Kindes hinzu: etwa 140 cm groß und sehr dünn. Das Kind hat dunkelbraune glatte, etwas zu lange

Haare. Blasser Teint, blaue Augen. Außerdem seien seine Beine krumm, und es sei nicht in der Lage, größere Strecken zu laufen. Der Junge trug bei seinem Auftauchen lederne Bundhosen, ein weißes Leinenhemd, eine dunkelgrüne Filzjacke mit Hornknöpfen und eine braune Mütze.

Eine Umfrage dieser Zeitung bei den Bauernhöfen, die Starnberg am nächsten liegen, hat ebenfalls keine neuen Hinweise erbracht. Nach der Wahrscheinlichkeit befragt, ob ein solches Kind in der Nachbarschaft unbemerkt geblieben sein könnte, antwortete Bauer Widmaier vom Oberhof: »Ganz sicher nicht. Jeder kennt hier jeden. Wir wissen, wer auf den Höfen wohnt.« Die Herkunft des Jungen bleibt also vorerst ein Geheimnis.

Der Junge ist inzwischen in das örtliche Kinderheim aufgenommen worden. Der Heimleiter Peter Walzner erklärte gegenüber dieser Zeitung, er sei auffällig zurückgeblieben und habe große Schwierigkeiten, mit den anderen Kindern zu kommunizieren. »Es ist fast so, als ob er noch nie mit anderen Kindern zu tun gehabt hätte«, sagte der Heimleiter. Der Junge sei außerdem außergewöhnlich empfindlich gegenüber grellem Licht und lauten Geräuschen. Die Unterbringung sei eine Herausforderung.

So bleibt nur eine vage Hoffnung, dass das geheimnisvolle Findelkind bald seine Eltern wiederfindet.

»Die wiederholen fast nur das, was schon am Tag vorher in der Zeitung stand«, knurrte Theodor enttäuscht.

Thomas nickte. Seine Neugier schien aber noch lange nicht befriedigt. Er griff sich eine Karteikarte, kritzelte die Überschrift des Artikels darauf, schob sie zwischen die entsprechenden Seiten und blätterte weiter. Sie fanden im Monat Oktober fast jeden Tag weitere Berichte über »das geheimnisvolle Findelkind«, den »Kaspar Hauser von Starnberg«, wie die Zeitung Theodor bald nannte. Doch darin fanden sich keine neuen Informationen über seine Herkunft.

In den nächsten Monaten gab es kaum noch Berichte über Theodor. Thomas und sein Großvater teilten sich die Arbeit, indem jeder einen anderen Band durchblätterte. Theodors Adoption ein paar Monate später war Anlass für einen weiteren Artikel, doch sonst waren die Zeitungen gefüllt mit Todesanzeigen von Soldaten, mit Berichten von Hunger und Mangel und Appellen, durchzuhalten. Schließlich kam es zur Novemberrevolution, Kaiser Wilhelm II. dankte ab, die Weimarer Republik wurde ausgerufen und der Erste Weltkrieg war endlich zu Ende. Es war interessant, die Überschriften zu diesen großen Ereignissen zu überfliegen, die die Geschichte Deutschlands verändert hatten. Doch als Theodor den letzten Band zuklappte, meinte er ernüchtert: »Viel mehr als vorher wissen wir jetzt nicht.«

»Ach Mann«, sagte Thomas enttäuscht, »das gibt's doch nicht, dass damals keiner rausfinden konnte, woher du kamst.«

Theodor schob seinen Stuhl zurück. Die Beine ratschten über den Boden. Irgendwie war er enttäuscht und froh zugleich. Die dunkle Ahnung, dass in seiner Vergangenheit ein schlimmes Geheimnis ruhte, verließ ihn nicht. Er lehnte sich zurück und nickte. »Ja, das ist schon seltsam. Aber vielleicht soll es auch so sein.«

Das Geräusch des Stuhls hatte wohl den Archivar aufgeschreckt, denn er tauchte unvermittelt zwischen den dunklen Regalen auf. »Und, haben Sie gefunden, was Sie gesucht haben?«, fragte er.

Theodor schüttelte den Kopf. »Nicht wirklich. Man hat anscheinend nie herausgefunden, woher ich kam. Nur Spekulationen, keine Hinweise, denen wir nachgehen könnten.«

Der Archivar nickte. »Ja, manche Geheimnisse kann man wohl nicht lüften. Und ob das nach so vielen Jahren noch möglich ist, wage ich zu bezweifeln.«

»Haben Sie vielleicht einen Tipp für uns, wo wir noch suchen könnten?«, fragte Thomas.

Der Mann überlegte, nahm wieder seine Brille ab und putzte sie. »Die Polizei hat doch sicher ermittelt, oder?«, fragte er zögernd.

Theodor nickte.

»Leider wurde das Archiv der Polizeiwache im Zweiten Weltkrieg von einer Bombe getroffen und vollkommen zerstört. Die Berichte sind also verloren gegangen.«

»Aber in dem Zeitungsartikel stand doch der Name von dem Polizisten«, warf Thomas ein.

»Irgendwas mit Hinkel oder so«, überlegte Theodor.

»Alois Hinklgruber«, sagte der Archivar unvermittelt.

»Sie kennen ihn?«, fragte Thomas erstaunt.

»Ja, er wohnt immer noch hier in Starnberg. Meine Eltern kannten ihn gut«, sagte der Archivar.

»Das heißt, er lebt noch!?« Thomas wurde ganz aufgeregt.

Der Archivar nickte. »Soweit ich weiß, ja. Er müsste um die 90 sein. Er hat lange die Polizeiwache hier in Starnberg geleitet und auch mal als Bürgermeister kandidiert. Ist aber nie gewählt worden. Und«, er tippte sich an die Nase, »soweit ich weiß, lebt er seit ein paar Jahren im Altenheim.«

»Im Heim ›Am Seeufer‹?«, fragte Theodor.

»Ja«, bestätigte der Mann, »mein Vater lebt auch dort. Deshalb sehe ich Herrn Hinklgruber ab und zu. Er ist sehr redselig und erzählt eigentlich jedem von seiner Zeit als Polizist.«

»Opa, sollen wir ihn besuchen?« Thomas sah Theodor fragend an.

»Wenn Sie das tun wollen, wäre das kein Problem«, warf der Archivar ein. »Sie müssten sich nur bei der Heimleitung anmelden. Ob Hinklgruber sich an viele Details erinnern kann, bezweifle ich, aber einen Versuch ist es sicherlich wert.«

»Danke, das ist ein guter Hinweis«, sagte Theodor. »Wir werden Herrn Hinklgruber auf jeden Fall einen Besuch abstatten.«

»Ja!«, rief sein Enkel.

»Dann sorge ich dafür, dass die gewünschten Artikel für Sie kopiert werden«, erklärte der Archivar. »Sie können sie morgen abholen.« Er packte die Bände wieder auf seinen Wagen und brachte die Besucher zum Ausgang.

Kapitel VI:

Der alte Polizist

Großvater und Enkel beschlossen, Alois Hinklgruber gleich aufzusuchen. Es war inzwischen später Nachmittag und damit gerade noch der richtige Zeitpunkt für einen Besuch. Das Altenheim »Am Seeufer« war nicht weit entfernt. Auf dem Weg dorthin hielten sie an einer Bäckerei und nahmen ein paar Kuchenstücke mit – als Mitbringsel und weil sie beide inzwischen großen Hunger hatten.

Am Empfang des Heims beäugte sie der diensthabende Pfleger ein wenig misstrauisch, doch als sie erklärten, was sie wollten, lächelte er. »Alois hat keine Familie«, erläuterte er, »er freut sich über jeden Besuch.«

»Wir haben Kuchen mitgebracht«, erzählte Thomas.

»Oh, das ist nett! Dann richte ich Ihnen einen Platz im Aufenthaltsraum. Kaffee koche ich Ihnen auch. Und eine Apfelschorle für dich?«, fragte er Thomas.

Der Junge nickte.

Sie setzten sich an einen Tisch in dem hellen, großen Raum, der in einer warmen Farbe gestrichen war und dessen große Fenster auf den See hinausblickten. In der Ferne konnte Theodor gerade noch den Turm der Seeburg aus den Baumkronen am gegenüberliegenden Ufer ragen sehen.

Bald darauf kam der Pfleger zu ihnen. Er schob einen Rollstuhl, in dem ein alter Mann saß. Er sah gebrechlich aus, aber seine Augen blickten Großvater und Enkel wach und neugierig entgegen.

Theodor stand auf und ging ihm entgegen. »Grüß Gott, Herr Hinklgruber«, sagte er und streckte ihm die Hand entgegen. Hinklgruber sah zu ihm auf und reichte ihm seine Hand. Theodor spürte, wie sie zitterte.

»Grüß Gott«, antwortete der alte Mann, »Sie wollen mich besuchen?«

Theodor nickte.

»Kennen wir uns denn?«

»Nein, wir kennen uns nicht. Aber mein Enkel und ich sind auf der Suche nach Informationen über einen Fall, in dem Sie als Polizist ermittelt haben. Der Archivar des Stadtmuseums sagte uns, wo wir Sie finden können.«

»Ach, der Peter«, meinte Hinklgruber, »ja, der besucht mich oft. Sein Vater ist auch hier. Mit dem spiele ich immer Schach. Ist ein schwerer Gegner.«

Der Pfleger schob den Rollstuhl von Hinklgruber an den Tisch, an dem Thomas saß. »Schauen's mal, Herr Hinklgruber, die Herren haben sogar Kuchen mitgebracht. Ist das nicht nett?«

Hinklgruber betrachtete die Kuchenstücke, die Theodor gerade auspackte, und nickte. »Sehr nett«, bestätigte er.

»Ich hol den Herrschaften dann mal den Kaffee«, sagte der Pfleger und verschwand.

»Sind Sie hier aus Starnberg?«, fragte Hinklgruber, als Theodor sich zu ihm gesetzt hatte.

Theodor wiegte den Kopf hin und her. »Wissen Sie, das ist genau der Punkt, warum wir hier sind: Ich weiß es nicht.«

»Sie wissen es nicht?«, fragte Hinklgruber erstaunt.

»Mein Opa ist in Starnberg gefunden worden, wie Kaspar Hauser«, fiel Thomas ein. »Niemand wusste, woher er kam.«

Hinklgruber starrte ihn an. »Was sagst du da?«

Theodor erklärte: »Mein Enkel hat recht. Es war 1917, als man mich auf dem Marktplatz hier in der Stadt gefunden hat. Ich war etwa zwölf Jahre alt. Jetzt versuche ich, herauszufinden, woher ich komme. Denn das Geheimnis hat man nie gelöst, bis heute nicht. In Zeitungsartikeln, die damals erschienen sind, haben wir gelesen, dass Sie der Wachtmeister waren, der versucht hat, das Rätsel zu lösen. Deshalb sind wir hier. Wir hoffen, dass Sie uns vielleicht noch etwas erzählen können.«

Der Pfleger kam mit einem Servierwagen zurück, auf dem Kaffee, Saft, Geschirr und Besteck standen. Er deckte ihnen den Tisch und schenkte die Getränke aus. Dann ließ er sie wieder allein.

Hinklgruber führte mit zitternder Hand die Tasse an den Mund. Theodor hatte Sorge, dass er den Kaffee über den Tisch schütten würde, aber der alte Mann nahm einen Schluck und setzte die Tasse wieder ab, ohne dass etwas danebenging. Er sah Theodor an.

»Der Kaspar Hauser vom Starnberger See …« Er schüttelte nachdenklich den Kopf. »Ich erinnere mich noch sehr gut. Ein kleiner, blasser Junge. Schreckhaft und still. Er hieß Theodor. Das waren Sie?«

Theodor nickte.

»Er wurde nach ein paar Monaten von den Reihmanns adoptiert, einem jungen Lehrerehepaar«, fuhr der alte Mann fort.

Theodor kam ein Gedanke. Schnell holte er seine Geldbörse hervor und reichte dem alten Polizisten seinen Ausweis.

Hinklgruber studierte ihn einen Moment. »Tatsächlich. Theodor Reihmann. Nicht zu fassen.« Er gab den Ausweis zurück. »Und was möchten Sie jetzt von mir wissen?«

»Nun, ich weiß, das ist viel verlangt nach fast 60 Jahren. Aber vielleicht erinnern Sie sich noch an Details, die nicht in der Zeitung berichtet wurden?«

Hinklgruber gabelte einen Bissen Streuselkuchen auf und kaute nachdenklich. »Ich war damals ein junger Wachtmeister, wissen Sie«, erzählte er, »meine Kollegen waren alt. Alle anderen jungen Männer waren an der Front. Doch mich haben sie nicht gehen lassen. Ich bin der jüngste von drei Söhnen, wissen Sie. Meine zwei älteren Brüder waren gefallen. Deshalb durfte ich nicht kämpfen. Man wollte meinen Eltern ersparen, dass sie noch einen Sohn verlieren.«

Er hustete. »Das war schwierig für mich. Ich wollte so gerne kämpfen. Für mein Vaterland. Wie dumm ich damals war. Deshalb bin ich Polizist geworden, das war dem Soldatenberuf noch am ähnlichsten. Ich habe mich dann voll in die Aufgabe geworfen, wissen Sie. Und es war viel zu tun. Es gab viel Not während des Krieges und in den Jahren danach. Den Leuten ging es schlecht. Also gab es auch viele, die Unfug getrieben haben. Viel zu tun, wissen Sie.«

Hinklgruber nahm einen Schluck Kaffee.

Thomas nutzte die Chance und fragte: »Und der Junge, der damals auf dem Marktplatz auftauchte? Wissen Sie vielleicht etwas, das die Zeitungen nicht berichtet haben?«

Theodor hörte die Ungeduld in seiner Stimme. Die Erinnerungen des alten Mannes interessierten ihn wohl nur mäßig.

»Ich glaube, ich erinnere mich nur an eine Einzelheit, die wir den Reportern nicht erzählt haben. Damit wir die richtigen Eltern erkennen würden, wenn sie sich melden, wissen Sie. Weil nur sie dieses Detail wissen konnten. Wenn wir ihn gefragt haben, wer für ihn gesorgt hat, hat der Junge immer nur gesagt: ›die Dode‹.«

»Die Dode?«, fragte Thomas erstaunt. »Was ist das denn?«

»Dode nennt man eine Patentante in Schwaben. Wir haben deshalb immer vermutet, dass der Junge aus Schwaben stammte. Konnten das aber nie beweisen. Es wurde in Schwaben auch keiner vermisst, dessen Beschreibung auf ihn gepasst hätte. Es sind ein, zwei Ehepaare angereist, weil sie gehofft hatten, das Findelkind wäre ihr Sohn. War es aber nicht.«

»Mmh«, brummte Theodor. »Das ist interessant. Schwaben. Auf die Idee wäre ich nie gekommen. Ich dachte immer, ich würde hier vom See stammen.«

Sie erzählten noch eine Weile mit Herrn Hinklgruber, während sie ihren Kaffee und Kuchen genossen. Dann verabschiedeten sie sich. Theodor schrieb die Telefonnummer der Seeburg auf einen Zettel und reichte ihm diesen. »Falls Ihnen noch etwas einfällt«, sagte er, »dann können Sie mich hier erreichen.«

»Das mache ich«, versprach Alois Hinklgruber, »manchmal braucht dieser alte Kopf eine Weile, um sich zu erinnern, wissen Sie.« Er tippte sich gegen die Schläfe.

Es war spät geworden und Theodor brachte Thomas nach Hause. Auf dem Weg zur Seeburg liefen sie an der Seepromenade entlang zum Bus. An der Haltestelle mussten sie eine ganze Weile warten. Nach und nach kamen noch andere Leute und warteten mit ihnen. Auf einmal bemerkte Theodor, dass ihn eine Frau, die ein Stück entfernt stand, intensiv anstarrte. Als er zurückschaute, wandte sie schnell den Blick ab. Doch Theodor hatte das Gefühl, dass sie ihn gezielt beobachtete und sich ihre Blicke nicht zufällig kreuzten. Warum er so fühlte, hätte er nicht sagen können. Er beschloss, seinem Enkel nichts davon zu sagen. Er wollte ihn nicht beunruhigen.

Sie stiegen in den Bus und bei der Seeburg wieder aus. Die merkwürdige Frau ebenfalls. Sie wandte sich auf der Seestraße Richtung Norden, also in die entgegengesetzte Richtung als die, in die Theodor und Thomas gingen, und Theodor verwarf seinen Verdacht.

Die Familie wartete schon mit dem Abendessen. Neugierig fragten Christoph und Gerlinde nach, was ihre Nachforschungen ergeben hatten, und Thomas erzählte von den Funden im Stadtarchiv und dem Gespräch mit dem pensionierten Wachtmeister im Altenheim.

Die Arbeiten am Gebäude liefen inzwischen besser, und so hatten Christoph und Theodor eine Menge zu besprechen. Theodor würde am nächsten Tag gleich morgens wiederkommen und bei der Sanierung der Dachrinnen mit anpacken.

Es war spät, als sich Theodor auf den Heimweg machte. Er erwischte gerade noch den letzten Bus zurück nach Starnberg. Seufzend ließ er sich in einen Sitz sinken. Er spürte erst jetzt, wie müde er war. Der Tag war anstrengend gewesen. Die Begegnung mit seiner Vergangenheit hatte ihn mehr aufgewühlt, als er sich eingestand, und ihm war etwas flau. *Ich sollte wirklich etwas kürzertreten*, dachte er, während er aus dem Fenster über den dunklen See blickte. Sein Gesicht spiegelte sich in der Scheibe. Auf einmal fiel ihm ein zweites Gesicht auf, dessen Augen in seine Richtung blickten. Es gehörte der merkwürdigen Frau, die ihm schon auf der Hinfahrt aufgefallen war. Sie beobachtete ihn so intensiv, wie sie es an der Bushaltestelle getan hatte. Unauffällig musterte Theodor ihr Spiegelbild in der Fensterscheibe. Das Bild dort war etwas verschwommen, aber er konnte einige Details erkennen. Hinter einer großen, auffälligen Brille beobachteten ihn zwei stark geschminkte Augen. Die Frau war ein ganzes Stück jünger als er, klein gewachsen und etwas rundlich. Ihre blonden Haare waren onduliert und in eine sehr elegante Frisur hochtoupiert. Sie trug einen eleganten Mantel. Ihr Gesichtsausdruck zeigte zur gleichen Zeit Desinteresse und eine eigenartige Art von Anspannung, als erwarte sie, dass bald etwas Schlimmes passieren würde. Er war zu müde, um über andere Möglichkeiten nachzudenken. Theodor wurde etwas ungemütlich zumute und er nahm sich vor, die Frau nun seinerseits zu beobachten.

Der Bus erreichte seine Haltestelle. Theodor stieg aus, die Frau ebenfalls. Sie folgte ihm in einer Entfernung. Auf dem Weg zu seiner Wohnung versuchte Theodor, schneller zu laufen, um sie abzuschütteln, aber es gelang ihm nicht. Ärger stieg in ihm hoch. *Jetzt reicht's!*, entschied er. *Das ist doch dumm!* Er drehte sich um, sah die Frau direkt an und lief auf sie zu. Sie blieb überrascht stehen und starrte ihm in die Augen. Als sie erkannte, dass er ihr immer näher kam, wandte sie sich ab und ging in die Gegenrichtung davon.

Theodor beschleunigte seinen Schritt in der Hoffnung, sie einzuholen.

»He! Sie da!«, rief er, doch sie reagierte nicht. »Bleiben Sie stehen!« Die Frau rannte nun fast. »Was wollen Sie von mir?«, keuchte Theodor. Sie verschwand um die nächste Ecke. Als Theodor diese erreichte, sah er nur noch eine leere Straße. Die Frau war verschwunden. Schwer atmend hielt er inne und stützte sich an einer Hauswand ab. Ihm war schwindelig. *Du Idiot!*, schalt er sich. *Du bist schon müde und dann musst du auch noch eine Verfolgungsjagd inszenieren. Selbst schuld, wenn du wegen deines Zuckers wieder ins Krankenhaus musst.*

Es dauerte eine ganze Weile, bis er es wagte, die kurze Strecke bis zu seiner Wohnung anzugehen. Dort angekommen, legte er sich völlig erschöpft ins Bett. Er bemühte sich nicht einmal mehr, sich umzuziehen, sondern streifte nur die Schuhe ab. Vollständig angezogen schlief er sofort ein.

Kapitel VII:

Ludwig von Beilstein

Die Sonne kam gerade über den Berg, als Theodor die erste Schraube in die Dachkante bohrte. Er drehte sie fest, dann blinzelte er in den Lichtstrahl, der sich durch die Baumkronen stahl. Er atmete tief ein und musste lächeln. Er liebte es, draußen zu arbeiten. Und hier, so nah am See, auf einem Gerüst bei einem Hausbau mitzuhelfen, war das Schönste, was er sich vorstellen konnte. Er sah hinunter zum Burgtor. In diesem Moment trat sein Sohn heraus.

»Na, alles in Ordnung bei dir da oben?«, rief er hinauf.

»Ja«, antwortete Theodor, »läuft fantastisch. Und bei dir?«

Christoph schüttelte frustriert den Kopf. »Du wirst es nicht glauben, aber ich fürchte, die Mauer im neuen Speisesaal wird nicht lange halten.«

»Was? Wieso das denn?«, fragte Theodor entsetzt und ließ den Bohrer sinken.

»Ich bin kein Maurer, aber ich glaube, die Handwerker haben den Mörtel falsch angemischt. Die Wand ist so bröckelig, dass die Verputzer nicht loslegen können. Der Stuckateur meint, man müsse sie noch mal einreißen und neu hochziehen, sonst könnte sie irgendwann einstürzen.«

»Das ist ja unglaublich! Ich kann gar nicht fassen, was alles schiefläuft!«

»Ich auch nicht. Es ist fast so, als ob wir sabotiert werden.«

»Na ja, das glaube ich nicht gerade. Aber das ist schon extrem frustrierend.«

In diesem Moment drang ein lautes Geräusch von der Auffahrt zu ihnen. Christoph drehte sich um. Jemand heizte seinen Motor hoch und fuhr mit vollem Schwung die Kurven zur Seeburg hinauf. Plötzlich schoss ein großer grauer Mercedes auf den Parkplatz und kam abrupt vor Christoph zum Stehen. Der tat vor Schreck einen Schritt zurück. Theodor beugte sich über das Geländer des Gerüsts und beobachtete erstaunt, was sich vor dem Burgtor abspielte.

Das Motorengeräusch erstarb. Die Fahrertür der Limousine öffnete sich, ein Mann stieg aus und schloss sie schwungvoll. Er ging auf Christoph zu.

»Sind Sie der neue Besitzer?«, schnarrte er und blieb vor ihm stehen.

»Nicht der Besitzer, nein«, antwortete Christoph ruhig. »Der neue Pächter wäre das Deutsche Jugendherbergswerk. Ich bin der neue Herbergsvater.«

Der Mann schnaubte. »Herbergsvater, wenn ich das nur höre! Es ist ein Skandal!«

»Was bitte meinen Sie?« Christoph blieb immer noch ruhig, doch Theodor konnte von seinem erhöhten Ausguck deutlich erkennen, dass ihn die aggressive Haltung des Mannes beunruhigte.

»Eine Jugendherberge! Nur damit sich hier irgendwelche faulen Hippies mit ihren Gitarren, langen Haaren und Drogen treffen können.«

»Entschuldigen Sie, aber Jugendherbergen tolerieren keine Drogen. Außerdem gehen Sie unsere Gäste gar nichts an. Wer sind Sie eigentlich?«

»Die Gäste gehen mich nichts an?« Jetzt schrie der Mann fast. Sein Gesicht verfärbte sich rot. »Sie gehen mich wohl was an! Ich bin der, dem die Burg eigentlich gehören sollte!«

Eines der Fenster über dem Burgtor öffnete sich und Gerlinde steckte ihren Kopf heraus. Theodor konnte auch Thomas erkennen, der neugierig hinter seiner Mutter hervorlugte. »Was ist denn los?«, fragte Gerlinde mit Sorge in der Stimme.

»Sie nehmen mir mein angestammtes Erbe weg, das ist los!«

»Ich fürchte, Sie verwechseln da was. Die Seeburg gehört dem Freistaat Bayern«, antwortete Christoph.

»Nein, das tut sie nicht! Der Freistaat hat sie unrechtmäßig meiner Familie gestohlen«, rief der Mann und verschränkte die Arme.

»Das müssen Sie näher erklären.«

»Die Burg gehörte meinem Großvater, Anton von Beilstein.«

»Von Beilstein?«, fragte Christoph. »Haben Sie mit dem Hotel Unterallmannshausen zu tun?«

»Ja, ganz genau«, antwortete der Mann aufgebracht, »das gehört mir: Ludwig von Beilstein! Und die Seeburg gehört mir auch! Die Nazis haben meinen Urgroßvater enteignet, nur weil er Geschäfte mit der Sowjetunion getätigt hat. Sie haben behauptet, er sei ein Bolschewist!«

»Das tut mir sehr leid«, sagte Christoph.

»Ich will Ihr Mitleid nicht! Ich will meine Burg! Ich bin der rechtmäßige Erbe! Der eigentliche Skandal ist, dass der Freistaat Bayern sie nach dem Ende der Nazi-Herrschaft nicht zurückgegeben, sondern behalten hat! Ohne eine Verwendung für sie zu haben! Erst steht sie jahrelang leer und jetzt sind *Sie* hier!«

»Hören Sie, es tut mir wirklich leid, dass Sie ungerecht behandelt wurden. Aber ich bin der falsche Ansprechpartner. Ich habe keine Ahnung, ob das stimmt, was Sie behaupten«, sagte Christoph. Als er sah, dass sich der Mann sofort wieder aufregte, fuhr er hastig fort: »Ich sage ja nicht, dass es nicht stimmt! Aber wenn es so ist, dann müssen Sie sich an den Freistaat wenden. Ich bin mir sicher, dass sich die Angelegenheit regeln lässt.«

Ludwig von Beilstein breitete seine Arme in einer zornigen Geste zur Seite aus. »Und Sie denken, dass ich das nicht schon längst versucht habe? Dort schlägt man mir die Tür vor der Nase zu!«

Christoph sah kurz zu Theodor hoch. Ludwig von Beilstein wollte in seiner Tirade fortfahren, doch er folgte Christophs Blick, sah Theodor und stutzte. Er starrte Theodor an und runzelte die Stirn. Plötzlich änderte sich seine gesamte Körperhaltung. Es war, als ob er in sich zusammensacken würde, als ob ihm sprichwörtlich die Luft ausginge. Er öffnete den Mund, doch er brachte keinen Ton heraus.

Christoph beobachtete ihn erstaunt und wartete, dass Ludwig von Beilstein noch etwas von sich gab. Als dieser stumm blieb, atmete er tief durch und hob entschuldigend die Schultern. »Wie gesagt, Sie haben mein Mitgefühl.«

Ludwig von Beilstein reagierte immer noch nicht, sondern starrte weiter Theodor an. Dem wurde es etwas unheimlich.

Christoph wartete wieder auf eine Antwort. Schließlich schüttelte er leicht den Kopf und fuhr fort: »Wenn Sie mich bitte entschuldigen würden.« Er wandte sich ab und ging zurück in den Burghof.

Jetzt erst schien Ludwig von Beilstein zu bemerken, dass er allein vor der Burg stand. Er wandte den Blick von Theodor ab und starrte für einen Moment ins Leere. Dann öffnete er die Tür seines Autos. Bevor er einstieg, warf er Theodor noch einen letzten Blick zu. Der alte Mann meinte, darin so etwas wie Angst zu erkennen. Der Motor heulte auf und Ludwig von Beilstein verschwand im gleichen Tempo, in dem er gekommen war.

Für einen Moment war es ganz still. Theodor auf seinem Gerüst und Gerlinde im Fenster sahen sich an.

»Das war sehr merkwürdig«, sagte Gerlinde.

Theodor nickte. »Ja, das war es. Und ich habe das Gefühl, dass wir diesem Herrn nicht zum letzten Mal begegnet sind.«

Gerlinde antwortete nachdenklich: »Da hast du wahrscheinlich recht.« Sie zuckte die Achseln und lächelte. »Wie auch immer. Das Mittagessen ist fast fertig. Kommst du so in fünf Minuten rein?«

»Ja, mache ich«, sagte Theodor und wandte sich wieder der Dachkante zu. Als er den Bohrer ansetzte, um vor der Pause eine letzte Schraube einzudrehen, dachte er über das nach, was gerade geschehen war. »Die Leute hier am See sind definitiv sehr seltsam«, murmelte er.

Kapitel VIII:

Mitarbeiterinnen für die Seeburg

Einige Tage später stand die neue Mauer im Speisesaal endlich. Diesmal richtig. Die Stuckateure konnten anfangen mit Verputzen, und Gerlinde und Christoph wandten sich der nächsten Aufgabe zu: der Einrichtung der Großküche. Sie hatten die Stelle der Hauswirtschaftsleitung schon vor vier Wochen ausgeschrieben und ein paar Bewerbungen erhalten. Sie wollten die Person, die die Leitung übernahm, von Anfang an bei der Planung beteiligen. Heute würden sie die Bewerber und Bewerberinnen kennenlernen. Um eine zweite Meinung zu haben, hatten Gerlinde und Christoph Theodor gebeten, dabei zu sein.

Die ersten beiden Kandidaten schieden schnell aus. Der erste brachte keine Ideen für die neue Küche mit und die zweite war Christoph höchst unsympathisch, weil sie seine Fragen nur knapp beantwortete und gleich anfing, die Planung völlig allein vorzunehmen, ohne auf Einwände oder andere Meinungen zu hören. Theodor und Gerlinde waren einer Meinung mit ihm.

»Noch zwei«, seufzte Christoph, als sie die Frau im Burghof verabschiedet hatten.

»Gar nicht so einfach, oder?«, fragte Theodor schmunzelnd.

»Stimmt. Aber wir machen es uns auch nicht einfach, immerhin werden wir mit der Hauswirtschaftsleitung sehr eng zusammenarbeiten, da muss es schon passen«, antwortete Gerlinde, während Christoph zustimmend nickte. »Es ergibt keinen Sinn, wenn jemand nicht gut im Team arbeiten kann.«

»Das ist richtig«, stimmte Theodor zu.

In diesem Moment tauchte eine Frau im Burgtor auf.

»Die nächste Kandidatin ist da«, sagte Christoph.

»Na dann, auf ein Neues«, erwiderte Gerlinde.

Die hochgewachsene Dame trat auf sie zu und stellte sich als Gutrune Burgthaler vor. Sie war etwas älter, trug ein strenges graues Kostüm und eine dazu passende Handtasche. Reihmanns begrüßten sie und führten sie in den Raum, der einmal die Küche werden sollte. Gutrune Burgthaler sah sich um und stellte einige sehr präzise Fragen, die zeigten, dass sie wusste, wovon sie sprach. Christoph beantwortete ihre Fragen und warf seiner Frau einen bedeutungsvollen Blick zu. Er schien sehr angetan. Gerlinde wies sie auf einige Details hin, die sie gemeinsam diskutierten.

Die Bewerberin machte auf Theodor einen sehr kompetenten, wenn auch keinen besonders freundlichen Eindruck. Sie lächelte während der ganzen Diskussion kein einziges Mal, hörte aber zu und machte sehr sinnvolle Vorschläge.

»Das ist sehr gut geeignet«, sagte Gutrune Burgthaler schließlich. »Wenn Sie den Küchenbauer hier haben, kann ich gerne dabei sein und die Einzelheiten direkt mit ihm klären. Das heißt«, unterbrach sie sich, »wenn ich die Stelle bekomme.«

Gerlinde warf noch einmal einen Blick auf die Bewerbungsunterlagen, die sie in der Hand hielt. »Nun, Sie haben auf jeden Fall genau die Kompetenzen, nach denen wir suchen«, sagte sie. »Sie haben die Hauswirtschaft im Schlosshotel Regensburg geleitet?«

Gutrune Burgthaler nickte. »Die letzten 20 Jahre«, antwortete sie. »Jetzt wechselt der Besitzer und da ist es für mich Zeit, etwas Neues zu suchen.«

»Ein Schlosshotel ist natürlich ein ganz anderes Niveau als eine Jugendherberge. Sind Sie sicher, dass Sie sich hier wohlfühlen würden?«, fragte Christoph.

Burgthaler nickte. »Ja, bin ich. Es ist mir klar, dass die Anforderungen hier andere sein werden. Aber ich bin, wie gesagt, bereit für etwas Neues. Außerdem stamme ich von hier, ich bin am Westufer aufgewachsen. Ich würde sehr gerne wieder in meine Heimat zurückkehren.«

»Das kann ich gut verstehen«, antwortete Gerlinde. »Hier ist es sehr schön.«

»Allerdings. Ich wäre glücklich, wieder in Starnberg arbeiten zu können.«

»Nun gut«, sagte Gerlinde, »ich denke, wir wissen alles, was wir brauchen.« Sie sah Christoph an.

Der nickte. »Vielen Dank. Wir melden uns bei Ihnen.«

Gutrune Burgthaler verabschiedete sich und die drei begleiteten sie nach draußen.

»Was meint ihr?«, fragte Gerlinde, als sie außer Sichtweite war.

»Perfekt!«, antwortete Christoph strahlend. »Genau so jemanden suchen wir.«

Theodor nickte. »Ja, da stimme ich zu. Sie weiß Bescheid, das merkt man. Sie weiß, was sie will, hört aber auch zu.«

»Also gut. Ich denke, wir haben unsere neue Küchenleitung gefunden«, sagte Gerlinde, »außer die letzte Kandidatin haut uns von den Socken.«

»Ich glaube kaum, dass sie das tun wird«, meinte Christoph. Er blätterte in den Bewerbungsunterlagen. »Die nächste Dame heißt Sophia Walter und sie hat viel weniger Erfahrung als Gutrune Burgthaler. Ich habe sie eigentlich nur eingeladen, weil sie schrieb, sie kenne die Seeburg gut, und weil sie von hier stammt.«

»Nun, wir werden sehen, ob das ausreicht. Sie muss auf jeden Fall einiges mitbringen, um sich gegen Frau Burgthaler durchzusetzen«, meinte Gerlinde.

Da das Wetter schön war, warteten die drei im Burghof auf Frau Walter. Schließlich sah Christoph auf die Uhr. Es war schon zehn Minuten nach der vereinbarten Zeit. »Kein guter Start«, brummte er.

»Nicht wirklich«, stimmte Theodor zu.

In diesem Moment rannte eine kleine, zierliche Frau durch das Burgtor auf sie zu und blieb schwer atmend vor ihnen stehen. »Ich bitte vielmals um Entschuldigung«, keuchte sie, »ich bin aufgehalten worden.«

»Nun, jetzt sind Sie ja da«, antwortete Gerlinde kurz angebunden. Theodor konnte hören, dass ihr die Entschuldigung nicht ausreichte. Sophia Walter sah jeden der drei an und ihr Blick blieb einen Moment an ihm hängen. Er runzelte nachdenklich die Stirn und musterte sie. *Sie kommt mir bekannt vor*, dachte er überrascht. *Ich habe sie schon einmal gesehen.* Er betrachtete das Gesicht der älteren Frau, das freundliche Lächeln, die grauen, in einen einfachen Pferdeschwanz zurückgebundenen Haare, die schlichte, praktische Kleidung. Aber ihm fiel beim besten Willen nicht ein, wo ihm ihr Gesicht schon einmal begegnet war.

»Wollen wir?«, fragte Gerlinde und wies den Weg.

Theodor folgte ihnen. Er wurde aber das Gefühl nicht los, dass es wichtig war, woher er diese Frau kannte.

Gemeinsam gingen sie zum vierten Mal in den Raum, der als Küche eingerichtet werden sollte.

»Dieser Raum wird einmal die Küche«, erläuterte Christoph, »wir hätten gerne Ihre Ideen und Vorschläge gehört, da das der Raum wäre, in dem Sie hauptsächlich arbeiten würden, sofern Sie die Stelle bekommen.«

Sophia Walter sah sich um. »Na ja«, sagte sie zögerlich, »ich gestehe, ich habe noch nie eine so große Küche eingerichtet. Ob ich Ihnen dabei eine große Hilfe sein kann, weiß ich nicht.«

»Versuchen Sie es«, meinte Gerlinde.

Sophia Walter schritt durch den Raum und machte einige Vorschläge, doch es war sehr schnell zu erkennen, dass sie tatsächlich keine Ahnung hatte. Sie ignorierte die Strom- und Wasseranschlüsse, platzierte den Herd an einer Stelle, an der er nur ungenügend entlüftet werden konnte, und vergaß einige für eine Großküche notwendigen Geräte völlig.

Gerlinde und Christoph sahen sich an. Theodor ahnte, was sie dachten: Dieses Gespräch würde schnell zu Ende sein.

Die beiden Herbergseltern stellten noch einige Fragen, die sie auch den anderen Bewerberinnen gestellt hatten. Sophia Walter beantwortete diese eifrig und zeigte, dass sie einige Erfahrungen aus der Hauswirtschaft mitbrachte.

Erfahrung in der Leitung einer Großküche hatte sie jedoch keine.

»Warum haben Sie sich auf die Stelle beworben?«, fragte Christoph schließlich.

»Weil ich gerne mit jungen Leuten arbeite«, antwortete Frau Walter, »und ich es großartig finde, dass in der Seeburg, in einer solchen Lage, eine Jugendherberge eröffnet wird. Ich kenne dieses Gebäude schon mein ganzes Leben und war immer traurig, dass es leer stand. Dass es nun der Jugend offensteht, finde ich wunderbar! Da will ich unbedingt meinen Teil dazu beitragen. Ich lerne schnell und bin willig, mir alle Kenntnisse, die mir fehlen sollten, in kurzer Zeit anzueignen.« Sie straffte sich und strahlte Christoph an. »Sie werden keine Person finden, die die Seeburg mehr liebt und sich für die jungen Gäste mehr einsetzen wird.«

Christoph sah Gerlinde an. Sie schüttelte unmerklich den Kopf.

»Das glaube ich Ihnen«, sagte er zu Sophia Walter, »aber ich fürchte, das genügt nicht. Ich will Ihnen nicht vorenthalten, dass ich Sie für ungeeignet für diese Stelle halte.«

Sophia Walter sah ihn mit großen Augen enttäuscht an. »Wirklich? Ich habe gar keine Chance?«

Christoph schüttelte den Kopf. »Es tut mir leid, aber Sie bringen keine Erfahrung mit beziehungsweise viel zu wenig. Wir erwarten hier in der Jugendherberge von Anfang an Vollbetrieb und in der Hauptsaison wird es richtig stressig. Da brauchen wir eine erfahrene Leitung. Und außerdem sind Sie laut Ihrer Bewerbung schon über 60. Ich bin mir nicht sicher, ob sie einer solchen Aufgabe gewachsen wären.«

»Ich verstehe.« Frau Walter senkte den Kopf. Theodor überlegte erneut, woher er sie kannte. *Ich habe sie schon einmal gesehen, ich bin mir so sicher!*, dachte er.

»Aber ich lerne wirklich schnell!«, wiederholte Frau Walter. So schnell gab sie anscheinend nicht auf. »Ich werde bis zur Eröffnung alles wissen, was man für die Leitung braucht, das verspreche ich Ihnen. Ich werde Sie nicht enttäuschen.« Als die zukünftigen Herbergseltern nichts sagten, breitete sie die Hände fast flehentlich aus und fuhr fort: »Hören Sie, es ist immer mein Traum gewesen, in der Seeburg zu arbeiten. Ich liebe dieses Gebäude. Ich liebe die Idee, dass sie jungen Leuten geöffnet wird und nicht in Privatbesitz übergeht. Bitte, lassen Sie mich hier arbeiten. Bitte.«

Gerlinde schüttelte entschuldigend den Kopf. »Es tut uns wirklich leid. Wir schätzen Ihre Begeisterung und wir teilen sie, glauben Sie uns. Aber damit die Jugendherberge funktioniert, brauchen wir erfahrenes und belastbares Personal. Wir werden keine Zeit haben, fehlende Kenntnisse und Kondition aufzufangen.«

»Ich bin fit, das versichere ich Ihnen.«

»Warum wollen Sie eigentlich noch arbeiten? Sind Sie nicht schon in Rente?«, fragte Christoph.

»Ja, bin ich«, bestätigte Walter, »aber als ich Ihre Stellenanzeige gesehen habe, wollte ich mir meinen Traum erfüllen, hier zu arbeiten. Ich bin absolut dazu in der Lage, das verspreche ich.«

Gerlinde sah Christoph an, der aber kniff die Lippen zusammen. »So sehr ich Sie verstehen kann, als Leiterin der Hauswirtschaft kann ich Sie nicht einstellen«, sagte er zu Sophia Walter.

»Dann geben Sie mir einen anderen Job«, bat Sophia Walter, »egal welchen.«

Die Reihmanns sahen sie überrascht an. »Meinen Sie das ernst?«, fragte Christoph.

Sophia Walter nickte. »Das tue ich. Ich möchte hier arbeiten. Wenn nicht als Hauswirtschaftsleiterin, dann in anderer Position. Ich habe mich nur auf die Stelle beworben, weil es die einzige war, die bisher ausgeschrieben wurde.«

»Nun, wir wollten die neue Leitung eigentlich bei der Suche nach weiterem Personal mit einbeziehen«, antwortete Christoph zögernd.

Gerlinde zupfte ihren Mann am Arm und fragte ihn: »Könnten wir uns kurz besprechen?«

Christoph nickte. »Wenn Sie vielleicht kurz draußen warten würden?«, bat er Frau Walter.

»Selbstverständlich«, antwortete diese und verließ den Raum.

»Nun, was denkst du?«, fragte Christoph seine Frau.

»Ich denke, wir brauchen hier genau so jemanden wie sie. Jemanden, der unsere Begeisterung für die Idee einer Jugendherberge bedingungslos teilt.«

»Da hast du recht«, gab Christoph zu.

»Es gibt hier am See schon genug Leute, die den Gedanken fürchterlich finden. Die richtiggehend Sorge haben, dass hier irgendwelche Hippies einziehen werden. Denk doch nur an die Begegnung mit diesem Ludwig von Beilstein!«

Christoph nickte. »Das tue ich, glaub mir. Papa, was denkst du?« Er wandte sich an Theodor.

»Ich denke, Gerlinde hat recht. Diese Frau würde wunderbar in die Seeburg passen«, antwortete sein Vater, »auch wenn sie vielleicht noch einiges lernen muss: Ich glaube, in ihr werdet ihr eine Verbündete haben. Das halte ich für mindestens genauso wichtig wie Erfahrung. Und dass sie schon so alt ist, muss kein Hindernis sein. Sieh mich an.«

»Also gut«, sagte Christoph, »dann sind wir uns einig: Sophia Walter kann auf der Seeburg arbeiten. Welche Position sollen wir ihr geben?«

»Nun, sie hat bisher vor allem in der Küche gearbeitet. Wie wäre es als Köchin?«, schlug Gerlinde vor.

»In Ordnung«, stimmte Christoph zu, »dann hoffe ich nur, dass Burgthaler ihre erste Mitarbeiterin gut leiden kann.«

Als die Reihmanns Sophia Walter über ihre Entscheidung informierten, war diese überglücklich. Sie bedankte sich wiederholt und schüttelte allen drei überschwänglich die Hände zum Abschied. Als sie den Burghof schließlich verließ, war ihr Schritt voller Schwung, sie hüpfte fast.

Christoph und Gerlinde schmunzelten. »Da haben wir wohl jemanden glücklich gemacht«, sagte Gerlinde, und Christoph nickte zufrieden.

Theodor sah der zierlichen Gestalt nach, wie sie nach draußen verschwand. Der Gedanke, dass er sie kannte, ließ ihn nicht los. *Wo habe ich sie bloß schon mal gesehen?*, dachte er frustriert.

Kapitel IX:

Eine gefährliche Fahrt

Die alte Frau stöhnte ein wenig, während sie in die Pedale trat. *Ich werde zu alt zum Fahrradfahren*, dachte sie traurig. *Vielleicht auch bald zu alt für meine Aufgabe?*

Der See auf ihrer linken Seite lag vollkommen ruhig im schwindenden Abendlicht. Am anderen Ufer konnte sie eine Regenwand erkennen, die sich näherte, aber noch war es auf ihrer Seite trocken.

Rechts neben ihr wanderten die Villen an ihr vorbei. Sie sah nicht hin, sie kannte jedes Haus und seine Geschichte, seine aktuellen und früheren Bewohner. Doch die wenigen Menschen, die ihr begegneten, sahen sie nur kurz an und begrüßten sie nicht. *Gut so*, dachte sie.

Aus der Ferne näherten sich mit hoher Geschwindigkeit ein Paar Autoscheinwerfer. Lieselotte steuerte ihr Rad ganz nach rechts. Schon war das Fahrzeug auf ihrer Höhe. Eine große, graue Mercedes-Limousine fuhr auf der engen Seestraße so schnell heran, dass sie vom Rad abstieg, um zu warten, bis die Straße wieder frei war. Kaum an ihr vorbei, bremste das Auto abrupt. Der Fahrer legte den Rückwärtsgang ein. Lieselotte drehte sich verwundert um. *Nanu, was ist denn nun los?*, dachte sie.

Der Mercedes kam mit quietschenden Bremsen direkt neben ihr zum Stehen. Der Fahrer sah sie durchs

Seitenfenster an und sie sog vor Schreck scharf die Luft ein. So schnell sie konnte, stieg sie wieder auf und trat in die Pedale. Doch der Mann fuhr einfach weiter rückwärts und bedrängte sie so sehr, dass sie ins Schlingern kam und nach rechts in eine Hecke fuhr. Ihr Rad kippte und sie konnte sich gerade noch fangen.

Die Fahrertür fiel ins Schloss. Lieselotte drehte sich dem Mann zu, der auf sie zukam. »Lassen Sie mich in Ruhe, von Beilstein!«, rief sie voller Angst.

»Was haben Sie hier zu suchen?«, knurrte Ludwig von Beilstein.

»Das geht Sie gar nichts an!«

»O doch, das geht mich sehr wohl was an. Sie waren an der Seeburg, stimmt's?«

»Ich erzähle Ihnen nichts.«

»Müssen Sie nicht. Ich kann erraten, was Sie treiben.« Er stand nun ganz dicht vor ihr. Sie fühlte sich völlig hilflos und hielt halb gebückt mit beiden Händen den Lenker ihres Fahrrads, das immer noch in der Hecke festhing. Sie hatte sich ihm nur halb zugewandt. Von Beilstein beugte sich zu ihr, kam mit seinem Kopf ganz nah an sie heran und hielt ihr seinen Zeigefinger drohend vors Gesicht. »Ich warne Sie!«, zischte er. »Sie werden ihren Mund halten, sonst endet unsere Vereinbarung ganz schnell, das verspreche ich Ihnen.«

Lieselotte hatte Angst und ärgerte sich im gleichen Augenblick über sich selbst. *Dass mich diese Familie nach so langer Zeit immer noch so einschüchtern kann, zeigt, wie gefährlich sie ist!*, dachte sie. Aber ihre Angst war berechtigt. Von Beilstein war zu allem fähig, das wusste sie nur zu gut.

»Ich sage Ihnen doch, ich habe nichts getan!«, versuchte sie, ihn zu besänftigen.

»Ich will Sie auf dieser Seite des Sees nicht sehen! Wenn Sie sich nicht daran halten, werden Sie die Konsequenzen zu spüren bekommen!«

»Jetzt beruhigen Sie sich doch. Ich verspreche Ihnen, dass es nicht wieder vorkommt.« Sie hörte selbst das Flehen in ihrer Stimme.

»Das reicht mir nicht! Ich glaube, Sie brauchen mal wieder einen Denkzettel, damit Sie sich daran erinnern, was gut für Sie ist.« Er holte mit dem Arm zum Schlag aus.

Lieselotte schrie auf, duckte sich weg und riss ihr Fahrrad mit aller Kraft aus der Hecke. Ihre plötzliche Bewegung brachte sie aus der Reichweite des Hotelbesitzers und sein Schlag ging ins Leere. Lieselotte nahm ihre ganze Kraft zusammen, stemmte das Fahrrad an dem Mercedes vorbei auf die leere Straße und stieg auf. Sie sah nicht zurück. Das wütende Gebrüll des Mannes weckte ihre letzten Energien. So schnell sie konnte, radelte sie davon. Hinter ihr konnte sie die Autotür hören, dann das Jaulen des Motors. Das Geräusch kam näher, von Beilstein folgte ihr, immer noch im Rückwärtsgang. Lieselotte stemmte sich in die Pedale, doch es nützte nichts. Todesangst stieg in ihr auf. Gleich würde er sie einholen und sie rammen. Wenn er nicht Schlimmeres mit ihr vorhatte.

Herr, ich bitte dich!, betete sie verzweifelt. In diesem Moment tauchte vor ihr ein zweites Paar Scheinwerfer auf. Vor Erleichterung entfuhr ihr ein Jubelschrei: Es war das Fahrzeug der Müllabfuhr, das die komplette Seestraße blockierte. Warum die Müllmänner so spät noch bei der Arbeit waren, wusste sie nicht und es war ihr auch egal. Neue

Kraft durchfuhr sie und sie radelte schneller auf den Lastwagen zu. Von Beilstein fuhr dicht hinter ihr und er machte keinen Versuch, langsamer zu werden.

Lieselotte sah, dass der Müllmann, der am Steuer saß, den Mercedes entdeckte und die Augen aufriss. Er hieb auf die Hupe, doch das Geräusch des Motors hinter Lieselotte änderte sich nicht. Sie selbst wurde auch nicht langsamer. Sie erreichte den Müllwagen, quetschte sich zwischen das Fahrzeug und die Mauer auf ihrer rechten Seite und schob ihr Fahrrad zu Fuß durch die Lücke. Von Beilstein bremste scharf. Der Mann am Steuer des Müllwagens lehnte sich aus dem Fenster und rief: »Hallo Sie! Haben Sie noch alle Tassen im Schrank?«

Einer der Männer am Heck des Müllwagens hatte gerade eine Tonne ausgeleert und knallte fast mit Lieselotte zusammen, als sie hinter dem Fahrzeug auftauchte. »He!«, rief er verärgert. Sie jedoch kümmerte sich nicht um ihn, sondern stieg wieder auf und trat in die Pedale.

Eine lange Zeit lang wagte sie nicht, langsamer zu werden, doch irgendwann ging ihr die Puste aus. Es war immer noch ein Stück Weg bis zu ihrer Wohnung, aber sie hielt an und setzte sich auf eine Bank, die etwas abseits der Straße lag. Ganz allmählich beruhigte sich ihr Atem. Sie war schweißnass und ihre Arme und Beine schmerzten. Sie hatte das Gefühl, noch nie so müde gewesen zu sein. *Ich werde wirklich zu alt dafür,* dachte sie voller Bitterkeit. Sie atmete tief durch, lehnte sich zurück und schloss die Augen. Doch dann durchströmte sie ein Gefühl der Erleichterung. Sie war von Beilstein entkommen. Zumindest dieses Mal.

Kapitel 15:

Polizei-Einsatz

Am Starnberger See, Gegenwart

Nach dem Mittagessen saßen Jaron, Antonia und Emma vor dem alten Heinrich und beobachteten die Aktionen der Polizei. Der Parkplatz wimmelte von Beamten. Nailas Verschwinden war vor sechs Stunden entdeckt worden, inzwischen war eine Hundestaffel angerückt, bestimmt 100 Polizisten machten sich bereit, den Wald zu durchkämmen und in der Ferne schwebte ein Hubschrauber über dem Ufer.

»Die fahren wirklich auf, was sie haben«, meinte Jaron beeindruckt.

Emma nickte. »Peter hat mal gesagt, dass sie immer sofort einen maximalen Einsatz bringen, wenn ein Kind vermisst wird.«

»Auch, wenn das Kind schon öfters weggelaufen ist?«, fragte Antonia.

»Ja, auch dann. Sie gehen immer davon aus, dass ein Verbrechen oder ein Unfall geschehen sein könnte. Nur um auf Nummer sicher zu gehen«, antwortete Emma.

»So ein Aufwand wegen so einer Zicke«, schnaubte Antonia.

»Nur weil du sie nicht leiden kannst, heißt das ja wohl nicht, dass man sich nicht um sie kümmern sollte«, protestierte Jaron.

»Wie bist du denn drauf?« Antonia sah ihn erstaunt an.

»Das Gleiche könnte ich dich fragen! Außerdem fand ich sie eigentlich ganz nett.«

»Nett? Du kennst sie doch gar nicht.« Antonia richtete sich auf.

»Aber du kennst sie?«, meinte Jaron zynisch.

»Wann hattest du denn mit Naila zu tun?«, wollte Antonia wissen.

»Ich hab sie getroffen«, erklärte Jaron, »unten am Löwensteg.«

»Am Löwensteg?«

»Ja, ich habe dort gebadet. Und wenn du es genau wissen willst – sie hat mich aus dem Wasser gezogen, als ich beim Schwimmen einen Krampf gekriegt habe.«

»Echt? Wann war das denn?«, fragte Emma.

»Am Samstag. Nachdem ich bei Frau von Beilstein die Hecke geschnitten hatte, war mir ziemlich heiß, deshalb bin ich baden gegangen. Aber ich war wohl zu erhitzt und habe einen Mega-Krampf in den Beinen gekriegt. Ich wäre fast ertrunken. Sie hat das gesehen und mir sofort geholfen. Danach haben wir uns noch ein bisschen unterhalten.«

Antonia schnaubte nur, sagte aber nichts mehr.

»He Leute!«, rief auf einmal Franky. Er schob gerade sein Fahrrad zwischen den Polizeifahrzeugen in ihre Richtung und sah sich erstaunt um. »Was geht denn hier ab?«, fragte er, als er bei ihnen war.

»Eine Schülerin wird vermisst«, antwortete Emma. »Erinnerst du dich an diese Naila?«

»Ist das diese komische Tusse?«, fragte Franky, legte sein Fahrrad ins Laub und setzte sich zu ihnen.

»Die ist seit heute Morgen verschwunden«, erklärte Jaron.

»Wow!«, sagte Franky. »Ich dachte schon, ein Serienkiller hätte sich in der Seeburg verschanzt.«

Der Hubschrauber knatterte über sie hinweg und für einen Moment machte der Lärm jede Unterhaltung unmöglich.

Angelika, Gitti und Andreas traten mit einigen anderen Erwachsenen aus der Burg. Opa Hans, der alte Fischer, der unten am See wohnte und der für die Reihmanns zur Familie gehörte, hielt Sina und Luca an den Händen.

Als Gitti die vier Freunde sah, kam sie zu ihnen und erzählte: »Naila hat wohl ihren Rucksack mitgenommen, jedenfalls ist er nicht mehr im Schlafraum. Die Polizei geht daher davon aus, dass sie tatsächlich abhauen wollte. Aber am Bahnhof und in den Zügen und Bussen ist sie niemandem aufgefallen, die Polizei hat schon alle Verkehrsunternehmen in Alarmbereitschaft versetzt. Deshalb wollen sie Naila weiter hier in der Umgebung suchen. Vielleicht ist sie ja im Wald gestürzt und braucht Hilfe.«

Die vier vom See nickten.

»Wir werden bei der Suche helfen und sind eine Weile weg«, sprach Antonias Mutter weiter. »Opa Hans kümmert sich um Sina und Luca.«

»Sollen wir auch helfen?«, fragte Emma.

»Nein, die Polizei will erst mal nur Erwachsene dabei haben. Die Kinder aus ihrer Klasse bleiben auch hier. Aber ihr könnt die Augen offen halten, vielleicht kommt sie ja zurück. Bis später!«

Gitti ging zum Suchtrupp zurück. Eine Beamtin verteilte dünne, lange Stöcke und erklärte, wie die Suche nach Naila funktionieren würde.

»Und was machen wir?«, fragte Franky.

Emma meinte: »Wir könnten natürlich trotzdem nach Naila suchen …«

»Nee, wenn ihr Rucksack weg ist, ist sie garantiert abgehauen, dann ist sie nicht hier in der Nähe«, meinte Franky.

In Gedanken sah Jaron wieder Nailas Rucksack vor sich

und erinnerte sich an das Gespräch mit ihr am Löwensteg. »Hey, ihr wolltet doch mal das Boot von Frau von Beilstein sehen«, meinte er. »Wollen wir hinrudern?«

»Gute Idee!«, stimmte Franky zu und auch die beiden Mädchen waren einverstanden.

⁂

Gemütlich schlenderten die vier zum Strand, wo das Dingi lag, das Beiboot, mit dem man zum Segelboot fahren konnte.

Jaron sah, dass das Boot im flachen Wasser schaukelte. *Komisch*, wunderte er sich, *habe ich vergessen, es beim letzten Mal an den Strand zu ziehen? Zum Glück ist es nicht weggetrieben!* Während er noch darüber nachdachte, hatten Emma und Franky das Boot schon ans Ufer gezogen und kletterten hinein.

Franky rief: »He, hier liegt was. Gehört das ins Boot?« Er hielt einen Müllsack in die Höhe.

Jaron musterte den Sack und sagte: »Da hat bestimmt jemand seinen Abfall entsorgt. Das passiert öfters. Wirf das her, ich stopfe es in den nächsten Mülleimer.«

»Ich glaube nicht, dass das Müll ist«, sagte Franky. Er stellte den Sack zwischen seine Füße und sah hinein. Dann zog er einen Rucksack heraus und hielt ihn in die Höhe. Er war schwarz und schon etwas älter. Auf der Klappe war ein großer Totenkopf aufgenäht.

»Den kenne ich!«, rief Jaron erstaunt. »Der gehört Naila!«

»Echt? Bist du sicher?«, fragte Emma.

»Ja, den hatte sie bei sich, als wir uns getroffen haben«, sagte Jaron. »Da hat sie ihr Rauchzeugs drin, ihre Vape.«

Franky stieg aus dem Boot wieder ans Ufer. Emma folgte ihm. Franky kniete sich auf den Strand und öffnete den vorderen Reißverschluss. Neugierig beugten sich die vier Freunde über ihn. Er zog eine Dose hervor. Als er sie öffnete, sahen sie darin mehrere Kapseln, auf denen »Black Mamba« stand.

»Der gehört Naila, ganz sicher«, sagte Jaron. »Genau das hat sie gevapt, ich war dabei!«

»Warum ist ihr Rucksack in dem Dingi?«, fragte Antonia.

»Keine Ahnung, wollte sie vielleicht zum Segelboot?«, antwortete Emma.

»Zuzutrauen wäre es ihr«, überlegte Jaron.

Franky sah seine Freunde an. »Wir müssen den Rucksack sofort zur Polizei bringen«, sagte er, »wenn sie ihn erst mitgenommen und dann hier liegengelassen hat, muss etwas passiert sein. Vielleicht wurde sie entführt!« Er stand auf. Die anderen nickten und folgten ihm.

Sie waren die Treppen zur Seeburg fast ganz hinaufgestiegen, als Antonia sagte: »Sollen wir nicht erst noch einen Blick hineinwerfen, bevor wir ihn der Polizei geben?«

»Ich weiß nicht …«, meinte Emma zögerlich. »Ist das nicht privat?«

»Aber vielleicht hilft es uns ja, zu wissen, wo sie ist«, wiegelte Jaron ab. »In der Vergangenheit haben wir auch schon schneller ermittelt als die Polizei.«

Franky nickte und öffnete den Rucksack erneut. Er griff hinein und holte die Dose hervor, die sie auch schon unten am Seeufer in der Hand gehabt hatten. »Das sind ihre Vapes«, sagte er, »diese Marke habe ich noch nie woanders gesehen.«

»Gib mal her«, bat Franky. Er nahm die offene Dose, legte sie vor sich auf den Boden und machte ein Foto von ihrem Inhalt. »So wissen wir genau, was in dem Rucksack war, auch wenn wir ihn abgeben.«

Im vorderen Fach waren außerdem ein Haargummi, eine Packung Kaugummis, Zahnpasta und Zahnbürste, Deo und Klopapier, ganz unten fand Jaron ein paar Münzen und zwei klebrige Bonbons. Er öffnete das Hauptfach und holte einen Pulli, eine Hose, Socken und Unterwäsche raus.

»Ich denke, damit ist es eindeutig: Naila wollte abhauen«, meinte Franky, als er den Inhalt betrachtete. »Warum sonst hätte sie die ganzen Sachen mitgenommen.«

Die anderen nickten.

Als Letztes zog Jaron eine Luftpolstertasche heraus, die mit ziemlich viel Klebeband zugeklebt und dann aufgeschnitten worden war. »Die habe ich auch schon gesehen, als wir unten am Steg waren«, sagte er. Er griff hinein und holte ein kleines dunkelblaues Büchlein aus dem Papier. Er betrachtete die Vorderseite. »Das ist ein alter Pass!«

»Woher weißt du, dass er alt ist?«, fragte Antonia.

Jaron hielt den Pass hoch. »Weil er aus der DDR stammt.«

Auf der Vorderseite konnten sie einen runden Kranz mit einem Hammer und einem Zirkel erkennen, die in Gold eingeprägt waren, darüber die Worte »Deutsche Demokratische Republik«.

»Ein Pass aus der DDR?«, fragte Franky erstaunt. »Der muss mindestens 35 Jahre alt sein.«

Jaron schlug den Pass auf. »40, um genau zu sein. Ausgestellt am 9. November 1983. Gehörte einem Manfred Reiser.«

Er reichte den Pass an Emma weiter, die ihn sich genau ansah. Manfred Reiser war damals 20 gewesen, auf dem Passbild trug er eine dicke Hornbrille und Vollbart. Sein schmales Gesicht blickte mit einem finsteren Ausdruck in die Kamera. »Sieht ziemlich unfreundlich aus, dieser Reiser«, fand sie. Sie gab Franky den Pass.

»Na ja, auf Passbildern muss man doch immer ernst gucken«, wandte Jaron ein.

»Sehr merkwürdig«, fuhr Emma fort, »was will Naila denn mit einem DDR-Pass?«

Franky fotografierte jede Seite des Passes, in dem einige Stempel waren. Antonia sah ihm dabei über die Schulter.

»Es wird noch merkwürdiger«, sagte Jaron. Er hatte einen zweiten Gegenstand aus dem Umschlag gezogen, eine quadratische graue Plastikbox, etwas größer als eine CD-Hülle und zirka zwei Zentimeter dick.

»Was ist das denn?«, fragte Antonia erstaunt.

Jaron drehte die Schachtel hin und her. An einer Seite war eine Klappe. Er öffnete sie. Heraus fiel eine Spule, auf der ein Magnetband aufgewickelt war.

»Das ist eine alte Filmrolle!«, sagte Antonia. »Das habe ich, glaub ich, schon mal bei Opa Hans gesehen.«

»Das ist eine Super-8-Filmrolle«, bestätigte Franky.

Antonia hob die Spule auf, zog ein Stück Film ab und hielt ihn gegen das Licht. »Ja, da sind Bilder drauf!«

Jaron hielt noch die Verpackung der Filmrolle in der Hand. »Hier ist mit Bleistift was draufgekritzelt, aber ich kann es beim besten Willen nicht lesen. Ist völlig unleserlich.«

»Was will denn Naila mit diesem ganzen Zeugs?«, fragte Antonia.

»Vielleicht ist Manfred Reiser ein Verwandter?«, vermutete Emma.

»Aber warum sollte sie dann seinen alten Pass bei sich haben?«, fragte Franky.

»Was machen wir denn jetzt mit dem Film?«, fragte Antonia. »Den können wir nicht fotografieren.«

»Es wäre zu cool, wenn wir ihn anschauen könnten, bevor wir ihn der Polizei geben«, seufzte Franky.

»Wartet mal! Ich glaube, Opa Hans hat so einen alten Projektor«, sagte Antonia, »vielleicht kann er den Film abspielen.«

»Aber die Polizei braucht den gesamten Rucksack«, widersprach Emma.

»Das stimmt«, sagte Jaron, »aber erstens sind die alle unterwegs, um Naila zu suchen, und zweitens können die den Film auch nicht gleich anschauen, die haben so einen Projektor bestimmt nicht rumstehen. Wie wäre es, wenn wir gleich zu Opa Hans gehen, den Film anschauen und mit dem Handy abfilmen. Und dann geben wir das Original und die Aufnahme weiter.«

Emma sah gar nicht glücklich über diesen Vorschlag aus. Sie zögerte, dann nickte sie jedoch. »Wir filmen ihn ab und geben die Rolle dann sofort der Polizei, in Ordnung?«

Antonia überlegte, wie sie der Polizei später erklären sollten, woher der Rucksack plötzlich kam, aber das behielt sie lieber für sich. Zu gern wollte sie wissen, was auf dem Film zu sehen war.

Kapitel 16:

In der Fischerhütte

»Hallo Opa Hans«, grüßte Antonia und strahlte den alten Mann an, als er ihnen die Tür zur Fischerhütte öffnete, die nur ein paar hundert Meter von der Seeburg entfernt war.

»Grüß Gott«, antwortete er und strahlte zurück, »wie schön, dass ihr mich besuchen kommt! Das ist ja echt schon eine Weile her, seit wir uns gesehen haben.« Er schwang die Tür weit auf und meinte: »Na, die Sommerferien sind auch immer besonders, nicht? Kommt doch rein.«

Die vier betraten die kleine Wohnküche, wo bereits Sina und Luca saßen und ein uraltes Puzzle zusammensetzten. Eine Küchenzeile und ein Esstisch mit Eckbank füllten den sonnigen Raum. Das kleine Fenster ging direkt auf den See hinaus.

Opa Hans wohnte seit seiner Kindheit in dieser Hütte. Es gab nur noch wenige solche Wohnungen am See, die meisten Bootshäuser wurden nur zum Parken von Booten verwendet. Doch diese Hütte war zwar oft ausgebessert worden, aber prinzipiell noch in ihrem ursprünglichen Zustand: Das Holzgebäude war über das Wasser gebaut und hatte auf der Seeseite ein großes Tor, durch das Opa Hans mit seinem Fischerboot rein- und rausfahren konnte. In der Hütte schaukelte das Boot geschützt vor Regen und Frost auf dem Wasser und der Fischer konnte im Trockenen ein- oder aussteigen. Im Haus ging eine steile Treppe hinauf in das Stockwerk über der Bootsgarage in die kleine Zwei-Zimmer-Wohnung.

»Sina, Luca und ich haben Waffelteig gemacht. Und ihr nehmt sicher alle Kakao, wie immer?«, fragte Opa Hans.

»Danke, sehr gerne«, antwortete Emma und die anderen stimmten ein.

Während Opa Hans den Kakao auf dem Herd wärmte, erzählten ihm die vier Freunde von den vergangenen Wochen. Opa Hans wollte einen genauen Bericht, sodass es etwas länger dauerte, doch endlich kamen sie auch zu den Geschehnissen der letzten Tage.

»Hat man denn inzwischen rausgefunden, wer hinter der Brandstiftung gesteckt hat?«, fragte Opa Hans.

Antonia schüttelte den Kopf. »Nein. Die Polizei hat zwar alle Hinweise gründlich untersucht, aber wer es war, ist immer noch ein Rätsel.«

»Andreas hat ja vermutet, dass es ein Schüler gewesen ist, oder?«, fragte Opa Hans.

»Ja genau. Aber wenn es ein Gast war, dann hat er sich bis jetzt noch nicht verraten«, antwortete Antonia.

»Und wie sieht es dort jetzt aus, wo es gebrannt hat?«, fragte Opa Hans.

»Ziemlich wild«, antwortete Jaron.

»Die Wände sind kohlrabenschwarz vom Rauch und ein Fenster ist durch die Hitze kaputtgegangen«, berichtete Emma.

»Papa hat es mit einer Plastikplane zugeklebt«, ergänzte Antonia, »und angefangen, den Teppich rauszureißen.«

»Die ganze Zeit läuft so ein Gerät wegen der Feuchtigkeit«, sagte Jaron.

»Wegen des Löschwassers. Alles ist nass geworden«, fügte Franky hinzu.

»Also, das ist wirklich schlimm«, meinte Opa Hans und schüttelte den Kopf. »Wisst ihr schon, ob die Versicherung den Schaden bezahlt?«

Antonia zuckte mit den Schultern. »Ich weiß es nicht genau. Da die Brandursache noch nicht offiziell feststeht, wollte sich die Versicherung nicht festlegen. Papa hat gesagt, dass es eine ganze Weile dauern wird, bis alles wieder in Ordnung ist.«

Opa Hans hob die Augenbrauen und meinte: »Na, dann hoffe und bete ich, dass alles bald wieder gerichtet ist. Antonia, sag deinem Vater doch bitte, dass er sich gerne bei mir melden kann, wenn er Hilfe braucht.«

»Ja, klar, das mache ich«, antwortete Antonia dankbar und lächelte ihren Ersatzopa an.

»Ich auch«, krähten Sina und Luca gleichzeitig.

»So«, sagte Opa Hans, »genug Trübsal. Wer will Kakao?«

»Ich bitte«, rief Franky.

»Opa Hans, wir wollten dich um Hilfe bitten«, begann Emma, als jeder eine Kakaotasse und einen Teller mit Waffeln vor sich hatte.

»Um Hilfe? Bei was denn?«

»Früher haben wir doch bei dir manchmal Filme angeschaut, so alte auf einem Band. Mit einem Projektor«, sprang Antonia ein.

»Ja, richtig. Super-8-Filme.«

»Ja, genau die.« Antonia nickte.

»Und die wollt ihr ansehen?«, fragte Opa Hans erstaunt. »Die sind inzwischen mindestens 50 Jahre alt.«

»Ja … das heißt nein. Hast du denn noch einen Projektor für diese Filme?«, fragte Jaron.

Der alte Fischer überlegte. »Irgendwo bestimmt, aber wozu braucht ihr den denn?«

»Wir haben einen Film mitgebracht, den wir uns gerne anschauen würden«, erklärte Antonia.

»Aha.« Der alte Fischer sah sie verdutzt an. »Ihr habt einen Super-8-Film? Woher denn?«

Erst in diesem Moment ging den vier Freunden auf, dass sie sich noch nicht überlegt hatten, welche Geschichte sie Opa Hans erzählen würden. Sollten sie ihm die Wahrheit sagen? Und wenn er darauf bestand, den Film sofort bei der Polizei abzugeben? Die vier sahen sich an.

Antonia übernahm die Entscheidung. »Opa Hans, du hast doch auch mitgekriegt, dass heute Morgen das Mädchen verschwunden ist, diese Naila.«

»Ja klar. Deswegen sind ja Sina und Luca hier.«

»Genau. Und wir haben gerade eben Nailas Rucksack gefunden.«

»Was? Wo denn?«

»Im Beiboot von Frau von Beilstein«, erklärte Jaron, »und da war ein Film drin.«

»Und wo ist der Rucksack jetzt?«, fragte der Fischer.

»Hier«, sagte Franky und hob ihn hoch.

»Aber ...« Der alte Mann runzelte die Brauen. »Den müsst ihr sofort der Polizei geben!«

»Na ja, wir dachten ...«, stotterte Antonia.

»Kinder, das ist wichtig!«, erklärte Opa Hans mit fester Stimme.

»Das machen wir, versprochen«, sagte Emma, »wir dachten nur, die Polizei hat bestimmt nicht einfach so einen Projektor rumstehen.«

»Genau, und deshalb dachten wir, dass es bestimmt schneller geht, wenn wir den Film bei dir abspielen und mit dem Handy abfilmen«, fuhr Antonia fort. »Dann können wir der Polizei beides geben.«

»Ihr wollt den Film für die Polizei anschauen?« Opa Hans sah die vier ungläubig an.

»Ja, das wäre doch eine große Hilfe, oder nicht?«, meinte Franky mit einem gewinnenden Lächeln.

Opa Hans sah sie streng an, begann dann aber zu grinsen. »Ihr könnt es einfach nicht lassen, Detektiv zu spielen, oder?«

»Nein, nicht wirklich«, sagte Franky, »das liegt uns einfach im Blut.«

»Na, dann. Wenn es euch im Blut liegt, kann man wohl nichts machen. Aber sobald ihr den Film abgefilmt habt, gebt ihr ihn der Polizei, versprochen?«

»Versprochen«, sagten die vier im Chor.

»Und ich glaube sogar, dass eure Idee gar nicht so schlecht ist. Es hätte wahrscheinlich wirklich Tage gedauert, bis die Polizei den Film hätte anschauen können. Und das Mädchen bleibt so lange verschwunden.« Opa Hans stand auf. »Dann muss ich wohl mal sehen, wo ich den Projektor hingesteckt habe. Es ist schon eine ganze Weile her, dass ich ihn das letzte Mal gebraucht habe.«

»Kein Problem«, meinte Franky, »ich habe Zeit, und es sind genug Waffeln da.«

»Na, dann bedient euch.« Opa Hans verschwand in seinem Schlafzimmer.

Die sechs tranken Kakao, aßen Waffeln und warteten. Im Nachbarzimmer hörten sie den alten Fischer rumoren. Es dauerte ziemlich lange, bis er mit einer schwarzen Kiste zurückkam, die er an einem Griff an der Oberseite trug.

»Da ist er«, sagte er und stellte die Kiste auf den Tisch. Neugierig sahen die vier zu, wie er an der Seite einen Deckel abnahm und zwei Arme hochklappte. Er stöpselte das Stromkabel in die Steckdose und drehte sich dann zu den Freunden um. »So, und wo ist nun dieser Film?«, fragte er.

Franky zog die Plastikbox aus seinem Rucksack. »Hier.«

Opa Hans zog die Filmrolle heraus und steckte sie auf einen der Arme. Eine leere Rolle kam auf den anderen Arm. Dann versuchte er, den Anfang des Films in ein Loch am Apparat einzufädeln, was ihm nicht gleich gelang. »Ja Sacklzement, warum geht das denn nicht«, schimpfte er.

Etwas amüsiert warf Emma Antonia einen Blick zu, den diese schmunzelnd erwiderte. Es war zu süß, wie Opa Hans mit der Technik kämpfte, und wenn sie noch so veraltet war. Sie erinnerten sich beide noch gut an seinen letzten Geburtstag, als die vier zusammengelegt und ihm ein Smartphone geschenkt hatten. Das hatte er nicht lange benutzt, er war einfach nicht damit zurechtgekommen.

Schließlich jedoch gelang es. Der Projektor begann zu rattern und den Film einzuziehen. In der Linse leuchtete ein Licht auf und projizierte die Bilder an die gegenüberliegende Wand.

»Eine Leinwand habe ich nicht mehr«, sagte Opa Hans, »die Tapete muss genügen.« Er ging zum Fenster und zog die Vorhänge vor. Jetzt war es sehr dämmrig in der Küche und sie konnten die Bilder auf der weißen Wand von Opa Hans' Küche gut erkennen. Franky richtete sein Tablet auf das helle Viereck und filmte mit.

Ton gab es keinen, nur das Rattern des Projektors war zu hören. Das alte Gerät verbreitete einen merkwürdig angenehmen Geruch von Staub und heißem Plastik. Schweigend betrachteten sie gemeinsam das Geschehen auf dem Film.

Im Hintergrund war ein Wald zu sehen, davor eine Wiese. Eine Menschenmenge ging von links nach rechts, viele trugen gelbe Regenmäntel. Dann wechselte das Bild. Die Kamera schwenkte durch einen Wald. Unter den Bäumen standen improvisierte Hütten aus Brettern und Plastikfolie. Rauch stieg von einem Lagerfeuer auf. An den Bäumen hingen Plakate. Ein gelbes zeigte eine Frau, die sich die Ohren zuhielt, darüber ein Passagierflugzeug.

Wieder wechselte das Bild. Jetzt standen unter den Bäumen viele hundert Menschen beieinander. Einer trug ein

Leintuch, auf dem in großen schwarzen Buchstaben »Bäume statt Beton« stand. Die nächste Einstellung zeigte eine Gruppe von Polizisten in dunkelgrünen Lederjacken und weißen Helmen. Einer hielt ein Megafon in der Hand und sprach etwas hinein. Die Beamten trugen Schlagstöcke und Schilde aus transparentem Plastik.

Als das Bild wechselte, waren die Bilder ruckartig und verschwommen. Der Träger der Kamera schien zu laufen. Schemenhaft waren Polizisten zu sehen, die durch den Wald rannten und mit den Schlagstöcken auf die Menschen zwischen den Hütten einprügelten. Dann war ein großer Zaun zu sehen. Dahinter sprühte ein Lastwagen einen Wasserstrahl in Richtung der Menschen. Im Vordergrund standen einige Polizisten. Auf einmal bemerkten sie einen Mann, der aus den Bäumen auf die Beamten zurannte. Er hielt etwas in der rechten Hand. Er streckte den Arm aus und dann sahen sie eine kleine Rauchwolke von seiner Hand aufsteigen. Einer der Beamten sackte in sich zusammen.

Dann war der Film zu Ende. Der Streifen lief aus dem Projektor, die Rolle drehte sich schnell und das Filmende flog im Kreis herum. Das Bild wurde weiß.

»Mann, war das kurz«, meinte Luca.

»Und voll langweilig«, fand Sina.

Opa Hans schaltete den Projektor aus und öffnete die Vorhänge.

»Was war das denn jetzt?«, fragte Antonia, die sich als Erste gefasst hatte.

»Scheint irgendeine Demo oder so zu sein«, sagte Franky. Er scrollte auf seinem Tablet die Aufnahme hin und her.

»Es könnte eine Demo von der Startbahn West sein«, meinte Opa Hans und setzte sich neben Franky. »Zeig mir doch bitte noch mal die Bilder mit den Hütten im Wald.«

»Klar, kein Problem«, antwortete Franky. »Hier, bitte.«

»Stopp, da!« Der Fischer deutete auf das gelbe Plakat mit der Frau, die sich die Ohren zuhielt. »Was steht da? Ich hab meine Lesebrille gerade nicht da.«

»Keine Startbahn West«, las Franky vor.

»Du hattest recht, Opa Hans«, meinte Antonia bewundernd.

»Was ist das? Startbahn West?«, wollte Emma wissen.

»In den Achtzigerjahren sollte der Flughafen in Frankfurt mit einer neuen Startbahn erweitert werden. Dagegen haben viele Menschen protestiert. Der Konflikt war monatelang in den Nachrichten«, erzählte Opa Hans.

Franky war schon wieder einen Schritt voraus. Er rief: »Hier, ich hab mal gegoogelt.« Dann las er vor:

»Die Gegner der Startbahn West, darunter Umweltschützer, Anwohner und Bürgerinitiativen, hatten verschiedene Bedenken und Einwände. Dazu gehörten Umweltauswirkungen wie Lärm- und Luftverschmutzung sowie die Zerstörung von landwirtschaftlichen Flächen. Die Befürworter argumentierten hingegen, dass die zusätzliche Startbahn notwendig sei, um den steigenden Bedarf an Flugverbindungen zu bewältigen und wirtschaftliche Vorteile für die Region zu schaffen. Letztendlich wurde die Startbahn West gebaut und im Jahr 1984 eröffnet. Der Streit um die Startbahn West gilt als einer der bedeutendsten Umwelt- und Bürgerproteste in Deutschland.«

»Krass«, meinte Jaron, »da ging's ja richtig ab.«

»Ist immer wieder interessant, was ihr alles in diesem Internetz findet«, antwortete Opa Hans.

Die vier grinsten sich an.

»Ich frage mich aber, warum Naila diesen alten Film hat?«, überlegte der Fischer.

Darauf wussten sie keine Antwort.

Bald darauf verabschiedeten sich die vier von Opa Hans und versprachen ihm noch einmal, den Rucksack der Polizei zu übergeben.

»Und sagt denen, dass sie sich meinen Projektor gern ausleihen können«, trug der alte Fischer ihnen noch auf. Antonia nickte.

Die vier gingen zum alten Heinrich und Emma rief auf dem Revier an. Eigentlich war ihr Stiefvater Peter immer ihr Kontakt bei der Polizei gewesen, denn er war Kriminalbeamter. Aber er lebte nicht mehr in Starnberg, sondern war mit Emmas Mutter nach Berlin gezogen. Vor seinem Umzug hatte er Emma einen neuen Kontakt vermittelt, eine junge Kommissarin namens Stefanie Korthaus. Diese war über die früheren Ermittlungen der vier Freunde informiert und auch darüber, dass sie der Polizei immer wieder wertvolle Hinweise lieferten. Stefanie wollte sofort jemanden vorbeischicken, um Nailas Rucksack abzuholen.

Während Emma telefonierte, saß Franky über sein Tablet gebeugt und sah sich den Film noch einmal an, Jaron und Antonia rechts und links von ihm. Dann suchte er weitere Details über die Ereignisse von 1981.

Als Emma sich zu ihren Freunden setzte, sagte Franky gerade: »Schaut mal, das waren wirklich heftige Proteste. Und das alles nur wegen des Ausbaus des Flughafens Frankfurt. Einmal waren 120 000 Leute dabei! Es gab Sprengstoffanschläge und ein Polizist wurde angeschossen. Er ist später an seinen Verletzungen gestorben. Den Täter hat man nie gefasst. 1987 kam es noch mal zu Demonstrationen, da wurden zwei Polizisten erschossen und der Täter wurde zu 15 Jahren Haft verurteilt.«

»Krass«, kommentierte Jaron.

»Ja, da war ganz schön Druck im Kessel«, sagte Franky.

»Schon komisch, dass sie die Startbahn trotzdem gebaut haben, oder?«, wunderte sich Emma.

Franky nickte. »Ja, die waren nicht sanft mit denen, die protestiert haben. Die Demonstrationen wurden gewaltsam aufgelöst, ein Hüttendorf in dem Wald, der gerodet werden sollte, wurde schonungslos geräumt. Es gab Verletzte. Und eben die toten Polizisten.«

»Aber das Wissen bringt uns nicht weiter«, sagte Antonia, »wir haben keine Ahnung, was das mit Nailas Verschwinden zu tun haben könnte.«

»Das stimmt«, antwortete Jaron. Er überlegte einen Moment und schlug dann vor: »Was haltet ihr davon: Wenn die Polizei sie nicht findet, fahren wir am Sonntag mal zu diesem Internat Isartal und schauen uns dort um. Vielleicht finden wir ja eine Spur, die uns zu Nailas Entführer bringt.«

»Gute Idee!«, stimmte Franky zu und auch die beiden Mädchen nickten.

Kapitel 17:

Überschwemmung

»Was ist denn jetzt los?«, fragte Gitti erstaunt. Sie saßen beim Frühstück, als es laut gegen die Wohnungstür hämmerte. Luca stopfte sich gerade das letzte Stück Brot in den Mund. Antonia war schon fertig und sah neugierig auf, als ihr Vater aufstand und zur Tür ging. Durch den Flur konnte sie die aufgeregte Stimme eines Lehrers hören. Da Nailas Klasse gestern ohne sie abgefahren war, musste er zu der Klasse aus Ludwigshafen gehören, die am Montag angekommen war.

»Guten Morgen, Herr Reihmann«, grüßte der Lehrer.

»Guten Morgen«, antwortete Andreas, »was kann ich für Sie tun?«

»Also ich weiß ja nicht, wie Sie die Leitung einer Jugendherberge managen, aber so viele Unfälle auf einmal, das ist doch schon sehr merkwürdig.«

»Was ist passiert?«, fragte Andreas alarmiert. Gitti und Antonia hielten inne und lauschten.

»Der Waschraum der Mädchen im zweiten Stock steht komplett unter Wasser!«

»Was? Ich komme gleich!« Andreas nahm seinen Schlüssel vom Brett und folgte dem Lehrer.

Antonia war mit Jaron zum Klettern an der Steilwand verabredet und sagte zu ihrer Mutter: »Ich geh dann mal.«

»Bis heute Mittag«, verabschiedete sich ihre Mutter geistesabwesend.

Antonia verließ die Wohnung, war aber zu neugierig, um wirklich gleich zum Treffpunkt zu gehen. Sie stieg die Treppe in den zweiten Stock hoch. Schon im Flur konnte sie sehen, dass etwas nicht stimmte: Der Boden vor dem Waschraum war eine einzige Pfütze. Das Wasser begann schon, Richtung Treppe zu fließen, durchnässte die Teppiche im Flur und färbte das Parkett dunkel. Vor der offenen Tür zum Waschraum standen einige Schülerinnen und flüsterten aufgeregt.

Antonia watete vorsichtig durch das Wasser zu ihnen und schaute um die Ecke in den Raum. Das Wasser darin stand knöchelhoch.

»Aber irgendjemand muss zusätzlich alle Wasserhähne und die Duschen aufgedreht haben«, sagte Andreas gerade, »ein paar verstopfte Abflüsse und Toiletten allein würden nicht eine solche Sauerei machen.« Er kniete vor einem der Waschbecken und versuchte, mit einer Rohrzange den Siphon abzuschrauben. Seine Kleidung war schon ziemlich durchnässt.

»Beschuldigen Sie etwa unsere Schülerinnen?«, fragte der Lehrer verärgert.

»Nein, natürlich nicht«, beschwichtigte Andreas, »ich sage nur, dass jemand nachgeholfen hat. In den Toiletten schwimmen Bananenschalen, die sind bestimmt nicht aus Versehen da reingekommen. Keine Ahnung, wer das war.«

»Wie auch immer, welchen Waschraum sollen unsere Schülerinnen benutzen, bis Sie das Chaos hier drin beseitigt haben?«

Andreas drehte keuchend an der Zange. Endlich löste sich der Schraubverschluss und der Siphon fiel in den Eimer, den er darunter gestellt hatte. Er sah den Lehrer an. »Das überlegen wir gleich.« Aus dem abgeschraubten Rohr zog er eine hässliche schwarze Masse aus Dreck und jeder Menge Klopapier.

Die Schülerinnen hinter Antonia machten »Iiii!«, und auch sie selbst verzog das Gesicht vor Ekel.

Andreas schaute in das Loch in der Wand und zog weiteren Schmutz heraus. Doch er ließ die Hände ziemlich schnell sinken. »Da komme ich nicht weiter, bei so vielen Abflüssen muss der Fachmann ran.« Er stand auf und wandte sich an den Lehrer: »Es gibt im Moment nur noch den Waschraum der Jungs im ersten Stock. Ich würde vorschlagen, Sie sprechen mit Ihren Schülerinnen und Schülern die Benutzung ab. Sie sollen sich abwechseln. Bis wir hier alles sauber gemacht haben, können die Mädchen auch die Toiletten neben dem Speisesaal benutzen.«

»Hmm«, brummte der Lehrer genervt, »und wie lange wird das dauern?«

»Ich rufe gleich die Rohrreinigung an«, sagte Andreas und hob sein Werkzeug auf. »Und dann machen wir uns daran, alles aufzuwischen.«

Bevor er sie entdecken und zur Mitarbeit verdonnern konnte, machte sich Antonia aus dem Staub.

Jaron saß auf der kleinen Holzbank, die am Wegrand stand, und wartete auf Antonia. Er winkte ihr zu, als er sie entdeckte.

»Du bist ja voll motiviert«, meinte sie und setzte sich neben ihn.

»Ja«, antwortete er und wusste dann nicht mehr, was er sagen sollte. Es war irgendwie anders, ganz alleine mit Antonia auf der Bank zu sitzen. Normalerweise waren Franky oder Emma dabei. Es war ein seltsames, aber auch angenehmes Gefühl. Er wagte nicht sie anzusehen.

»Es tut gut, einfach mal was anderes zu machen«, meinte Antonia. Jaron nickte und sah, wie die Kette, die er Antonia geschenkt hatte, in der Sonne blitzte. *Sie trägt sie noch immer,* dachte er. »Und sonst? Wie geht's dir?«, fragte er Antonia und in demselben Moment hätte er sich ohrfeigen können. *Warum stelle ich denn so eine blöde Frage.* »Also, nur so«, schob er hastig hinterher.

»Geht so«, meinte Antonia, »und dir?«

»Ja, geht so«, antwortete Jaron. *Mann, warum kriege ich keinen normalen Satz zusammen?*

»Im Moment geht ja einiges schief.« Antonia sah zu ihm rüber, aber er wagte nicht, sie anzusehen.

»Ich mach mir voll Sorgen«, fuhr Antonia fort.

»Kann ich verstehen. Ich mir auch«, gab Jaron zu. Er fand den Gedanken unerträglich, dass er vielleicht wieder wegziehen musste. Es war noch nicht so lange her, dass er von Köln an den Starnberger See gekommen war. Er fühlte sich wohl hier und war froh, dass er gut angekommen war und neue Freunde gefunden hatte.

»Was ist, wenn wir die Seeburg verlieren?« Antonia sah ihn wieder an.

Für einen Moment erwiderte Jaron ihren Blick, wich dann aber verlegen aus. *Was ist nur los mit mir?*

»Ich weiß nicht. Das wäre voll kacke«, meinte er. »Ich finde es so cool hier. So mit Franky und Emma und auch mit …« Er zögerte einen Moment, dann druckste er: »Ja … und auch so mit dir.«

Antonia lächelte und antwortete: »Ja, ich finde es auch cool mit euch … also auch mit dir.«

Jaron beobachtete sie aus dem Augenwinkel, traute sich aber nicht, noch mehr zu antworten. Für einen Moment saßen beide still da. Plötzlich drehte Antonia sich zu ihm und meinte: »Sollen wir mal losgehen? Sonst kommen wir vor dem Mittagessen nicht mehr zum Klettern.«

»Ja, klar«, meinte er erleichtert und sah sie für einen Moment an.

»So guten Unterricht wie von mir kriegst du nicht so schnell wieder«, flachste Antonia und lachte.

»Ach, so was brauch ich gar nicht. Ich bin ein Naturtalent«, behauptete Jaron cool.

Antonia verdrehte die Augen und antwortete: »Ja, klar, das werden wir gleich sehen.« Sie sah ihn auffordernd an.

Die nächsten zwei Stunden verbrachten sie damit, den Steinbruch an verschiedenen Stellen hinauf- und wieder hinunterzuklettern. Sie zogen sich immer wieder auf und lachten viel. So unbeschwert miteinander zu klettern, tat ihnen nach all der Aufregung gut und sie beschlossen, das demnächst zu wiederholen.

»Der ist ja immer noch da«, wunderte sich Antonia, als Jaron und sie nach dem Klettern wieder an der Burg ankamen, um gemeinsam mit Emma und Franky im Speisesaal zu Mittag zu essen.

»Wer ist noch da?«, fragte er.

»Na, der Rohrreiniger«, sagte sie und deutete auf den weißen Lieferwagen, der vor der Burg stand. »Ich habe dir doch von der Überschwemmung im zweiten Stock erzählt.«

»Stimmt.«

Antonia betrachtete den Lieferwagen, einen weißen Kastenwagen, auf dem in Rot und Blau »Kanal Maier« stand. An irgendetwas erinnerte sie dieser Anblick. »Merkwürdig«, sagte sie nachdenklich.

»Was ist merkwürdig?«, fragte Jaron.

»Ich weiß nicht, aber ich glaube, ich habe diesen Lieferwagen hier schon einmal gesehen.«

»Hattet ihr schon mal ein verstopftes Rohr?«

»Nein, das ist es nicht. Das war nachts … ich glaube, es

war, als Emma und ich schwimmen waren. Da stand dieses Auto unten an der Seestraße.«

Sie schoben ihre Fahrräder zum Schuppen.

»Vielleicht wollte dieser Herr Maier auch schwimmen gehen«, witzelte Jaron.

»Haha, sehr komisch«, gab Antonia zurück.

Sie stellten ihre Fahrräder ab und betraten die Burg durch den Hintereingang, der direkt in den Teil führte, in dem die Wohnung der Rahns lag. Als Antonia die Tür aufmachte, stieß sie fast mit einem Mann zusammen, der dahinter gestanden hatte. Er war relativ klein und etwas älter und trug einen blauen Arbeitsoverall. In seiner Hand trug er eine blaue Werkzeugkiste.

Antonia erschrak und auch der Mann zuckte zusammen. »Was machen Sie denn hier?«, fragte sie verärgert.

»Maier der Name«, sagte der Mann, »ich repariere den verstopften Abfluss.«

»Da sind Sie hier aber ganz falsch«, erklärte Jaron, »der Waschraum der Mädchen ist im anderen Gebäudeteil. Soll ich Sie hinbringen?«

Der Mann lachte verlegen. »Ach deshalb! Ich habe mich schon gewundert. Das sah doch vorhin alles etwas anders aus. Ich habe wohl die falsche Tür erwischt.« Er deutete in die andere Richtung den Flur hinunter. »Zum Burghof geht es da raus, richtig?«

Antonia nickte. Gemeinsam mit Jaron sah sie zu, wie Herr Maier den Flur hinunterging und im Burghof verschwand.

»Das war seltsam«, sagte Antonia und sah Jaron an.

Er nickte. »Ja, das war es.«

Sie folgten dem Mann in den Burghof, wo sie auf Emma stießen. Sie strahlte übers ganze Gesicht, denn sie hatte den Morgen mit ihrem Pferd Firestorm verbracht. Das hatte ihr richtig gutgetan.

Kapitel 18:

Im Gefängnis

Internat Isartal

Naila wusste längst, wo Wolfsell sie gefangen hielt. Er hatte das kleine Kellerfenster zwar von außen mit einer schwarzen Folie abgeklebt, aber sie hatte die Metallstäbe erkannt, die es versperrten. Die charakteristischen Schnörkel hatte sie während der Pausen im Internat ausgiebig betrachtet. Sie vermutete, dass sich ihr Gefängnis im Keller des Nordflügels befand, direkt unter Wolfsells Privatwohnung. Wenn die Scheibe nicht verklebt gewesen wäre, hätte sie vermutlich den Garten gesehen, den die Schülerinnen und Schüler des Internats nicht betreten durften. Schreien nutzte nichts. Naila hatte es ausprobiert.

Sie drehte sich auf den Rücken. Die dünne Matratze, die direkt auf dem Betonboden lag, war fürchterlich unbequem. Aber sie war immer noch besser als der Boden selbst. Einen Stuhl oder einen Tisch hatte ihr Entführer nicht eingeplant.

Ihr Blick schweifte über die leeren Wände. Dunkle Schatten zeigten, dass hier bis vor Kurzem noch Regale gestanden hatten. Jetzt war in dem kleinen Raum nichts mehr, nur ihr provisorisches Bett, eine batteriebetriebene Lampe, eine Campingtoilette, Feuchttücher und ein paar Flaschen Wasser. Naila schloss die Augen. Langsam knurrte ihr Magen. Gestern hatte Wolfsell ihr drei Mahlzeiten gebracht. Sie hoffte, dass er auch heute ein Frühstück eingeplant hatte.

Der Schlüssel rappelte im Schloss. *Endlich!* Sie öffnete die Augen und setzte sich hin.

Wie immer warf Wolfsell einen prüfenden Blick durch den Raum, bevor er sie ansah. Er hielt einen Papierteller in der einen Hand und einen Pappbecher in der anderen. Auf dem Teller zwei belegte Brote und ein Apfel. *Hoffentlich hat er jetzt wenigstens dran gedacht, dass ich Veganerin bin,* dachte sie. Sie musterte den älteren Mann, seine Glatze, sein glattrasiertes Gesicht, das karierte Jackett, das sich über seinem Bauch spannte.

Wolfsell stellte das Essen auf den Boden und verschränkte die Arme. »Hast du es dir inzwischen überlegt?«, erkundigte er sich.

»Was überlegt?«, fragte Naila zurück.

»Sagst du mir, wo die Sachen sind, die du aus meinem Tresor gestohlen hast?«

Naila senkte den Kopf und schwieg. *Er kann mich nicht ewig hier festhalten,* dachte sie trotzig.

»Ich habe Zeit«, meinte er völlig ruhig, als hätte er ihre Gedanken erraten, »ich kann warten.«

Wieder wartete er auf eine Antwort. Als keine kam, fuhr er fort: »Nun ja, vielleicht können wir die Sache aber auch für uns beide beschleunigen. Du gibst mir meine Sachen zurück und ich halte die Akten des Jugendamts weiter unter Verschluss.«

»Welche Akten?«

»Oh, du weißt gar nichts von ihnen?«

Naila schüttelte unmerklich den Kopf. *Wovon spricht er? Weiß er etwas?* Sie wusste, dass sie Wolfsell nicht trauen konnte, trotzdem beschlich sie Furcht. Sie versuchte, es sich nicht anmerken zu lassen.

»Ich habe meine Kontakte spielen lassen«, sagte er, »ich weiß, dass du schon ein paarmal mit dem Amt aneinandergeraten bist.«

»Das war früher vielleicht mal.«

»Ja, und die Presse wird das sehr interessieren. Die sind sowieso ganz heiß darauf, von deiner Entführung zu berichten. Wenn du mir meine Sachen nicht bald zurückgibst, werde ich die Akten nach und nach der Presse geben. Und dann erfahren *alle* davon.«

Naila schlang die Arme um ihre Knie.

Er drehte sich zur Tür. »Nun gut. Wie du willst. Wenn es dir schon egal ist, was die ganze Welt über dich denkt, interessiert es dich sicher auch nicht, wo dein Vater ist.«

Das ließ Naila aufhorchen. »Sie wissen, wo mein Vater ist?«

Er blieb stehen. »Ja. Ich würde dir sogar Geld geben, damit du zu ihm reisen kannst, um dich loszuwerden. Aber wie gesagt – du scheinst dich nicht dafür zu interessieren, was ich zu bieten habe.« Er trat in den Kellerflur, ohne sich umzudrehen.

»Warten Sie!« Naila stand auf.

Er blieb stehen, die Klinke in der Hand und schaute sie an. »Ja?«, fragte er.

Sie zögerte. *Wenn ich hier rauskomme und endlich meinen Papa kennenlerne … das ist eigentlich alles, was ich will,* überlegte sie. Sie sah Wolfsell an. Auf seinem Gesicht lag ein Lächeln, das sie nicht entziffern konnte. *Selbstgefällig und überheblich. Aber da war noch was. Anspannung? Unsicherheit? Weiß er wirklich, wo Papa ist?,* fragte sie sich. Aber er war ihre einzige Chance.

Sie rieb ihre Hände aneinander, wandte ihren Blick ab und murmelte: »Also gut. Ich sage Ihnen, wo die Sachen sind.«

Er kam wieder einen Schritt in den Keller. »Ich höre.«

»Ich wollte mit einem Segelboot abhauen, das am Ufer vor der Seeburg ankert. Das Beiboot, mit dem man dorthin übersetzt, liegt dort am Strand. Da habe ich meinen Rucksack reingelegt, bevor ich zurück zur Burg gegangen bin. Die Sachen sind im Rucksack.«

Wolfsell nickte. »Danke«, sagte er einfach, ging hinaus und schloss die Tür wieder hinter sich ab.

Naila sank zurück auf die Matratze und ein mulmiges Gefühl beschlich sie. *Ob ich das Richtige getan habe?,* dachte sie. *Ob er mich wirklich gehen lässt?*

Kapitel 19:

Der Verdacht

Am Starnberger See

Klaus Maier schlenderte hinunter zum Ufer, sein Lieferwagen stand noch vor der Burg. Wie praktisch, dass dort ausgerechnet ein Klempner gebraucht wurde, da fiel es gar nicht auf, wie er herumschnüffelte.

Er dachte daran, wie er das Mädchen mitten in der Nacht erwischt hatte. *Das war fast zu einfach,* dachte er lächelnd. Er hatte damit gerechnet, in die Seeburg eindringen und sie aus ihrem Zimmer schleifen zu müssen. Mit dem Betäubungsmittel, das er dabeigehabt hatte, wäre das zwar kein Problem gewesen, aber das Risiko, erwischt zu werden, wäre erheblich gewesen. Dass er Naila unten am Ufer antreffen würde, wäre ihm nie in den Sinn gekommen.

Als er beobachtet hatte, wie sie in das kleine Ruderboot gestiegen war, war ihm aufgegangen, dass sie abhauen wollte. Er wollte gerade vorspringen und sie ergreifen, als sie kehrtmachte und wieder an den Strand kam. Der Rest war ein Kinderspiel gewesen.

Er stieg aus und sah sich um. *Es ergibt Sinn, dass der Rucksack in dem Ruderboot liegt*, dachte er, *ich hatte ganz vergessen, nach Gepäck zu schauen.* Er stieg über den niedrigen Zaun, der den Löwensteg umgab ,und ging zu dem Dingi. Er sah in alle Ecken und unter die Bänke, doch einen Rucksack fand er nicht. Er richtete sich wieder auf. *Diese verlogene Göre,* dachte er verärgert.

Auf dem Weg zurück zu seinem Wagen rief er seinen Auftraggeber an. »Chef, der Rucksack ist nicht hier!«

»Was? Hast du auch genau geschaut?«

»Ja sicher.«

Er hielt sich das Telefon weg vom Ohr, als Wolfsell laut wurde.

Erich Wolfsell wartete keine Minute. *Jetzt lügt mich dieses Kind auch noch an!,* dachte er wütend. Er stürmte aus seinem Büro in den Keller und schloss die Tür zu Nailas Gefängnis auf.

Als er in den Raum platzte, richtete sich Naila erschrocken auf. »Du hast mich angelogen!«, rief er aufgebracht. »Ich fasse es nicht, dass du das wagst!«

»Wovon reden Sie?«, fragte Naila mit weit aufgerissenen Augen.

»Das weißt du ganz genau!«, schrie er sie an. »Der Rucksack! Wo ist der Rucksack!«

»In dem Boot«, rief Naila zitternd, »das habe ich Ihnen doch gesagt!«

»Willst du mich verarschen!?« Der Direktor stampfte wütend näher. Sie wich bis an die Wand zurück. »Da war kein Rucksack!«

»Das … das kann nicht sein!«, stotterte sie. »Ich hab den da reingelegt, ehrlich! Er muss da sein.«

»Ist er aber nicht!« Er baute sich drohend vor ihr auf. »Was meinst du eigentlich, welches Spiel du spielst«, zischte er. »Glaubst du etwa, du kommst damit durch? Ich werde dich hier unten festhalten, bis ich habe, was ich will, kapiert?«

Naila nickte, die Augen voller Tränen. Wolfsell lächelte finster, als er sah, wie viel Angst sie vor ihm hatte. Drohend fuhr er fort: »Ich werde dafür sorgen, dass du in die Jugendpsychiatrie eingewiesen wirst. Da kommst du nicht mehr raus. Und deinen Vater kannst du vergessen. Den siehst du nie wieder!«

Naila unterdrückte mühsam ein Schluchzen. »Er muss da sein, wirklich! Ich habe ihn dort reingelegt, mehr weiß ich nicht«, sagte sie flehend.

»Wo ist der Rucksack!«, zischte er.

»Ich weiß es nicht!«, schrie sie.

Für einen Moment war Stille. *Vielleicht weiß sie es tatsächlich nicht*. Wolfsell überlegte.

»Der Junge vom Strand«, sagte Naila plötzlich, »vielleicht hat er den Rucksack.«

»Welcher Junge?«, fragte Wolfsell herrisch.

»Der, der mir das Segelboot gezeigt hat, mit dem ich abhauen wollte. Er hat gesagt, dass er öfters auf dem Boot ist, dafür braucht er ja das Dingi. Vielleicht hat er ihn gefunden?«

»Wie heißt der Junge?«

»Ich weiß es nicht mehr.«

»Denk nach!«, drohte er.

»Ich glaube Aaron oder so.«

»Was denn jetzt? Heißt er Aaron oder nicht?«

»Er hat gesagt, dass seine Mutter in der Seeburg arbeitet. Sie ist da die Sekretärin«, antwortete Naila. »Jaron! Genau, so hieß er!«

Wolfsell musterte sie. »Hmm. Woher soll ich wissen, dass du mich nicht schon wieder anlügst?«

»Ich lüge nicht!«, flehte Naila. »Ich will hier raus! Es ist mir egal, ob Sie die Sachen haben oder nicht. Ich will nur hier raus.« Sie schlug die Hände vors Gesicht und schluchzte.

Einen Moment stand er noch drohend über ihr. Dann drehte er sich zur Tür und sagte im Hinausgehen: »Nun gut. Wir werden uns diesen Jaron mal vorknöpfen.«

Kapitel 20:

Die Seuche

»Alles klar bei dir?« Antonia sah Jaron fragend an.

»Weiß nicht. Ich glaube, ich habe zu viel Kuchen gegessen«, antwortete er. Es ging ihm gar nicht gut. Sein Magen rumpelte und verkrampfte immer wieder. Er verzog das Gesicht und rieb sich den Bauch.

»Tja, wer nicht hören will, muss fühlen«, trumpfte Emma auf, »ich habe es dir gesagt.«

»Jaja, ich weiß«, seufzte Jaron.

Die vier vom See saßen nach dem gemeinsamen Mittagessen im Speisesaal der Jugendherberge in ihrem Bandenversteck, vor sich eine leere Kuchenplatte. Antonias Mutter Gitti hatte ihnen einen Marmorkuchen mitgegeben, den sie gemeinsam gefuttert hatten. Jaron hatte besonders zugeschlagen, denn er liebte Marmorkuchen. Jetzt ärgerte er sich. Er überlegte kurz, ob er den alten Heinrich verlassen musste, um zur nächsten Toilette zu rennen. Aber in diesem Moment beruhigte sich sein Magen wieder und er seufzte erleichtert auf. Er stand auf und holte sich eine Cola aus dem kleinen Kühlschrank.

Franky wischte derweil schon auf seinem Tablet. Sie wollten sich den Film aus Nailas Rucksack noch mal anschauen.

Den Rucksack hatte Kommissarin Korthaus noch am Abend zuvor abgeholt. Mit einem schlechten Gewissen hatte Emma ihr gebeichtet, dass sie den Inhalt durchsucht und den Film gesehen hatten. Die Kommissarin hatte sie deswegen gerügt und gemeint: »Ich will davon absehen, mit euren Eltern zu sprechen, weil wir durch euren Einsatz wissen, wo wir ganz schnell einen Projektor für den Film ausleihen können. Aber ich hoffe, dass das nicht noch mal vorkommt.«

Die vier hatten schuldbewusst genickt. Aber sie freuten sich trotzdem darüber, dass sie einen neuen Fall hatten.

»Also«, begann Franky und sah sehr zufrieden aus, »ihr erinnert euch. Bei Opa Hans war auf dem Film kaum was zu erkennen. Deshalb habe ich was ausprobiert und ihn mit einer Videosoftware bearbeitet. Die habe ich ganz neu, ist ein Hammerprogramm! Seht mal, wie krass scharf der Film jetzt ist.«

Er hielt den anderen drei sein Tablet hin.

»Ist ja unglaublich«, sagte Emma bewundernd, »wie hast du das hingekriegt?«

»Das Programm ist KI-basiert«, antwortete er.

»KI?«, fragte Jaron.

»Künstliche Intelligenz«, erklärte Franky, »das sind selbstlernende Programme, die sich immer mehr verbessern. Einige KI-Algorithmen sind darauf spezialisiert, Bildrauschen zu reduzieren und verlorene Details wiederherzustellen.«

»Na, dann ist ja alles klar«, meinte Antonia und verdrehte die Augen.

»Diese Algorithmen können auch Unschärfe erkennen und die Bilder schärfer stellen«, fuhr Franky unbeirrt fort.

»Ja toll, können wir uns den Film jetzt mal ansehen?«, maulte sie.

»Klar.« Franky grinste die drei an. »Aber ihr müsst zugeben, das ist ziemlich genial, oder?«

»Jaja«, seufzte Antonia.

»Nennt mich heute einfach Frankynator.«

Jaron musste grinsen, obwohl ihm nicht danach war. Die Cola hatte ihm nicht gutgetan, im Gegenteil. Ihm wurde immer übler. Kalter Schweiß stand ihm auf der Stirn.

»Okay, Frankynator, dann lass den Film mal ablaufen«, forderte Emma.

»Aber natürlich, Emma-Schätzelein. Film ab«, rief Franky. Die vier sahen konzentriert auf den Bildschirm. Zunächst fiel ihnen nichts auf, was sie nicht schon bei Opa Hans auf der Wand gesehen hatten, als sie den Originalfilm angeschaut hatten.

Plötzlich rief Emma: »Stopp!«

Franky hielt den Film an und sah sie an.

»Da, seht mal. Dieser Mann, der aus dem Gebüsch gerannt kommt, der hat eine Pistole in der Hand, oder?«, fragte Emma und zeigte auf die Stelle.

»Moment, ich zoome mal ran.« Franky zog mit zwei Fingern den Bildausschnitt größer.

»Stimmt«, bestätigte Antonia, »ich hatte gedacht, das wäre eine Getränkedose oder so was.«

Die Gestalt des Mannes füllte jetzt den gesamten Bildschirm. Er hatte sich ein schwarzes Tuch um das Gesicht gewickelt, sodass nur seine Augen sichtbar waren. Er trug Jeans und eine schwarze Lederjacke. In der rechten Hand hielt er tatsächlich eine Pistole. Sie zeichnete sich deutlich gegen den Hintergrund ab. Franky ließ die Bilder langsam weiterlaufen. Eine Rauchwolke erschien am Lauf der Waffe.

»Er schießt!«, sagte Antonia entsetzt. »Hat er jemanden getroffen?«

Franky hielt den Film an und zog das Bild in die Richtung, in die die Pistole des Mannes zeigte. Genau dort stand die kleine Gruppe Polizisten, die sie schon vorher gesehen hatten. Der Film lief weiter. Einer der Beamten sackte zusammen und fiel zu Boden. Emma stieß einen kleinen Schrei aus.

»Ist ja krass!«, stammelte Antonia. »Der hat den Polizisten ermordet!«

»Einfach erschossen«, murmelte Franky ungläubig.

»Und jemand hat das Ganze gefilmt! Schade, dass man das Gesicht des Täters nicht erkennen kann.« Emma starrte konzentriert auf den Bildschirm.

Jaron wollte auch was sagen, ließ es aber bleiben. Eine Welle von Übelkeit durchlief ihn. Er wagte es nicht, den Mund zu öffnen.

Franky hatte den Täter wieder in den Fokus genommen. Der Film zeigte weiter, wie sich der Mann umdrehte und im Wald verschwand. Er stoppte noch einmal, genau an der Stelle, als die Gestalt sich der Kamera zuwandte.

»Hey, seht mal, der eine Ärmel des Typen ist hochgekrempelt. Da ist doch ein Tattoo, oder?«, fragte Antonia.

»Ja, könnte sein.« Franky zoomte den Arm des Mannes heran. »Scheinen zwei Buchstaben zu sein. Ein T und ein A.«

Jaron stöhnte. Er lehnte sich zurück und hielt sich den Magen. Er spürte, dass dieser nicht mehr lange aushalten würde.

»Was ist los?«, fragte Antonia.

»Ich glaub, ich muss kotzen«, stieß er hervor. Er sprang auf, riss die Tür auf und schaffte es gerade noch bis zum nächsten Baum. Dort übergab er sich schwallartig. Für einen Moment spürte er Erleichterung. Erschöpft lehnte er sich gegen den Stamm und hob den Blick. Seine Freunde waren ihm gefolgt und sahen ihn besorgt an.

»Ich glaube, ich bin krank«, krächzte er. Dann wurde ihm schwarz vor Augen.

»Jaron, Jaron, alles klar?« Antonia hatte sich über Jaron gebeugt, der auf den Boden zusammengesackt war. Besorgt strich sie ihm über die Stirn. Jarons Haut war schweißnass. Antonias Herz schlug bis zum Hals.

Auch Emma und Franky hatten sich um Jaron geschart.

»Sollen wir einen Arzt rufen?«, fragte Emma. Sie hielt Jarons Hand.

»Keine Ahnung«, antwortete Antonia. *Ist das normal, dass man einfach so umkippt?,* überlegte sie. »Jaron, Jaron!«, rief sie ein wenig panisch.

Auf einmal öffnete er die Augen und blinzelte sie an.

»Gott sei Dank, du bist wieder wach«, sagte Emma erleichtert.

»Was ist denn passiert?« Jaron sah sich verständnislos um.

»Du hast uns einen Megaschreck eingejagt«, antwortete Antonia. »Du hast gekotzt und bist dann einfach umgekippt.«

»Wir sollten vielleicht wirklich einen Arzt holen«, meinte Franky, »und Angelika Bescheid geben.«

»Nein«, widersprach Jaron sofort, »keinen Arzt. Es geht schon wieder.« Er stützte sich auf. »Ich hab nur Durst.«

»Warte, ich hole deine Cola«, rief Antonia und rannte in den alten Heinrich. *Warum bin ich so erschrocken?,* dachte sie. Es war für sie immer gefährlich, sich zu sehr zu erschrecken, und auch jetzt fühlte sie sich zittrig. Sie merkte, dass sie schwitzte.

Seit ihrem vierten Lebensjahr litt Antonia an Diabetes Typ 1, einer unheilbaren Erbkrankheit. Ihr Körper konnte das Hormon Insulin nicht selbst produzieren, was dazu führte, dass er keinen Zucker aufnehmen konnte. Wenn sie unter Stress geriet, verbrauchte ihr Körper besonders viel Zucker und es konnte passieren, dass nicht genug vorhanden war. Dann wurde sie manchmal ohnmächtig.

Inzwischen aber kannte sie die Symptome einer Unterzuckerung gut und wusste, was sie tun konnte. Schnell holte sie ein Stück Traubenzucker aus der Hosentasche und zerkaute es. Sofort ging es ihr besser. Das Zittern ließ nach und sie konnte wieder normal sehen.

Für einen Moment blieb sie im alten Heinrich stehen und atmete durch. *Ich hasse es, diesem Diabetes so ausgeliefert zu sein.* Sie nahm Jarons Colaflasche und ging zu ihren Freunden zurück. Jaron saß noch immer auf dem Boden. Er war kreidebleich.

»Hier.« Sie drehte die Flasche auf und reichte sie ihm.

»Danke«, sagte er und nahm einen Schluck. »Boah, keine Ahnung, was das gerade war.«

»Wir bringen dich am besten nach Hause«, sagte Emma.

»Und dann legst du dich hin«, fügte Franky an.

Jaron nickte.

Die drei Freunde halfen ihm auf die Beine. Er schwankte zwar, schaffte es aber mit ihrer Hilfe, zur Burg hinüberzugehen. Gerade, als sie durch das Burgtor gehen wollten, kamen ihnen zwei Mädchen entgegengerannt. Sie hielten sich die Hand vor den Mund. Verwundert drehten sich die vier Freunde um. Die beiden Schülerinnen kamen nicht weit. Fast gleichzeitig übergaben sich beide auf dem Parkplatz.

»Was geht denn hier ab?«, fragte Emma erschrocken.

Sie gingen weiter in den Burghof und betraten das Foyer. In diesem Moment eilte Gitti um die Ecke, in der Hand ihr Handy, als hätte sie gerade telefoniert. Sie sah besorgt aus.

»Mama, was ist los?«, fragte Antonia.

»Viele Gäste sind plötzlich krank geworden und haben sich übergeben«, sagte Gitti hastig, »vielleicht war irgendetwas mit dem Mittagessen nicht in Ordnung.«

»Aber wie kann so was denn passieren?«, fragte Antonia erschrocken.

»Wir wissen es nicht«, sagte ihre Mutter, »ich habe gerade den Notarzt angerufen, zwei Kindern geht es sehr schlecht.« Sie wollte schon an den vier Freunden vorbeigehen, hielt dann aber inne. »Moment, ihr vier habt doch heute Mittag auch im Speisesaal gegessen, oder nicht?«

Die vier Freunde nickten.

»Geht es euch gut?«

»Emma, Franky und mir schon«, sagte Antonia, »aber Jaron ist auch krank.«

Gitti musterte Jaron, der sich kaum auf den Beinen halten konnte. »Oh nein, das tut mir so leid«, seufzte sie.

»Geht schon«, flüsterte Jaron, »ich muss mich nur hinlegen.«

»Ja, mach das«, sagte Gitti, »und sag Angelika, wenn ihr Hilfe braucht, soll sie sich einfach melden.«

In diesem Moment hörten sie eine Sirene. Gitti ließ die vier Freunde stehen und eilte in den Burghof, um den Notarzt in Empfang zu nehmen.

Die Freunde brachten Jaron nach Hause und halfen ihm ins Bett. Emma holte einen Eimer und stellte ihn an den Bettrand, und Antonia füllte ihm ein Glas mit Wasser. Währenddessen rief Franky Jarons Mutter an. Sie verließ sofort ihr Büro und war wenige Minuten später bei ihnen.

Als Antonia, Franky und Emma wieder in den Hauptflügel der Burg kamen, breitete sich vor ihren Augen eine Szene wie aus einem Albtraum aus. Inzwischen waren mehrere Krankenwagen vor die Seeburg gefahren. Einige Sanitäter trugen Schülerinnen und Schüler auf Tragen aus der Burg. Im Speisesaal lagen mehrere Kinder und auch zwei Lehrer auf dem Boden. Viele übergaben sich immer wieder. Andreas und Gitti eilten hin und her und verteilten Schüsseln an die, die sie brauchten. Weitere Sanitäter halfen denjenigen, denen es richtig schlecht ging. Sie legten Infusionen und verabreichten Medikamente. Dazwischen huschte die Putzkolonne der Seeburg hin und her.

Es dauerte einige Stunden, bis der letzte Krankenwagen

vom Parkplatz rollte und sich die Aufregung wieder legte. Zwei Gäste, bei denen der Kreislauf so abgesackt war, dass es gefährlich wurde, waren zur Beobachtung ins Krankenhaus gebracht worden. Die anderen Kranken lagen wie Jaron in ihren Betten und wurden von der Küche mit Kannen voller Kamillentee versorgt.

Wenig später tauchten zwei Beamte der Lebensmittelüberwachung auf. Sie waren einem anonymen Tipp gefolgt und verlangten Zutritt zur Küche. Auf Bitte von Antonias Eltern kam Jörg Weiß, Emmas Vater, dazu. Sein Labor untersuchte immer wieder Proben von Hygienekontrollen und er kannte sich in der Lebensmittelsicherheit aus. Sie baten ihn, ebenfalls Proben zu nehmen, da sie eine zweite Meinung erhalten wollten. Er nahm die doppelten Rückstellproben mit, kleine Mengen von Lebensmitteln, die in einer Großküche täglich aufbewahrt werden mussten, falls es Probleme oder Beschwerden gab.

Antonias Blutzucker spielte wegen der Aufregung total verrückt und es brauchte einige Zeit, bis sie wieder in Ordnung war. Sie musste sogar zusätzlich Insulin spritzen. Das Ganze erschöpfte sie völlig.

Emma blieb bei ihr, und da Antonias Eltern immer noch beschäftigt waren, nahmen sie die Zwillinge mit auf den Spielplatz. Die beiden Freundinnen setzten sich auf eine Bank und sahen Sina und Luca beim Spielen zu.

»Das tut mir so leid, was gerade alles passiert«, sagte Emma und nahm ihre Freundin in den Arm.

»Was ist denn nur los?«, antwortete Antonia und klang, als würde sie gleich in Tränen ausbrechen. »Zuerst das Feuer, dann die Überschwemmung im Waschraum und jetzt das.

Wenn die Leute vom Essen krank geworden sind, kriegt Papa richtig Ärger.«

»Ja, ich weiß. Hoffen wir, dass es nicht so ist. Mein Pa untersucht gerade die Rückstellproben«, sagte Emma, »dann wissen wir mehr.«

»Ich kann nicht mehr.« Antonia schluchzte.

Emma fühlte sich hilflos. Ihre Freundin so verzweifelt zu sehen, brachte sie ebenfalls zum Weinen. Sie zog Taschentücher hervor und gab auch Antonia eins.

Sina kam zu ihnen. »Warum weint ihr?«, fragte sie neugierig.

»Wir weinen nicht. Wir sind nur gerade ein bisschen durch den Wind«, sagte Antonia und wischte eine Träne von der Wange.

»Aber es weht doch gar kein Wind.« Sina sah verwundert zu den Baumkronen hoch.

Die Freundinnen schmunzelten. »Das sagt man so, wenn man erschöpft und müde ist«, erklärte Emma.

»Ich bin erschöpft und müde, wenn ich meinen blöden Schulranzen die Treppe ins Zimmer rauftragen muss. Der ist immer so schwer. Dann bin ich auch immer total im Wind«, sagte Sina.

»Durch den Wind«, verbesserte Emma und grinste.

»Ja genau, durch den Wind«, wiederholte Sina. »Dann hole ich Papa.«

»Und was macht dann dein Papa?«, fragte Emma.

»Der trägt ihn für mich«, sagte Sina, »und dann bin ich gar nicht mehr windig.«

»Durch den Wind.«

»Ach ja, durch den Wind.« Sina schlug sich an die Stirn. »Ich kann mir das nicht merken.«

»Na, das kriegst du bestimmt irgendwann hin«, beruhigte Emma sie.

»Okay. Ich muss jetzt Luca helfen. Damit er nicht so viel allein schleppen muss. Sonst wird der noch ganz durch den Wind.« Sina gab Antonia einen Kuss auf die Wange und hüpfte mit den Worten »Ich hab dich lieb!« davon.

»Ich dich auch!«, rief ihr Antonia lächelnd hinterher.

»Ach, früher war doch alles einfacher«, sagte sie, »es ist alles so kompliziert geworden.«

Emma nickte.

»Vielleicht – sollten wir das auch machen«, sagte Antonia.

»Was denn?«

»Na, das mit den Schulranzen.«

»Wie meinst du das?«

»Die ganzen Sachen, die gerade passieren. Das mit der Burg, das Feuer, die Überschwemmung und das heute. Wir könnten es einfach Papa tragen lassen«, schlug Antonia vor.

»Aber dein Dad hat so schon viel um die Ohren.«

»Nein.« Antonia schüttelte den Kopf.

Da verstand Emma. »Du meinst, wir sollen es Gott tragen lassen?«

Antonia nickte.

»Und wie machen wir das?«

»Weiß nicht genau. Vielleicht einfach beten.«

»Ja, lass uns das machen.«

Später ging Antonia noch einmal bei Jaron vorbei. Sie war sehr froh, zu sehen, dass es ihm schon viel besser ging. Als sie in die Wohnung der Rahns kam, saß er gerade beim Abendessen – seine Mutter hatte ihm Reis mit Möhren und Hähnchen gekocht, dazu bekam er Kamillentee.

Antonia ging früh ins Bett, denn der Tag hatte sie ausgelaugt. Es dauerte nicht lange, bis sie eingeschlafen war.

Einige Stunden später wachte sie auf, weil ihre Zimmertür aufging. Es war Sina.

»Darf ich zu dir ins Bett?«, fragte ihre Schwester. »Ich hab total blöd geträumt.«

»Dann komm«, antwortete Antonia und hob die Decke. Sina sprang zu ihr ins Bett und kuschelte sich an ihre große Schwester. Antonia strich sanft durch ihre Haare.

»Antonia?«, fragte Sina.

»Ja.«

»Bist du noch immer im Wind?«

Antonia grinste.

»Ein bisschen.«

»Das musst du nicht. Ich bin ja bei dir.«

»Das ist lieb von dir.« Antonia drückte Sina.

»Und Gott ist auch bei dir!«

»Ja, und Gott auch.«

Im Stillen betete Antonia: *Bitte, Gott, mach, dass alles wieder gut wird. Nimm du mir meine Angst. Bitte trage du sie.*

Kapitel X:

Seltsame Vorfälle

Am Starnberger See, Juli 1975

Die Wochen gingen ins Land. Theodor und Thomas suchten weiter nach Hinweisen auf Theodors Herkunft, fanden aber nur Sackgassen. Niemand schien mehr zu wissen, als in den Artikeln des Starnberger Boten gestanden hatte. Auch die Dinge im Kasten der alten Frau brachten sie nicht weiter. Sie kehrten sogar noch einmal mit dem Kasten ins Stadtmuseum zurück und zeigten sie dem Archivar.

»Tut mir leid«, sagte er und schüttelte den Kopf, »aber da kann ich Ihnen nicht weiterhelfen.« Er hielt die Haarlocke hoch und betrachtete sie. »Dieses Satinband ist alt, so viel kann ich Ihnen sagen. Es stammt auf jeden Fall aus der Zeit vor dem Zweiten Weltkrieg. Die Haare stammen von einem Kind, würde ich vermuten.«

Er legte die Locke zurück und nahm das Foto. »Mmmh«, brummte er, »das Porträt eines Mannes von 1901. Den Kleidern nach sehr wohlhabend. Das Gesicht kommt mir bekannt vor, doch ich könnte auf Anhieb nicht sagen, woher ich es kenne.« Er hielt sich das Foto dicht vor die Augen. »Es trägt den Stempel eines Fotoateliers Berner. Nie gehört. Hier in Starnberg hat es nie einen Fotografen mit diesem Namen gegeben.«

Er legte auch die Fotografie wieder in den Kasten zurück und schaute Theodor und Thomas an. »Ich habe im Moment keine Antworten für Sie. Aber wenn Sie erlauben, kopiere ich das Porträt. Dann kann ich die Augen offen halten. Vielleicht begegnet mir dieser Mann ja irgendwo noch einmal. Dann sage ich Ihnen Bescheid.«

»Das wäre sehr nett«, antwortete Theodor erfreut.

An der Seeburg kamen die Arbeiten langsam zu einem Ende, wenn auch immer wieder unterbrochen von merkwürdigen Vorkommnissen. Mal fehlte morgens Material, das schon geliefert worden war, dann kam es zu erneuten Lieferproblemen und dann wieder tauchten manche Handwerker gar nicht auf. Nichts schien einfach glatt zu laufen.

Aber die Familie Reihmann verlor den Mut nicht. Christoph und Gerlinde hatten schon eine Sanierung in einer anderen Jugendherberge mitgemacht und jede Menge Zeit eingeplant. Selbst mit den ganzen Verspätungen wurden sie pünktlich zum geplanten Eröffnungsdatum fertig.

Vom ersten Tag an war die neue Jugendherberge ein voller Erfolg. Es waren Sommerferien und alle Zimmer waren ausgebucht. Der neue Speisesaal war nun bei den Mahlzeiten voller Lärm, die Badestelle am Ufer unten ebenfalls. Täglich standen Radreisende und Wanderer an der Rezeption, die um ein Zimmer baten, doch Gerlinde musste sie abwimmeln: Sie hatten wirklich keine Kapazitäten mehr frei.

Die Herbergseltern hatten alle Hände voll zu tun. Immer wieder gab es Dinge, die noch nicht reibungslos funktionierten, und die beiden waren immer diejenigen, die bei Problemen geholt wurden. Sie machten spontane

Besorgungen, wenn etwas fehlte, Christoph und Theodor übernahmen kleine Reparaturen und abends saßen die Herbergseltern stundenlang über dem Papierkram. Theodor sah mit Sorge, wie sehr sich Gerlinde reinhängte. Sie war inzwischen im neunten Monat schwanger. Der Geburtstermin war nur noch wenige Tage entfernt. Christoph und Theodor mussten sie immer wieder bremsen und daran erinnern, dass sie sich ausruhte.

Zum Glück erwies sich Gutrune Burgthaler als so kompetent, wie sie vermutet hatten. Sie managte den Betrieb mit eiserner Hand und hielt ihre Mitarbeiterinnen pausenlos in Bewegung. Theodor konnte sie nicht wirklich leiden, aber wenn es etwas zu tun gab, konnte man sich darauf verlassen, dass sie verstand, worum es ging, und es in kurzer Zeit erledigte, was eine große Hilfe war. Nur mit Sophia Walter kam sie überhaupt nicht klar. Sie nahm es persönlich, dass die Reihmanns Sophia ohne Rücksprache mit ihr eingestellt hatten, und ließ sie das bei jeder Gelegenheit spüren.

Thomas aber war einfach nur glücklich. Er war es von den früheren Arbeitsplätzen seiner Eltern gewohnt, in einem Haus mit Gästen zu wohnen, doch noch nie hatte er das in einer solchen Umgebung getan. Er war jeden Tag am Ufer, ruderte Gäste auf den See hinaus oder spielte mit seinen neuen Schulfreunden im Wasser.

Theodor bekam ihn kaum zu Gesicht, aber das war für ihn in Ordnung. Er freute sich, dass es seinem Enkel so gut ging. Das Rätsel um seine Herkunft schien vergessen und auch Theodor hatte die Suche nach Hinweisen in den Hinterkopf verbannt.

Sophia Walter erwies sich als ideale Besetzung für die Großküche. Zwar machte sie Fehler, sie vertat sich ab und zu bei den Mengen, kochte bei einer Mahlzeit zu viel, bei einer anderen zu wenig, aber ihre Fröhlichkeit machte das alles wett. Bei ihrer Arbeit unterstützten sie zwei Küchenhilfen aus dem Ort, die 25-jährige Maria und der 21-jährige Robert.

Ab den frühen Morgenstunden war in der neuen Küche Betrieb. Morgens roch es nach frischem Kaffee, später nach gebratenen Zwiebeln oder Tomatensoße oder was sonst für das Mittagessen gekocht wurde. Nachmittags war es dann der Geruch nach Pfefferminztee, der das Abendessen ankündigte. Es war warm und laut in der Küche und Theodor liebte diesen Ort. Besonders, nachdem er entdeckt hatte, dass Sophia Walter Christin war. Sie sang Gemeindelieder bei der Arbeit, hatte ein Lob für jeden und immer einen Scherz auf den Lippen. Die Stimmung in der Küchenmannschaft war gelassen und heiter, man unterhielt sich, während man Gemüse schnippelte oder in Töpfen rührte, und es wurde viel gelacht.

Theodor hielt sich hier auf, so oft er konnte. Eines Tages fehlte einer der Mitarbeiter. Robert war eigentlich immer pünktlich. Er und seine Familie waren sehr froh, dass er diese Stelle gefunden hatte, denn der junge Mann mit Downsyndrom hatte sich schon oft beworben und war immer abgelehnt worden. Er brauchte zwar etwas länger, bis er alle Abläufe kannte, aber er war sehr fleißig und spülte das Geschirr, als gäbe es nichts Wichtigeres. Außerdem war er bärenstark und schleppte die schweren Töpfe mit Leichtigkeit.

Theodor schenkte sich eine Tasse Kaffee ein und fragte: »Wo ist Robert?«

Frau Walter seufzte und legte das Messer weg, mit dem sie gerade Karotten kleinschnitt. »Er hat sich krankgemeldet«, sagte sie und wischte die Hände an ihrer Schürze ab. »Und er klang gar nicht gut. Ich fürchte, dass er länger ausfallen wird.«

»Oh, das tut mir leid«, sagte Theodor und nahm einen Schluck Kaffee.

»Ja, das ist ziemlich doof. Noch mehr Arbeit für uns.«

Theodor überlegte kurz. Er hatte keine Ahnung von Küchenarbeit. Er lebte zwar schon eine Weile allein, aber über Reis und Rührei hatte er es nie hinausgeschafft. Trotzdem gab er sich einen Ruck und fragte: »Kann ich vielleicht helfen?«

Sophia Walter sah ihn erstaunt an: »Sie? Das würden Sie machen?«

Theodor nickte. »Ja klar. Ich helfe gerne. Aber ich warne Sie: Ich habe keine Ahnung von Küchenarbeit.«

Sie lachte. »Das ist in Ordnung. Ich brauche sowieso am dringendsten einen Küchenhelfer.«

»Ach ja?«, fragte Theodor.

»Sie werden das Gemüse vorbereiten. Also Kartoffeln und Karotten schälen und schneiden.« Sie hielt ihm einen Gemüseschäler hin. »Sie können gleich anfangen.«

»Na, Sie fackeln wirklich nicht lange«, antwortete er schmunzelnd und Sophia Walter lachte laut.

Theodor nahm den Schäler und besah sich den großen Berg Karotten, der sich vor ihm stapelte. *O je, worauf habe ich mich da nur eingelassen*, dachte er. *Ich hoffe, ich kriege das hin.*

Aber seine Sorge war unbegründet. Sophia Walter zeigte ihm kurz, wie das Gemüse zu richten war, und ließ ihn dann allein. Theodor legte sich ins Zeug und schälte, so gut er konnte. Und zu seiner großen Überraschung machte ihm die Arbeit so viel Freude, dass er sich bei seinem nächsten Besuch willig zum Kartoffelschälen einteilen ließ. Selbst als Robert längst wieder gesund war, verbrachte er weiterhin jeden Tag ein, zwei Stunden in der Küche und packte mit an. Oft war er abends dort und half beim Putzen.

An einem Abend waren Sophia und er die Letzten, alle anderen hatte sie schon nach Hause geschickt. Die Köchin schrubbte gerade den Herd. Theodor war in der Kühlkammer und sortierte die nicht benötigten Lebensmittel in die Regale. Das war jeden Abend eine größere Aktion, denn Maria neigte dazu, bei der Suche nach Dingen, die sie benötigte, immer alles durcheinanderzuwerfen.

Er war fast fertig, als sich die Tür öffnete und Sophia den Kopf hereinsteckte. »Ich wäre so weit. Und Sie?«, fragte sie.

»Gleich fertig«, sagte Theodor und wuchtete eine letzte, sehr schwere Kiste mit Zwiebeln in eines der oberen Regalfächer. In diesem Moment hört er ein lautes Knirschen. Bevor er reagieren konnte, brach das Regalbrett in der Mitte durch. Die Kiste mit den Zwiebeln und zwei weitere krachten auf das Fach darunter. Das gab unter dem großen Gewicht ebenfalls nach und brach. Gleichzeitig löste sich das gesamte Regal rumpelnd aus seiner Verankerung an der Wand und kippte nach vorne. Kisten, Dosen, Boxen und Eimer stürzten auf Theodor. Er riss die Hände reflexartig vor sein Gesicht.

Mit einem Schrei stieß Sophia Walter die Tür ganz auf, sprang vorwärts und zerrte ihn am Ärmel zur Seite. Beide verloren das Gleichgewicht und fielen rückwärts durch den offenen Türrahmen in die Küche. Theodor landete ungebremst auf Sophia Walter. Sie stöhnte. So schnell er konnte, rollte er zur Seite, von ihr herunter. Mit schmerzverzerrtem Gesicht betrachtete er ungläubig, was im Kühlraum passierte.

Der Inhalt des gesamten Regals war auf dem gefliesten Boden verteilt, gerade stürzte der letzte Rest um und die Regalteile machten das Chaos perfekt. Metall verbog sich, Glas splitterte, Gemüse flog und rollte in alle Richtungen. Der Krach war ohrenbetäubend.

Sophia und Theodor lagen regungslos auf dem Boden und rangen nach Atem. Hinter ihnen waren laute Schritte zu hören, dann riss Gutrune Burgthaler die Tür zur Küche auf. »Was um Himmels willen ist denn hier los?«, rief sie verärgert. Als sie das Chaos sah, stieß sie aus: »Was haben Sie denn jetzt wieder angestellt?!« Sie eilte durch die Küche und starrte entsetzt in den Kühlraum.

In der Tür zum Flur tauchten Gerlinde und Christoph auf, einige neugierige Gäste schauten über ihre Schultern.

Sophia Walter setzte sich stöhnend auf und rieb sich die Arme. »Ein Regal ist eingebrochen. Wir konnten uns gerade noch aus dem Kühlraum retten«, krächzte sie.

»Und wie haben Sie es geschafft, dass ein nigelnagelneues Regal einfach so einstürzt?«, empörte sich Burgthaler.

»Keine Ahnung! Es ist einfach so passiert.«

Burgthaler schnaubte verächtlich. »Einfach so passiert! Das glauben Sie doch selbst nicht. Ich bin mir sicher, Sie haben alle Lebensmittel hineingestapelt, so wie es Ihnen gerade gepasst hat.« Sie bemerkte Christoph und Gerlinde, die nun ebenfalls in die Küche kamen.

»Das kommt davon, wenn man Amateure einstellt!«, sagte sie überheblich.

Gerlinde schlug die Hände vor den Mund.

Christoph beugte sich zu Theodor und half ihm vom Boden auf. Der stöhnte und richtete sich langsam auf. Dann half Christoph Sophia Walter auf. Sie stützte die Hände ins Kreuz und verzog ihr Gesicht vor Schmerz.

»Ist alles in Ordnung?«, fragte Christoph die beiden besorgt. »Sollen wir einen Arzt rufen?«

Theodor bewegte seine Arme und Beine und spürte in sich hinein. Es tat ihm zwar alles weh, aber er würde wohl nur ein paar blaue Flecken davontragen. Er schüttelte den Kopf. »Es geht mir gut.«

»Und Sie? Wie geht es Ihnen?«, wandte sich Christoph an Sophia Walter.

»Es geht«, antwortete sie.

»Gott sei der Dank«, rief Gerlinde erleichtert, »dann ist ja noch einmal alles gut ausgegangen.«

»Alles gut ausgegangen?«, empörte sich Gutrune Burgthaler und zeigte mit dem Arm in den Kühlraum. »Haben Sie das Chaos da drin etwa noch nicht bemerkt?«

Gerlinde sah in den kleinen Raum und erwiderte ruhig: »Doch, natürlich habe ich das bemerkt. Eine Menge Arbeit, das ist sicher. Aber am wichtigsten ist doch, dass meinem Schwiegervater und Frau Walter nichts geschehen ist.«

Frau Burgthaler hatte dafür nur ein weiteres Schnauben übrig. »Und wer räumt hier alles auf?«, wollte sie wissen.

»Keine Sorge«, sagte Theodor und streckte seinen schmerzenden Rücken, »ich packe auf jeden Fall mit an.«

»Du wirst nichts dergleichen tun«, widersprach Gerlinde. »Du ruhst dich aus! Und Sie auch, Frau Walter!«

Sophia ließ sich auf einen Stuhl sinken.

Christoph betrachtete kopfschüttelnd das Chaos und meinte: »Ich räume erst mal die Bretter zur Seite und dann schauen wir weiter.«

Zwei junge Männer, die durch den Krach angezogen worden waren und das Gespräch mitverfolgt hatten, kamen herein und boten an: »Wir helfen Ihnen.«

Christoph nickte ihnen dankbar zu.

Jetzt, wo sein Sohn so viel Hilfe hatte, war Theodor beruhigt und verließ zusammen mit Gutrune Burgthaler und Gerlinde die Küche. Er hätte gern geholfen, den Kühlraum aufzuräumen, war aber auf der anderen Seite froh, dass er es nicht machen musste. Der Sturz war wirklich schwer gewesen.

Auf dem Flur blieb Frau Burgthaler stehen und wandte sich an Gerlinde. »Frau Reihmann, ich halte es für meine Pflicht, noch einmal darauf hinzuweisen, dass ich die Beschäftigung von Sophia Walter in der Küche für unverantwortlich halte.«

»Ja, das haben Sie schon deutlich gemacht«, erwiderte Gerlinde.

»Und Sie haben meine Bedenken abgetan! Jetzt sehen Sie, was passiert, wenn die Küche einer so großen Einrichtung in den falschen Händen liegt. Chaos!«

»Beruhigen Sie sich«, sagte Gerlinde beschwichtigend, »ich bin mir sicher, es war ein Versehen.«

»Ja, das war es« stimmte Theodor zu, »außerdem war Frau Walter gar nicht im Kühlraum, als es geschehen ist. Ich war drin. Ich habe gerade die Lebensmittel eingeräumt und sortiert. Alles war wie immer. Dann ist ganz plötzlich das oberste Regalbrett durchgebrochen. Einfach so! Es muss schon kaputt gewesen sein, anders kann ich es mir nicht vorstellen.«

»Das bestätigt meinen Verdacht«, murmelte Burgthaler.

»Welchen Verdacht?«, fragte Theodor.

»Dass es nicht reine Inkompetenz ist, die für das Durcheinander sorgt.«

»Wie meinen Sie das?«, fragte Gerlinde erstaunt.

»Ich vermute stark, dass da Absicht dahintersteckt.«

Gerlinde sah die Frau entsetzt an. »Aber warum sollte jemand uns absichtlich schaden wollen?«

»Das weiß ich nicht. Aber haben Sie mir nicht selbst erzählt, dass schon bei den Bauarbeiten einiges schiefgelaufen ist? Ich erinnere mich, dass Sie sogar das Wort Sabotage gebraucht haben.«

»Das stimmt, aber das habe ich doch nicht ernst gemeint«, widersprach Gerlinde. Sie klang vollkommen sicher, aber Theodor konnte ihr ansehen, dass sie das nicht war. Sie schien darüber nachzudenken, ob die Haushälterin vielleicht recht hatte.

Hat sie das?, fragte sich nun auch Theodor. *Gibt es einen Saboteur in der Seeburg?*

Sein Unbehagen wurde nur größer, als Christoph an diesem Abend schließlich zu ihnen stieß. Er trug eines der gebrochenen Regalbretter aus dem Kühlraum und zeigte es Theodor. »Schau mal, Vater, ich glaube, ich weiß, warum das Regal nachgegeben hat.« Er gab ihm das Brett und wies mit dem Finger auf eine Stelle an der Bruchkante. »Schau hier. Man sieht deutlich, dass das Brett nicht vollständig gebrochen ist. Jemand hat es ein ganzes Stück weit angesägt. Als es dann belastet wurde, ist es durchgebrochen.«

Theodor beugte sich über das Brett und betrachtete die Stelle. Tatsächlich, es war deutlich zu erkennen, dass jemand das Brett angesägt hatte. Man sah sogar, dass er zweimal angesetzt hatte. Nach etwa zwanzig Zentimetern glatter Sägekante wies das Brett dann auf der Unterseite eine typische Bruchkante auf, oben war es aber fast bis zum Ende ein paar Millimeter tief angesägt worden.

»Das ist ja unglaublich!«, murmelte Theodor.

»Und das ist noch nicht alles«, erklärte sein Sohn. »Das Regal ist doch umgekippt, nicht wahr?«

Theodor nickte.

»Eigentlich unmöglich. Es war nämlich an der Wand festgeschraubt. Ich weiß das, weil ich es selbst getan habe. Das Regal konnte nur umkippen, weil jemand einige der Schrauben entfernt hat.«

Christoph sah seinen Vater an. *Also doch,* dachte er. *Es gibt einen Saboteur in der Seeburg. Ob die alte Frau, die mir das Kästchen gegeben hat, etwa recht hatte? Will mir jemand schaden?*

Kapitel XI:

Der Fischer

Am Starnberger See, August 1975

Der Eder ist aber schon früh unterwegs, dachte der Fischer und trank den letzten Schluck Kaffee. Er stand vor dem Fenster der kleinen Küche, das auf den See blickte, und sah hinaus. Weit draußen kämpfte ein Boot gegen die Wellen. Er kannte alle Boote hier am Starnberger See und hatte das Boot von Eder sofort erkannt.

Das Wetter war rau an diesem Morgen. Ein kalter Wind wehte aus Westen und ließ das Wasser in Ufernähe in einem hellen Türkis leuchten. Weiße Schaumkronen tanzten auf der Oberfläche. Über den Himmel zogen dicke, dunkle Wolken, durch die die Sonne hin und wieder einen Finger streckte und das Wasser wie ein Scheinwerfer in gleißendes Licht tauchte. Gerade fuhr Eders Boot durch einen solchen Lichtfleck. Der Fischer wusste, dass sich der Kollege seinen Reusen näherte.

Zeit für mich, dachte er mit einem kleinen Seufzer und stellte die Tasse auf die schmale Küchenzeile. Die Kaffeekanne setzte er auf das Stövchen auf dem Küchentisch mit der Eckbank. In diesem Moment öffnete sich die Schiebetür zur Schlafkammer mit einem schleifenden Geräusch und seine Frau blinzelte ihn verschlafen an. Magda zog ihren

Hausmantel enger um die mageren Schultern und lächelte. »Guten Morgen, Hansi. Du bist am Aufbrechen?«, fragte sie.

Hans Bernwieser nickte. »Ja, es ist Zeit. Der Eder ist schon draußen auf dem See.«

»Hat er dich wieder mal geschlagen«, neckte sie ihn. Er schmunzelte. Sie trat zu ihm und schlang ihre Arme um seinen Hals. Er stellte seine Tasse auf die Fensterbank, umarmte sie und legte sein Gesicht an ihre Wange. Magdas Haare rochen nach dem Shampoo, das sie so liebte. Er atmete tief ein und schloss für einen Moment die Augen.

Seine Frau drücke ihm einen Kuss auf die Wange und löste sich aus der Umarmung. »Ist noch Kaffee da?«, fragte sie.

»Ja, ich habe ihn warmgestellt«, antwortete er.

Sie nahm sich eine Tasse aus dem Schrank und schenkte sich ein. »Hast du gesehen, die neue Jugendherberge oben in der Seeburg hat aufgemacht.«

»Ja, schon vor ein paar Wochen. Ich wollte mal raufgehen und Hallo sagen, bin aber noch nicht dazu gekommen.«

»Das ist eine gute Idee. Ich komme mit. Ich könnte einen Kuchen backen als Willkommensgeschenk.«

»Das wäre schön. Wir können ja gleich heute Nachmittag hingehen, wenn du magst.«

»Das machen wir.« Sie trank einen Schluck Kaffee.

Er warf einen Blick durch die offene Tür des Schlafzimmers. »Schläft sie noch?«

»Ja, zum Glück«, sagte seine Frau. »Das Fieber ist gefallen. Hoffentlich ist es überstanden.«

Hans schob die Tür vorsichtig ganz auf und trat an das Gitterbett von Leni. Er sah auf seine Tochter hinunter. Sie lag auf dem Rücken, ihre Ärmchen neben dem Kopf, die Fäuste geballt. Ihr Mund stand offen. Der Schnuller war ihr im Schlaf herausgefallen. Ihre Haare waren verwuschelt und von der überstandenen Krankheit etwas verklebt. Er beugte sich hinunter und strich ihr sanft eine Strähne aus dem Gesicht. Sie seufzte im Schlaf und drehte den Kopf zur anderen Seite. Er lächelte. *Ich hätte nie gedacht, dass ich jemals jemanden so lieben würde,* dachte er. Leni war ein absolutes Wunschkind. Magda und er hatten viele Jahre auf Nachwuchs gewartet und die Hoffnung schon fast aufgegeben. Er zog die Decke, die das kleine Mädchen im Schlaf weggestrampelt hatte, höher, bevor er zu seinem Boot ging.

Kurz darauf schob Hans Bernwieser die Tür des Bootsschuppens zum See auf, ruderte sein Boot hinaus und winkte noch einmal seiner Frau zu, die am Küchenfenster stand.

Der Motor brummte, doch die Fahrt über den See war schwierig. Regen peitschte ihm ins Gesicht und er kam nur langsam voran. Kurz bevor er seine erste Reuse erreichte, drosselte er den Motor und ließ sich Richtung Ufer treiben. Auf einmal bemerkte er etwas, das sich in einem der alten Bäume verfangen hatte. Der Stamm war im letzten Sturm kurz über dem Boden abgebrochen, und die riesige Baumkrone lag im flachen Wasser.

Hans kniff die Augen zusammen und versuchte, es durch den Regen hindurch zu erkennen. Es schien eine dunkelgraue Plane oder ein Stück Stoff zu sein. *Oder ein Plastiksack?* Er fand oft Müll, der hier angeschwemmt wurde, doch etwas war an diesem Ding merkwürdig. Während sein Boot näher herantrieb, behielt er es im Auge. Als er nah genug war, legte er den Rückwärtsgang ein. Das Boot stoppte. Die Bugwelle erreichte die Baumkrone im Wasser und versetzte sie in Schwingungen. Der Gegenstand wippte und drehte sich ein wenig. Auf einmal waren Haare zu sehen, die im Wasser schwammen. Hans sog scharf den Atem ein. *Das ist ein Mensch!*, dachte er entsetzt.

⁂

Der Polizist trat zu Hans, der sich auf eine Bank am Ufer gesetzt und die Decke, die ihm ein Sanitäter gereicht hatte, eng um seine Schultern gezogen hatte. »Sie können dann gehen, Herr Bernwieser«, sagte der Beamte und blätterte in seinem Notizblock, »ich habe Ihre Adresse. Wenn wir noch weitere Fragen haben, melden wir uns.«

Hans nickte und sah zu dem schwarzen Leichensack hinüber, in den der Körper der alten Frau gepackt worden war. »Wissen Sie schon, wer die Frau ist?«, fragte er.

Der Wachtmeister schüttelte den Kopf. »Sie hatte keine Papiere bei sich.«

»Ist sie ertrunken?«

Der Polizist runzelte die Stirn und sah sich um. Hans folgte seinem Blick. An der Absperrung, die die Beamten um die Fundstelle gespannt hatten, standen schon einige Schaulustige. Einer von ihnen hatte einen Polizisten in ein Gespräch verwickelt und machte sich eifrig Notizen in ein kleines Büchlein.

»Eigentlich darf ich Ihnen dazu keine Auskunft geben«, sagte der Beamte und wandte sich wieder Hans zu. »Aber da Sie es spätestens morgen aus der Presse erfahren werden: Nein, sie ist wahrscheinlich nicht ertrunken. Die Spuren deuten darauf hin, dass sie umgebracht und ihre Leiche in den See geworfen wurde.«

»Wie furchtbar!«, rief Hans entsetzt.

Der Beamte nickte. »Ja, das ist es. Wir hoffen, dass sich bald ihre Angehörigen melden und sie identifizieren können. Dann wissen wir vielleicht mehr.«

Die arme Frau. Und die arme Familie!, dachte Hans, während er die Decke zusammenfaltete und auf die Bank legte.

Als er wieder in seinem Boot saß und den Motor startete, warf er einen Blick voller Mitgefühl zurück ans Ufer.

Draußen auf dem Wasser eilten seine Gedanken dem Boot voraus nach Hause, zu seiner Frau und seiner Tochter. Er empfand tiefe Dankbarkeit dafür, dass seine Familie gesund und in Sicherheit war.

Oben an der Seeburg bekam Familie Reihmann nichts von den Ereignissen am See mit, die in den nächsten Tagen die Schlagzeilen der Regionalzeitung beherrschen würden. Sie erwachten von einer ganz anderen Art von Aufregung.

Christoph schlief noch fest, als Gerlinde ihn anstupste. »Christoph«, flüsterte sie. Als er nicht reagierte, schüttelte sie ihn sanft an der Schulter. »Christoph, wach auf!«

Er öffnete die Augen und sah sie schlaftrunken an. »Was ist denn los?«, murmelte er.

Gerlinde schmunzelte, als sie antwortete: »Es geht los.«

»Was? Wie? Was geht los?«, fragte Christoph verwirrt und rieb sich die Augen.

»Das Baby kommt.«

Christoph war schlagartig wach. Er setzte sich auf und starrte sie an. »Bist du sicher?«

Gerlinde musste lachen. »Ja, du Dummkopf.«

»Oh! Okay.« Er schlug die Decke zurück und stand auf. »Dann wollen wir mal. Möchtest du noch etwas essen, bevor wir fahren?«

»Nein, mir ist nicht nach Essen zumute. Würdest du deinen Vater anrufen? Ich wecke solange Thomas.«

Christoph nickte.

15 Minuten später saßen sie zu dritt im Auto und fuhren in Richtung Starnberg. Thomas war gar nicht begeistert, dass seine Eltern ihn nicht alleine auf der Seeburg warten ließen. So sehr er seinen Opa liebte, er war »kein Baby mehr«, wie er seine Eltern wiederholt erinnerte. Doch Gerlinde hatte darauf bestanden, dass er mitkam.

Sie hielten vor dem Haus an, in dem sein Großvater wohnte. Er wartete schon auf dem Gehweg auf sie. Als Christoph an der Bordsteinkante anhielt, öffnete Theodor die Beifahrertür und lächelte Gerlinde an. »Na, alles in Ordnung bei dir?«, fragte er.

Gerlinde nickte. »Ein bisschen aufgeregt, aber ich komm schon klar.«

»Ich bete für euch«, sagte Theodor. »Ruft ihr mich an, sobald mein zweiter Enkel da ist?«

»Oder deine erste Enkelin«, fügte Gerlinde hinzu. »Natürlich rufen wir dich an. Dann kannst du mit Thomas ins Krankenhaus kommen.«

»Danke. Mach's gut.« Er drückte ihr liebevoll die Hand.

Thomas war inzwischen ausgestiegen. Er ging noch einmal zur Beifahrertür und verabschiedete sich von seiner Mutter. Dann legte sein Opa ihm einen Arm um die Schulter und gemeinsam sahen sie zu, wie der Wagen in Richtung Krankenhaus davonbrauste.

Kapitel XII:

Immer was zu tun

Am Starnberger See, September 1975

Der kleine Andreas brachte das Leben der Familie Reihmann gehörig durcheinander. Die Geburt verlief zwar ohne Probleme und Christoph konnte Gerlinde und ihn nach wenigen Tagen nach Hause holen, aber mit dem Schlafen hatte er es nicht so. Es wurden unruhige Nächte.

Thomas, der zuerst ganz begeistert über seinen kleinen Bruder war, hatte das Geschrei bald satt.

»Der gibt nie Ruhe!«, beschwerte er sich bei seinem Großvater, als der eines Nachmittags bei der Seeburg auftauchte. »Dass ein so kleiner Wicht so einen Krach machen kann!«

Theodor musste lachen. »Ja, Babys können ganz schön nervig sein. Meinst du, dass du in dem Alter anders warst?«

Thomas sah ihn staunend an. »Ich glaube schon!«

Theodor wiegte den Kopf. »Soweit ich mich erinnern kann, waren deine ersten Wochen wie die von Andreas. Frag mal deine Mutter, die wird es dir bestätigen.« Er deutete auf Gerlinde, die mit ihnen am Tisch saß und das Baby im Arm hielt.

»Mama«, rief Thomas, »sag, dass das nicht stimmt!«

Gerlinde zog die Augenbrauen in einer Geste voll Mitleid hoch und antwortete: »Tut mir leid, Thomas. Wenn ich dich und deinen Bruder vergleichen soll, dann gewinnt er den Wettbewerb um das bravste Baby.«

Ihre Worte ließen Thomas verstummen. Theodor musste wieder lachen, so beleidigt sah sein Enkel aus.

Christoph betrat die Küche. »Na, ihr habt es aber gemütlich«, meinte er.

»Ja, hier an eurem Tisch ist einer meiner Lieblingsplätze«, antwortete Theodor.

»Dann tut es mir leid, dass ich dich davon vertreibe«, erwiderte Christoph, »aber könntest du mir bitte etwas helfen?«

»Was gibt es?«, fragte Theodor.

»Du hast doch die neuen Dachrinnen vorne an der Fassade festgeschraubt.«

Theodor nickte.

»Ich glaube, ich weiß inzwischen, warum die alten Rinnen so verbogen und löchrig waren. Es scheint hier einige wilde Nachbarn zu geben, die sie sehr schätzen.«

»Was meinst du damit?«

»Da ist eine Amsel, die anfängt, ihr Nest in der neuen Rinne zu bauen. Und das scheint sie richtig gut zu machen. Gestern, als es so stark geregnet hat, war die Rinne völlig verstopft, und wir hatten einen kleinen Wasserfall direkt vor dem Tor. Es hat einige Gäste voll erwischt.«

»O, das ist nicht gut. Soll ich auf die Leiter steigen und mal danach schauen?«, fragte Theodor.

»Das wäre super.«

Theodor folgte Christoph aus der Küche, wo Thomas ein Kartenspiel aus der Schublade zog und seine Mutter zu einem Spiel herausforderte. Sie stiegen die Treppe hinunter in den öffentlichen Gang, der zu den Speisesälen führte. Dort kam ihnen auf halbem Weg Gutrune Burgthaler entgegen. Theodor konnte an ihrer Miene sehen, dass ihr wieder irgendetwas überhaupt nicht passte.

Schon von Weitem rief sie ihnen entgegen: »Herr Reihmann! Herr Reihmann, ich brauche Sie in der Wäschekammer, sofort!«

Christophs leisen Seufzer konnte nur Theodor hören. »Was gibt es, Frau Burgthaler?«, fragte er freundlich.

»Das müssen Sie sich ansehen!« Gutrune Burgthaler bedeutete ihnen mit einer Geste, ihr zu folgen.

Sie stieg ihnen voraus die große Treppe hinauf in den ersten Stock und öffnete eine Tür, auf der »Privat« stand. Dahinter war ein kleiner Lagerraum, in dessen Regalen sich Putzmittel und -geräte, Werkzeuge und ein wenig Küchenwäsche befanden. Burgthaler schaltete das Licht an und deutete auf eines der Regale. »Schauen Sie. Da!«

Im obersten Fach standen vier große Plastikkanister nebeneinander. In ihnen lagerten normalerweise die Reinigungsmittel, die in der Seeburg gebraucht wurden. An jedem Kanister war vorne ein Zapfhahn, aus dem die Putzkräfte die Mengen abzapften, die sie benötigten.

Jetzt jedoch waren die Kanister leer. In jedem von ihnen klaffte ein breiter Riss, sauber und gerade, wie mit einem Messer geschnitten. Der Inhalt der Kanister hatte sich über die Fächer darunter ergossen, Putztücher und Schwämme durchtränkt und sich in roten, gelben und grünen Pfützen auf dem Boden gesammelt. Eines der Mittel war anscheinend ätzend, denn der Linoleumboden rund um die rote Pfütze warf Blasen. Theodor meinte sogar, ein wenig Gas aufsteigen zu sehen. Ein stechender Geruch erfüllte die kleine Kammer.

»Ach du liebes bisschen«, rief Christoph entsetzt, »was ist denn hier passiert?«

»Ich habe es Ihnen ja gesagt!«, erwiderte Gutrune Burgthaler und stemmte die Hände in die Seiten. »Sie haben einen Saboteur in der Seeburg!«

»War die Tür abgeschlossen?«, fragte Theodor.

»Natürlich!«, antwortete Burgthaler entrüstet. »Hier kommt außer dem Personal niemand rein.« Sie sah Christoph an und fuhr fort. »Nun können Sie nicht mehr behaupten, dass das ein Versehen war.«

Er schüttelte den Kopf. »Nein, das kann ich nicht. Ich denke, es ist nun eindeutig: Jemand hat etwas dagegen, dass wir hier sind.«

Theodor nickte. »Und ich denke, ich weiß auch, an wen du denkst.«

Sein Sohn kniff die Lippen zusammen. »Vielleicht ist es Zeit, die Polizei zu verständigen.«

Theodor hätte schwören können, dass Gutrune Burgthaler zusammenzuckte, als er das sagte. *Ich muss mich irren,* dachte er, *warum sollte sie etwas dagegen haben, dass wir die Polizei benachrichtigen? Sie ist doch diejenige, die darauf besteht, dass jemand hinter den ganzen Vorfällen auf der Burg steckt.*

Christoph hatte die Veränderung in ihrer Haltung nicht bemerkt. Er seufzte. »Dann mache ich wohl mal sauber«, sagte er.

»Vielleicht räumen wir hier gemeinsam auf und ich mache das mit der Dachrinne hinterher«, schlug Theodor vor.

»Meinst du? Willst du lieber sauber machen? Dann steige ich auf die Leiter.«

Theodor schmunzelte. »Denk nur nicht, ich lasse dich jemals auf eine Leiter steigen. Du mit deiner Höhenangst!«

»Das Angebot nehme ich gerne an«, antwortete Christoph sichtlich erleichtert.

»Sie brauchen die Leiter nachher?«, fragte Frau Burgthaler und Theodor wunderte sich über ihre Neugier.

Er nickte. »Ich entferne das Nest in der Dachrinne.«

»O, das ist gut! Wird auch Zeit, die Gäste beschweren sich schon.« Sie wandte sich von den kaputten Kanistern ab. »Ich würde hier gerne mit anpacken, aber ich muss dringend in die Küche, dort nach dem Rechten sehen. Wer weiß, was diese Walter schon wieder anstellt.«

Sie nickte den beiden Männern zu und drückte sich an ihnen vorbei durch die Tür. Verwundert über ihren schnellen Abgang sahen ihr die beiden Männer nach.

Christoph zuckte mit den Achseln und meinte: »Dann wollen wir mal.«

Theodor nahm die feuchten Lappen und Schwämme mit, um sie am Waschbecken auszuwaschen, während Christoph sich daran machte, das Putzmittel aufzuwischen. Mit einem Pappdeckel schob er die Flüssigkeit auf ein Kehrblech und schüttete sie in den Ausguss, bevor er die letzten Reste mit einem sauberen Lappen wegwischte. Es dauerte nicht lange, bis dem Lagerraum nicht mehr anzusehen war, was darin geschehen war. Als sie fertig waren, lag nur noch der hartnäckige, chemische Geruch in der Luft. Das

Linoleum aber behielt eine hässliche, runde Narbe zurück, wo die Säure draufgetropft war.

»So, jetzt machen wir erst einmal eine Kaffeepause«, schlug Christoph vor. Sie holten sich Kuchen aus der Großküche und setzten sich an den Tisch der Familie Reihmann. Anschließend ging Christoph in sein Büro, um den Papierkram zu erledigen und eine Bestellung für neue Putzmittel aufzugeben.

Unterdessen holte Theodor die große Leiter aus dem Schuppen, mit der er bis zur Dachkante klettern konnte. Er nahm einen Eimer und eine kleine Harke und trug seine Ausrüstung nach draußen vor das Burgtor. Die letzten Tage war es stürmisch gewesen, aber inzwischen hatte der Wind nachgelassen und so war die Arbeit in der großen Höhe kein Problem für ihn. Er beobachtete, wo die Amseln hinflogen, und stellte dann die Leiter auf. Kurz darauf stand er mit Eimer und Harke oben und begann, die Ästchen und Blätter aus der Rinne zu kratzen.

In diesem Moment hörte er ein lautes Knacken und spürte, wie die Sprosse unter ihm nachgab. Er stieß einen Schrei aus, ließ Eimer und Harke intuitiv fallen und suchte verzweifelt nach Halt. Doch es war zu spät. Die Leiter kollabierte und Theodor fiel rückwärts in die Tiefe. Für einen Moment hatte er das Gefühl, zu schweben. Dass er hart auf dem Boden aufschlug, spürte er schon nicht mehr.

Kapitel XIII:

Ein schwerer Tag für die Burgbewohner

Sophia war von Gutrune Burgthaler wieder einmal zu Überstunden verdonnert worden. Aber sie fügte sich wie die Male vorher. Sie wusste ja, warum Burgthaler gerade sie so ins Visier nahm. Es kostete sie jeden Morgen Überwindung, in die Seeburg zurückzukehren, denn die Gefahr, die ihr und Theodor drohte, war ihr vor ein paar Tagen auf brutale Weise zum ersten Mal richtig bewusst geworden.

Mutters Tod kam so plötzlich, dachte sie, während sie in den Burghof ging. *Warum nur musste das passieren? Wir haben zwar oft darüber gesprochen, aber ich war trotzdem nicht darauf vorbereitet. Ich hätte nie gedacht, dass sie so weit gehen würden.*

Sie hatte ihrer Mutter immer zugehört und genickt, wenn sie von der Gefahr gesprochen hatte, aber wenn sie ehrlich war, hatte sie ihre Warnungen nie ganz ernst genommen.

Jetzt bist du daheim, Mutter, dachte sie. Der Gedanke, dass sie ihre Mutter einmal wiedersehen würde, gab ihr neuen Mut.

Natürlich hatte die Polizei sie befragt, ob sie einen Verdacht hatte, aber Sophia konnte ihnen nicht erzählen, was sie wusste. Konnte nicht verraten, dass sie ahnte, wer ihre Mutter umgebracht hatte. Sie war jetzt die Hüterin des Geheimnisses und musste sehr genau darauf achten, mit wem sie sprach und was sie verriet. Ihre Aufgabe war zu wichtig, das hatte ihr ihre Mutter immer wieder eingebläut. Sie würde das nie wieder auf die leichte Schulter nehmen.

Sie atmete tief durch, als sie ins Freie kam. Sie war froh, dass sie die Küche verlassen konnte, um die leeren Gemüsekisten für den Einkauf am nächsten Morgen vor die Burg zu tragen. Als Nächstes würde sie den Müll rausbringen und die Kartoffelkiste im Kühlraum auffüllen.

Christoph Reihmann kam ihr vom Haupteingang her entgegen. »Haben Sie meinen Vater gesehen?«, fragte er.

Sophia schüttelte den Kopf. Sorge stieg in ihr auf. So, wie sie Theodor die letzten Wochen kennengelernt hatte, lag es nicht in seiner Art, einfach zu verschwinden.

»War er nicht heute Nachmittag bei Ihnen in der Wohnung?«, fragte sie.

»Doch, war er«, bestätigte Christoph, »aber dann wollte er vor der Burg etwas reparieren. Das ist schon zwei Stunden her, eigentlich sollte er längst zurück sein.«

Jetzt spürte Sophia Panik. Nach dem, was ihrer Mutter zugestoßen war, war alles möglich.

»Ich schaue mal nach«, sagte Christoph und ging Richtung Burgtor. Sophia folgte ihm.

Christoph sah Theodor zuerst. Mit einem ungläubigen Schrei rannte er zu dem leblosen Körper, der zwischen den Überresten der Leiter vor der Burg lag. »Papa! Nein!«

Sophia blieb stehen. Ihr stockte der Atem. Wie durch einen Schleier sah sie die Szene vor sich. Theodor auf dem

Boden, sein Sohn schreiend vor Schmerz neben ihm auf den Knien, die Hände voll Blut. Ihr wurde schlecht. Sie schwankte. *Jetzt ist alles aus,* dachte sie voller Schmerz. *Er ist tot. Ich habe versagt.*

⁂

Thomas begegnen zu müssen, war das Schwerste, was Christoph sich vorstellen konnte. Der Junge hatte von der Küche aus die Sirene des Krankenwagens gehört und sich aus dem Fenster gebeugt. Christoph hatte zu Gerlinde hinaufgebrüllt, dass sie ihn vom Fenster fernhalten sollte. Sie hatte an seiner Stimme gehört, dass jetzt keine Zeit für Nachfragen war, hatte Thomas zurückgerissen und die Vorhänge zugezogen.

Christoph verharrte kurz, bevor er hineinging und seiner Familie die fürchterliche Nachricht überbrachte. Es gab nichts für ihn zu tun, er konnte nur zusehen. Der Krankenwagen war zwar noch da, doch die Sanitäter hatten direkt nach ihrem Eintreffen den Tod seines Vaters festgestellt. Sie hatten Theodor mit einem Tuch zugedeckt und kümmerten sich gerade um Sophia Walter, die zusammengebrochen war. Ein Leichenwagen kam um die Kurve.

Christoph konnte es nicht länger aufschieben. Seine Beine waren tonnenschwer, als er in die Burg zurückging. Tränen liefen ihm übers Gesicht. Gerlinde kam ihm schon an der Wohnungstür entgegen, Andreas im Arm, Thomas an der Hand. Ihr Gesicht war bleich.

»Was ist passiert?«, flüsterte sie heiser.

Christoph atmete tief ein. Dann sagte er den beiden mit brechender Stimme, dass ihr geliebter Schwiegervater und Opa nicht mehr lebte.

Der Abend, der diesem Nachmittag folgte, würde der Familie Reihmann für immer ins Gedächtnis gebrannt bleiben. Lange saßen sie stumm am Küchentisch, weinten und beteten. Der kleine Andreas war ganz gegen seine Natur sehr friedlich und schlummerte ruhig in seinem Bettchen im Schlafzimmer. Christoph und Gerlinde versuchten, sich für Thomas zusammenzureißen, um ihn zu trösten, doch vergeblich. Es gelang ihnen nicht.

Thomas war merkwürdig still. Er weinte nur sehr wenig, schien noch nicht ganz erfassen zu können, was geschehen war.

Eine Weile später flüsterte er seinen Eltern zu: »Mama, Papa – mir geht es nicht gut.«

»Das ist in Ordnung, mein Schatz«, sagte Gerlinde und nahm ihn in den Arm. »Das geht uns genauso.«

»Ja, aber das ist nicht nur wegen Opa. Ich glaube, ich werde krank.«

Gerlinde löste sich von ihm und betrachtete ihn. Thomas war vollkommen weiß im Gesicht. Sie legte ihm eine Hand auf die Stirn. Sein Kopf war kalt und verschwitzt.

»Christoph, mit ihm stimmt etwas nicht«, sagte sie alarmiert.

Ihr Mann stand auf und kam um den Tisch herum zu ihnen. In diesem Moment stöhnte Thomas leise auf, schloss die Augen und wurde ganz schlaff. Gerlinde konnte ihn gerade noch festhalten. Christoph fing ihn auf und nahm ihn hoch. »Ruf die Rettung!«, rief er.

So kam der Krankenwagen an diesem Tag zum zweiten Mal zur Seeburg.

Kapitel XIV:

Die Beerdigung

Eine Woche später beerdigte Familie Reihmann ihren Opa. Es war ein düsterer Tag und das Wetter passte dazu. Ein kalter Wind wehte auf dem Friedhof von Aufkirchen und blies einen stechenden Nieselregen zwischen den Gräbern hindurch.

Außer Theodors Mutter, Gerlinde, Christoph, Thomas und Andreas waren nur wenige Leute anwesend. Ein alter Freund von Theodor war aus Lübeck angereist und hatte Auguste mitgebracht. Die Leute aus Theodors neuem Hauskreis aus Starnberg waren alle gekommen. Der Pastor der Gemeinde leitete die Beerdigung. Auch einige Mitarbeiterinnen und Mitarbeiter aus der Seeburg waren dabei, darunter Gutrune Burgthaler, Sophia Walter, Robert und Maria.

Christoph war dankbar, dass der Pastor die Zeremonie kurz hielt, denn er fand es unerträglich, die Trauer um seinen Vater so öffentlich ausstellen zu müssen. Während sie das Kirchenlied »Ich bin ein Gast auf Erden« von Paul Gerhardt sangen, sah er sich in der Kapelle um. Viele Augen blickten ihn an, vorwurfsvoll, so schien es ihm. Sie spiegelten das, was er selbst fühlte: Er war schuld am Unfall seines Vaters. *Ich hätte ihn nie auf die Leiter steigen lassen sollen.*

Sein Blick blieb an Gutrune Burgthaler hängen. Sie blickte konzentriert in ihr Gesangbuch und bemühte sich sichtlich, mitzusingen. *Oder war es kein Unfall?*, grübelte Christoph. *Sondern der Saboteur, auf den mich Frau Burgthaler hingewiesen hat?* Die Leiter, auf die Theodor gestiegen war, war vollständig zerbrochen. Es war nicht mehr möglich gewesen, herauszufinden, ob sie manipuliert worden war.

Er sah zu Sophia Walter hin. *Frau Burgthaler hat Frau Walter Inkompetenz vorgeworfen. Ist da noch mehr?* Christoph empfand plötzlich ein tiefes Misstrauen gegenüber dieser Frau, die inbrünstig mitsang. Ihr Gesicht war grau und faltig, immer wieder tupfte sie sich Tränen aus den Augenwinkeln. *Warum ist sie so aufgewühlt? Ist das alles nur Show?*, fragte er sich. *Sie kannte Theodor doch erst seit Kurzem. Irgendwas stimmt da nicht. Ihre Trauer kann nicht echt sein.*

Er wandte sich wieder nach vorne und legte seinen Arm um Thomas, der neben ihm saß. Sein Sohn lehnte sich an ihn. Er tat Christoph so leid. Theodors Tod hatte ihn sehr getroffen, er hatte schon immer eine ganz besondere Beziehung zu seinem Großvater gehabt und er fehlte ihm unendlich. Jede Nacht hörte Christoph ihn weinen und er hatte seit dem Unfall mehrmals ins Bett gemacht. Seine Lehrer waren alarmiert, denn er war in der Schule kaum noch in der Lage, mitzuarbeiten.

Doch nicht nur der Verlust seines Opas hatte Thomas verändert. Als er an dem Abend von Theodors Tod im Krankenhaus untersucht worden war, hatten die Ärzte bei ihm die Erbkrankheit der Familie, Diabetes, diagnostiziert. Er hatte daraufhin einige Tage im Krankenhaus verbringen müssen, bis sein Blutzucker eingestellt worden war. Da sein Vater auch Diabetes hatte, wussten seine Eltern bereits, worauf sie ab jetzt bei der Ernährung achten mussten und wie man Insulin spritzte.

Das Lied war zu Ende. Christoph atmete tief durch und drückte Thomas an sich. »Geht es?«, flüsterte er ihm zu. Thomas nickte, ohne ihn anzusehen. Gerlinde, die Andreas auf dem Schoß hielt, sah ihn an und lächelte ihm aufmunternd zu. »Es dauert nicht mehr lange«, sagte sie leise, »wir können bald nach Hause.« Sie strich ihm über die Wange.

Sie folgten dem Sarg zum offenen Grab. Dort verabschiedeten sie sich endgültig von Theodor. Als die Zeremonie zu Ende war, formten sich die Trauergäste zu einer Schlange, schüttelten den Reihmanns die Hände und drückten ihr Beileid aus. Am Ende der Schlange stand Sophia Walter. Als sie Christoph mit tränenüberströmtem Gesicht die Hand schüttelte, beugte er sich zu ihr hinunter und flüsterte ihr ins Ohr: »Ich will Sie in der Seeburg nicht mehr sehen. Haben Sie verstanden?«

Sie schreckte zurück und sah ihn entsetzt an. Er sah sie ernst an. Schließlich schlug sie die Augen nieder und nickte, um zu bestätigen, dass sie ihn verstanden hatte. Dann wandte sie sich ab und ging.

Am Nachmittag stand Sophia Walter allein am Seeufer. Sie drehte dem Wasser den Rücken zu und sah zur Seeburg hinauf. Es wurde dunkel, die Fenster der Burg waren beleuchtet. Ihr Herz war schwer. *Herr, ich habe versagt,* betete sie. *Ich habe meine Mutter enttäuscht und meine Großeltern im Stich gelassen. Theodor ist tot. Die Aufgabe, die mir meine Mutter hinterlassen hat, wird unerledigt bleiben.*

Wieder traten ihr Tränen in die Augen. Sie hatte Theodor erst aus der Ferne beobachtet, war ihm gefolgt, als er mit seinem Enkel bei dem alten Polizisten Hinklgruber gewesen war. Er hatte sie nicht erkannt. Ihre Verkleidung war gut gewesen. Später hatte sie ihn dann kennenlernen dürfen, als sie gemeinsam in der Küche gearbeitet hatten. Und dann hatte sie ihn liebgewonnen. Sie seufzte tief und wischte sich die Tränen von den Wangen.

Ein Auto näherte sich. Als die Scheinwerfer Sophia erfassten, bremste der Fahrer und kam direkt neben ihr zum Stehen. Die Fahrertür öffnete sich und Gutrune Burgthaler stieg aus. Sie ging auf Sophia zu. »Was tun Sie hier noch?«, rief sie laut. »Sie sollten doch verschwinden!«

Sophia sah ihr entgegen. »Das weiß ich«, antwortete sie schlicht.

»In Ordnung. Es ist besser für Sie, wenn Sie das auch tun.« Sie starrte Sophia mit gerunzelten Augenbrauen an. »Aber wenn ich Sie hier schon sehe, kann ich Ihnen gleich eine Nachricht von meinen Auftraggeber übermitteln.«

Sophia seufzte. »Ich glaube, ich weiß schon, was Sie jetzt sagen werden.«

»Die Vereinbarung, die er mit Ihrer Mutter hatte, gilt auch für Sie: Lassen Sie sich auf dieser Seite des Sees nicht mehr blicken!«

»Was haben Sie vor: Wollen Sie die gesamte Familie Reihmann umbringen? So lange auch nur einer von ihnen lebt, ist Ihr Geheimnis immer in Gefahr, aufgedeckt zu werden.«

»Das lassen Sie mal ruhig unsere Sorge sein. Sie können uns sowieso nicht daran hindern. Das musste ja auch Ihre Mutter erfahren. Bringen Sie sich nicht unnötig selbst in Gefahr.«

Sophia schnaubte innerlich. Sie war wütend, dass Gutrune Burgthaler sie so offen konfrontieren konnte, ohne dass es Konsequenzen geben würde. *Doch sie hat recht,* dachte sie resigniert. *Ihr Auftraggeber hat diese Macht und damit auch sie.* Also schluckte sie nur und nickte. »Ich habe verstanden.«

»Gut.« Damit drehte sich Burgthaler um und fuhr davon.

Sophia sah ihr nach. Zornig murmelte sie: »Sie denken doch nicht wirklich, dass ich den Schwanz einziehe und einfach verschwinde!« Sie war fest entschlossen, nicht nachzugeben und die Familie Reihmann weiter zu beschützen. *Ich habe meine Mutter einmal enttäuscht,* dachte sie, *das werde ich nicht noch ein zweites Mal tun.*

Kapitel 21:

Besuch im Internat

Internat Isartal, Gegenwart

Am nächsten Morgen fuhren Antonia, Franky und Emma mit ihren Fahrrädern zum Bahnhof, um Nailas Internat mal einen Besuch abzustatten. Jaron ging es zwar schon viel besser, aber er wollte nicht mitkommen, sondern lieber noch einen Tag auf dem Sofa verbringen.

Antonias Eltern waren ganz froh, dass sie den Sonntag nicht in der Seeburg verbrachte. »Das brauchen wir gerade noch, dass du dich auch noch ansteckst«, sagte Gitti und gab ihr sogar ein wenig Geld für Proviant, denn sie wagte es nicht, ihrer Tochter Lebensmittel aus der Burg mitzugeben.

Als die drei Freunde am Bahnhof in Ebersberg ankamen, luden sie ihre Räder aus und Franky lotste sie per Handy zum Internat Isartal. Die Schule war in einem alten Kloster untergebracht, das sich weitab von den umliegenden Dörfern auf einem Hügel befand. Die letzten Kilometer ging es steil bergauf durch einen Wald.

»Boah, ist das schön hier«, keuchte Franky, als sie die Bäume hinter sich ließen und auf das großzügige Anwesen zufuhren. Neben einer Kapelle verteilten sich mehrere Gebäude auf dem Gelände. Alte Bäume standen dazwischen und an einer Seite waren ein Fußball- und ein Tennisplatz zu erkennen. Sogar eine Kletterwand entdeckte Antonia.

»Cool«, rief sie aus.

»Ja, sieht aus wie ein Schloss«, meinte Emma.

»Aber ich wette, hier ist nicht viel mit Shoppen oder Kino«, wandte Antonia ein.

»Stimmt. Ich könnte hier nicht wohnen«, bestätigte Emma und die Freundinnen grinsten sich an.

»Typisch!« Franky verdrehte die Augen, gab dann aber zu: »Mir wäre es hier auch zu ruhig.«

»Ja, es ist wie ein goldenes Gefängnis«, stimmte Emma zu.

Sie stellten ihre Fahrräder vor dem Eingangstor ab und gingen durch den Torbogen. Ein breiter Weg führte in den Hof, in dessen Mitte ein Springbrunnen plätscherte. Große Fenster nahmen die Fassade ein und breite Stufen führten zu einer beeindruckenden Eingangstür aus schwerem Holz.

»Und was machen wir jetzt?«, fragte Emma.

»Ich würde sagen, wir gehen einfach mal herum und schauen uns um«, schlug Franky vor.

Sie wandten sich nach links zur nächsten Ecke und gingen um das Gebäude herum. In der Ferne hörten sie einige Kinder, sahen aber niemanden.

»Ganz schön still hier«, sagte Antonia leise.

»Die meisten Schüler werden wohl übers Wochenende nach Hause fahren«, vermutete Emma.

Sie kamen an ein paar Kindern auf einer Parkbank vorbei. Als sie sie passierten, hörten die drei Freunde, dass sie sich auf Französisch unterhielten.

»Madame Antonia, da kannst du dein Französisch ein bisschen aufbessern«, scherzte Franky, »nach deiner letzten Französischarbeit wäre das bitter nötig.«

»Ha, ha, ha. Da redet ja der Richtige. Dein Französisch ist auch eher très mauvais«, konterte Antonia.

»Sicher, was auch immer das heißt.«

»Sehr schlecht«, erklärte Emma.

»No, no, no«, protestierte Franky. Sie gingen weiter durch

den großen Park. Schließlich kamen sie zu einem Gartentor, das verschlossen war.

Franky meinte: »Wer schließt denn einen Garten ab?«, schob seine Hände ineinander und hielt sie vor das Tor. Emma und Antonia sahen ihn verblüfft an.

»Na los, kletter rüber«, sagte er zu Antonia.

Antonia bot Franky dann aber lieber ihre Hände als Räuberleiter an, sie selbst schaffte es als Kletterprofi auch ohne Hilfe über das Tor.

Plötzlich blieb Franky stehen und sagte: »Seht mal da, das ist merkwürdig.«

»Was denn?«, fragte Antonia.

»Na, da, das Kellerfenster.«

Sie sah in die Richtung, in die er deutete. Im Sandsteinsockel des Gebäudeflügels waren vergitterte Kellerfenster eingelassen, knapp über dem Gras. Das Fenster, das Franky aufgefallen war, unterschied sich von den anderen. Es war mit einer schwarzen Folie zugeklebt.

»Und?«, fragte Emma. »Was soll da sein?«

»Findest du das nicht merkwürdig?«, fragte Franky. »Warum sollte man ein Kellerfenster so sorgfältig verdunkeln?«

»Keine Ahnung. Vielleicht ist da eine Dunkelkammer drin.« Emma zuckte mit der Schulter.

»Eine was?«, fragte Antonia.

»Ach, das ist ein verdunkelter Raum, in dem man analoge Filme entwickeln kann.«

Antonia lachte. »Emma, das macht heute doch niemand mehr!« Emma kniff beleidigt die Lippen zusammen, sagte aber nichts.

Antonia warf ihrer Freundin einen Blick zu und sah, dass sie etwas zu weit gegangen war. Sie meinte versöhnlich: »Aber ich stimme dir zu. Nur weil das Fenster zugeklebt ist, ist es doch noch nicht verdächtig.«

»Ich will trotzdem mal nachschauen.« Franky kniete schon vor dem Fenster und begann, die Folie abzuziehen. Diese klebte jedoch sehr gut.

»Geht ganz schön schwer«, stöhnte er.

»Sei vorsichtig«, sagte Emma ängstlich. Sie sah sich sorgfältig um, ob jemand in der Nähe war.

»Aber sicher, Madame Emma«, sagte Franky.

Die beiden Mädchen sahen ihm neugierig zu.

»Endlich«, sagte er, als er es schaffte, eine Ecke abzuziehen. Er lugte durch den Spalt. »Da ist es ziemlich dunkel drin.«

»Das ist aber seltsam«, spottete Antonia und lachte.

Franky zückte sein Handy und leuchtete in den Spalt.

»Keine Dunkelkammer«, verkündete er, »ein leerer Raum. Da liegen nur ein paar Flaschen auf dem Boden und so ein komischer Kasten. So einen habe ich schon mal gesehen, aber ich weiß nicht mehr …« Plötzlich fuhr er zurück und riss das Handy vom Fenster weg. »Mist«, entfuhr es ihm.

»Was ist los?«, fragte Emma erschrocken.

»Ich glaube, da war jemand«, keuchte Franky und stand auf.

»Hat er dich gesehen?«, fragte Antonia.

»Könnte sein.«

»Und jetzt?« Emma sah die anderen panisch an.

»Kommt, wir gehen lieber«, sagte Franky und lief in einem beeindruckenden Tempo zurück zum Gartentor. Verdutzt folgten ihm die Mädchen. Nachdem die drei über das Tor geklettert waren, rannten sie, so schnell sie konnten, durch den Park Richtung Ausgang. Doch nicht schnell genug.

Sie waren nicht weit gekommen, da öffnete sich der Haupteingang und ein großer, stämmiger Mann mit Glatze trat auf die Treppe. Er schaute sich nach ihnen um, hob den Arm und rief: »Halt, stehen bleiben!«

Erschrocken blieben die drei Freunde stehen.

»Und was machen wir jetzt?«, flüsterte Emma.

»Lass mich mal machen«, antwortete Franky, »ich habe eine Idee.«

Antonia sah Emma an, die zuckte nur mit den Schultern.

Franky drehte sich in Richtung Gebäude um und strahlte den Mann an, der auf sie zukam. »Oui, Monsieur?«, sagte er eifrig.

Der Mann hielt überrascht inne, als er das Französisch hörte.

»Seid ihr gerade in dem Garten gewesen?« Der Mann sah sie böse an.

»Je ne comprends pas«, antwortete Franky.

»Ihr seid französische Schüler?«, fragte der Mann zögernd.

»Ja, Monsieur, isch, äh, wir sein Austauschschüler.«

»Der Austausch mit der 8b?«, fragte der Mann, »aus Chaumont?«

»Oui, bien sur«, sagte Franky und nickte mit dem breitesten Grinsen auf dem Gesicht, dessen er fähig war. Der Mann sah sie skeptisch an.

»Ich weiß nicht, welche Regeln es bei euch in Frankreich an der Schule gibt, aber hier wird nicht herumgeschnüffelt! Habt ihr mich verstanden?«

»D'accord«, antwortete Emma und nickte.

»Wir werdöön nisch schnuffeln 'erum«, versprach Franky mit ernstem Gesicht. Die beiden Mädchen mussten sich das Lachen verkneifen.

»In Ordnung. Aber ich werde das Madame Lemeunier melden.«

»Oh«, machte Franky betrübt, »ookey, au revoir.«

Die drei taten so, als wollten sie zum Fußballplatz gehen. Emma warf noch einen Blick zurück und sah, wie der Mann den Kopf schüttelte, sich dann umdrehte und zur Tür zurückging. Sobald der Mann im Gebäude verschwunden war, brachen alle drei in schallendes Gelächter aus.

»Oui, no schnuffeln«, prustete Emma, »Franky, du bist echt der Knaller.«

»Zum Glück war der Typ kein Französischlehrer«, wieherte Antonia.

»Warum lacht ihr? Mein Französisch war parfait«, behauptete Franky lächelnd. Er legte Daumen und Zeigefinger der rechten Hand zusammen und drückte mit einer dramatischen Geste einen sanften Kuss auf die Fingerspitzen.

»Ja, klar! Perfekt daneben«, antwortete Antonia trocken.

»Ich hatte nur Glück, dass der Typ nicht mehr Fragen gestellt hat«, fügte Franky hinzu, »für viel mehr Antworten hätte es bei mir nicht gereicht.«

»Aber in Schlagfertigkeit kriegst du eine glatte Eins!«, lobte Emma.

Lachend kamen die drei Freunde bei ihren Fahrrädern an.

»Lasst uns nach Hause fahren, bevor der Typ die Französischlehrerin informiert. Ich glaube, wir werden hier nicht wirklich was rausfinden«, sagte Emma.

Die anderen stimmten zu. Gerade als sie aufsteigen wollten, schnitt ihnen ein Fahrzeug den Weg ab. Ein weißer Lieferwagen mit der Aufschrift »Kanal Maier« bog um die Ecke und fuhr in hohem Tempo in den Weg zum Internat. Dabei erwischte er beinahe Antonias Vorderrad.

»He! Sag mal, spinnt der?«, rief sie erschrocken und sah dem Wagen hinterher. »Habt ihr das gesehen?«, fragte sie Emma und Franky.

»Ja klar, das war ja wohl nicht zu übersehen«, ereiferte sich Franky.

»Nein, das meine ich nicht«, widersprach Antonia, »›Kanal Maier‹, das ist die Firma, die in der Seeburg die Überschwemmung repariert hat. Das war der Typ, den Jaron und ich beim Spionieren erwischt haben. Und das Auto stand unten am Ufer, als Naila verschwunden ist.«

»Bist du sicher?«, fragte Emma.

»Ja. Ganz sicher.«

»Was will der denn hier?«, fragte Franky erstaunt.

»Das frage ich mich auch.« Antonia überlegte.

»Leute, es ist sicher Zufall, dass der hierherkommt«, sagte Emma.

»Das glaube ich nicht«, widersprach Franky, »los, wir gucken mal, was der hier will.«

»Ach nein, bitte nicht. Wir sind doch vorhin fast erwischt worden!«, jammerte Emma.

»Ach Emma-Mon-Chéri, dieser Waldschrat fun eben denkt dooch, wir sind Austauschschuleeer«, wiegelte Franky ab.

Emma verdrehte die Augen. »Na gut. Aber nur kurz, versprochen?«

»Klar«, antwortete Franky.

Die drei schlichen sich in die Nähe des Lieferwagens, der auf den Parkplatz gefahren war, und versteckten sich hinter einem Busch.

Sie beobachteten, wie der Fahrer aus dem Auto stieg.

»Das ist der Typ, ich erkenne ihn wieder«, flüsterte Antonia.

»Mist, er geht in das Schulgebäude«, schimpfte Franky, »los, hinterher!«

»Keine Chance, da geh ich nicht rein«, protestierte Emma.

»Dann stehst du hier Schmiere. Wenn jemand kommt, dann meldest du dich, okay?«, sagte Antonia.

»Toll. Und wie? Soll ich dich etwa anrufen?«

»Ja klar, warum nicht. Ich stelle mein Handy auf Vibration.«

Antonia und Franky liefen zum Schulgebäude. Emma kauerte sich hinter den Busch und beobachtete gespannt, wie die beiden durch die schwere Holztür verschwanden.

»Wo ist er hin?«, flüsterte Antonia.

»Keine Ahnung? Und jetzt?«

In diesem Moment hörten sie ein Stockwerk weiter oben eine Tür ins Schloss fallen.

»Nach oben?« Antonia deutete auf die Treppe.

Franky nickte. Schnell huschten die beiden die Treppe hoch. Oben blieben sie stehen und sahen sich um.

»Aus dem Zimmer da drüben kommen Stimmen«, wisperte Antonia. Sie schlichen an die Tür und drückten ihre Ohren daran.

»Das sind zwei Männerstimmen«, flüsterte Antonia.

Franky, der ebenfalls an der Tür klebte, fragte: »Kannst du hören, was die sagen?«

»Nein, die Tür ist zu dick.«

Sie lauschten beide angestrengt für einen Moment, doch dann meinte Antonia: »Komm, lass uns gehen. Das bringt doch nichts.«

Gerade als sie das gesagt hatte, wurde die Tür aufgerissen. Erschrocken wichen die beiden zurück. Im Türrahmen stand der stämmige Mann mit Glatze. Hinter ihm erkannten sie den Handwerker Maier.

»Das gibt's doch nicht, was macht ihr denn hier?«

»Äh … wir sind hier nur zufällig«, sagte Franky.

Der Mann sah ihn verwundert an. Franky biss sich auf die Zunge. Er hatte vergessen, mit französischem Akzent zu sprechen.

»Ihr seid gar keine Austauschschüler!«

»Äh … no!«, rief Franky. Er sah Antonia an und die zwei galoppierten die Treppe hinunter.

»Hey, bleibt sofort stehen!«, rief der Mann und folgte ihnen. Sie stürmten aus der Eingangstür hinaus und über den Parkplatz.

»Emma, komm!«, rief Antonia ihrer Freundin zu, die verdutzt hinter dem Busch hervorguckte. Die Freunde erreichten die Fahrräder und sausten los, der Mann verfolgte sie noch immer.

»Nichts wie weg hier!«, rief Antonia. Während sie einen schmalen Waldweg runterrasten, sah sich Antonia noch einmal um. Der Mann war stehengeblieben und telefonierte.

Keuchend kamen sie am S-Bahnhof in Ebersberg an. Antonia stieg ab und sagte: »Boah, das war knapp!«

»Mann, warum musstet ihr da auch rein?«, fragte Emma sauer. »Das hat doch nichts gebracht, oder?«

»Ach Emma-Schätzelein, ein wenig schon: Jetzt wissen wir, dass der Kanal-Maier diesen Glatzen-Typ kennt.«

Kapitel 22:

Noch ein Rätsel

Am Starnberger See

Am nächsten Tag standen Antonia, Franky und Emma in der großen Pause zusammen auf dem Pausenhof, als Isabelle von Beilstein auf sie zukam. Jaron fühlte sich noch ziemlich schlapp und war zu Hause geblieben.

Isabelle sah Antonia grinsend an und säuselte: »Na, konnte die Ursache der großen Kotzerei auf der Seeburg schon geklärt werden?«

Franky musste Antonia nur einen kurzen Blick zuwerfen, um zu sehen, dass sie kurz vor der Explosion stand. Schnell fuhr er dazwischen und sagte: »Nein, noch ist nichts geklärt. Eine Vermutung ist, dass das Fleisch vergammelt war – das wird doch von der Metzgerei deines Onkels geliefert, nicht wahr?«

»Willst du etwa behaupten, dass mein Onkel verdorbenes Fleisch verkauft?«

»Ich behaupte gar nichts« antwortete Franky locker und grinste Antonia an. Die grinste zurück.

»Ich glaube eher, dass die Leute krank geworden sind, weil es in der Jugendherberge dreckig und versifft ist!« Isabelles Augen blitzten.

»Das sagst du nicht noch einmal!«, rief Antonia wütend.

Diesmal schritt Emma ein und sagte: »Heute Nachmittag wissen wir, was die Ursache war.«

»Schön, ist aber auch eigentlich jetzt schon klar, was dabei rauskommen wird«, sagte Isabelle leichthin. »Und ich könnte mir in der Seeburg was Schöneres vorstellen als eine schäbige Jugendherberge.«

Jetzt platzte Antonia der Kragen. »Was willst du dumme Kuh eigentlich?«, schrie sie sie an.

»Antonia, lass sie.« Emma stellte sich vor Antonia, die aussah, als würde sie Isabelle jeden Moment an die Gurgel springen.

»Was ist hier los!?«, erklang die strenge Stimme von Janina Rahn. Die Lehrerin kam mit eiligen Schritten auf sie zu.

»Nichts«, behauptete Isabelle scheinheilig, »wir unterhalten uns nur.«

»Diese blöde Zicke behauptet, dass unsere Jugendherberge versifft ist!«, schrie Antonia.

»Aber das stimmt doch, sonst würden ja nicht alle kotzen!«, gab Isabelle zurück.

»Ruhe!«, sagte die Lehrerin bestimmt. »Isabelle, du wirst nicht mit solchen Behauptungen um dich werfen, und Antonia, du wirst nicht so rumschreien.«

»Was denn?«, empörte sich Isabelle. »Ich hab doch überhaupt nichts gesagt! Ich habe nur angedeutet, dass …«

»Isabelle«, unterbrach sie Janina Rahn, »ich warne dich! Verleumdung ist in Deutschland strafbar.«

Isabelle schnaubte, drehte sich auf dem Absatz um und stolzierte davon.

Ich hätte nicht gedacht, dass diese nette Lehrerin so streng werden kann, staunte Franky.

»Antonia, ich möchte nicht, dass du so mit anderen redest, ist das klar?« Janina Rahn sah Antonia an.

Antonia nickte stumm.

Dann lockerte sich der strenge Gesichtsausdruck der Lehrerin. »Ich habe gehört, dass es Jaron auch erwischt hat?«, fragte sie.

»Ja, dem ging's nicht so Bombe, aber jetzt ist er eigentlich wieder ganz fit«, antwortete Antonia.

»Das ist gut. Ist ja einiges los bei euch gerade. Hoffen wir mal, dass wenigstens die Pachtverträge bald unter Dach und Fach sind. Dann wird von Beilstein Ruhe geben.«

»Von Beilstein? Woher weißt du das?«, fragte Antonia erstaunt.

Janina Rahn stutzte einen Moment. Auf Franky wirkte es, als fühle sie sich ertappt.

»Ich – äh«, stotterte Janina. Dann hatte sie sich wieder gefangen und antwortete: »Angelika hat mir davon erzählt.«

In diesem Moment gongte es zur nächsten Stunde und sie sagte rasch: »So, zurück ins Klassenzimmer.«

»Leute, ich habe Neuigkeiten«, rief Emma, als sie an diesem Nachmittag die Tür des alten Heinrichs öffnete. Die anderen drei blickten auf. Auch Jaron saß, mit einer Tasse Kamillentee vor sich, auf dem Sofa. Er war noch etwas blass um die Nase, sonst ging es ihm gut. Antonia und Franky hatten ihm gerade von ihrem Abenteuer im Internat Isartal erzählt.

Antonia sah ihre Freundin an. Sie wirkte niedergeschlagen, und Antonia ahnte Böses.

»Na, dann sind wir aber gespannt«, antwortete Franky.

»Ich habe die Ergebnisse der Untersuchungen!«

»Und?«, fragte Antonia.

»Es war das Mittagessen, das alle krank gemacht hat, genauer gesagt, ein Nachtisch. Die Schüssel mit Tiramisu, erinnert ihr euch?«

Franky und Antonia schüttelten die Köpfe, aber Jaron sagte: »Ja klar! War voll lecker. Das war die Ursache?«

Emma nickte. »Ja, das Tiramisu war voller Salmonellen. Aber das ist noch nicht alles. Mein Vater hat seine Ergebnisse mit Andreas, Gitti und der Küchenleitung besprochen. Und die Küchenleitung hat gesagt, dass die Schüssel gar nicht von ihnen stammt.«

»Wie – nicht von ihnen stammt?«, fragte Antonia ungläubig.

»Na, die haben in der Küche gar kein Tiramisu gemacht. Machen sie wohl nie, weil da rohe Eier drin sind und das viel zu gefährlich ist.«

»Aber … woher stammt der Nachtisch denn dann?«, fragte Franky.

»Den muss wohl jemand einfach aufs Buffet gestellt haben.«

»Warum sollte jemand denn so was machen?«, fragte Antonia. »Es spaziert doch niemand in eine Jugendherberge und stellt eine Schüssel aufs Buffet.«

»Na ja«, sagte Emma, »vielleicht jemand, der wollte, dass alle krank werden.«

»Ernsthaft?«, fragte Jaron. »Du meinst, es war Absicht?«

Emma nickte. »Ja. Mein Vater meinte, die Belastung der Creme mit Salmonellen war so hoch, das ließe sich mit Nachlässigkeit fast nicht mehr erklären.«

»Aber wieso gab es dann vom Tiramisu diese Proben-Dingsbums, wie heißen die noch mal?«, fragte Jaron.

»Die doppelten Rückstellproben?«, half ihm Emma.

»Ja.«

»Das ist allerdings merkwürdig. Da muss jemand das Tiramisu auf das Buffet gestellt haben und die doppelten Rückstellproben in den Kühlschrank …«

»Vielleicht war es ja dieser von Beilstein. Der will doch unbedingt, dass wir die Burg verlieren«, rief Antonia.

»Meint ihr wirklich, er würde zu solchen Mitteln greifen?«, fragte Jaron. »Das wär schon krass!«

»Selbst wenn er es war. Beweis ihm das erst mal«, erwiderte Emma.

Für einen Moment schwiegen sie frustriert.

»Äh Leute, mal was ganz anderes«, unterbrach Franky ihre Gedanken, »ich habe mal das Tattoo von diesem Typen in dem Film näher untersucht. Wisst ihr noch, den bei der Demo gegen die Startbahn West?«

»Ja klar. Und was ist mit dem?«, fragte Jaron.

»Also, wir dachten ja zuerst, dass das Tattoo aus den Buchstaben T und A besteht«, sagte Franky, »aber ich glaube, es sind ein Hammer und ein Zirkel.«

»Ein Hammer und ein Zirkel?« Emma sah ihn fragend an.

»Ja, das Zeichen, das auf dem DDR-Pass war. Und auf der Flagge, hier.« Franky zeigte den anderen ein Foto. »Die Flagge war auch schwarz-rot-gold, nur in der Mitte war so ein komischer Kranz und eben ein Hammer und ein Zirkel.«

»Das heißt, der Typ kam aus der DDR?«, fragte Jaron.

»Oder er war ein Fan der DDR«, überlegte Antonia.

Franky meinte: »Hier steht: Der Hammer und Zirkel in der DDR-Flagge standen für die Zusammenarbeit zwischen Arbeitern (dargestellt durch den Hammer) und Intellektuellen (dargestellt durch den Zirkel) in der sozialistischen Gesellschaft.«

»War schon krass, die DDR, oder?«, sagte Emma. »Papa hat mir ein wenig davon erzählt. Er ist in Jena aufgewachsen und war 14 Jahre alt, als die Mauer gefallen ist. Er hat erzählt, dass die Kinder alle in so eine Jugendorganisation gehen mussten, wo es total langweilig war, und dass sie nie ins Ausland verreisen konnten, nach Italien oder so. Nur an die Ostsee. Das ganze Land war von einem Zaun umgeben, keiner durfte raus. Als die Grenzen offen waren, ist er zum ersten Mal mit meiner Oma und meinem Opa nach Westdeutschland gefahren.«

»Krass, das wusste ich gar nicht«, sagte Antonia.

»Zurück zum Thema«, unterbrach Franky sie. »Also, was

wissen wir bis jetzt? Naila hatte einen uralten Film in ihrem Rucksack, auf dem jemand einen Polizisten niederschießt. Woher hat sie den nur? Und wusste sie, was das für ein Film ist?«

»Keine Ahnung«, meinte Jaron, »aber vielleicht ist sie ja deshalb verschwunden.«

»Wie meinst du das?«, fragte Emma.

»Na, wenn ich auf dem Film drauf wäre und wüsste, dass Naila ihn hat, würde ich gucken, dass ich ihn zurückbekomme.«

Die anderen sahen ihn verblüfft an.

Dann witzelte Franky: »Deinem Kopf hat das Tiramisu jedenfalls nicht geschadet!«

Kapitel 23:

Ein Bericht, der alles verändert

Erschrocken fuhr Antonia aus dem Schlaf. Was war das? Es klopfte heftig an ihre Tür. »Aufstehen, Antonia!« Das war die Stimme ihres Vaters. »Guten Morgen!«

Antonia sah sich schlaftrunken um. Plötzlich fiel es ihr wieder ein. Am Vorabend hatte sie ihr Handy nicht finden können. Offensichtlich war es auch nicht in ihrem Zimmer, sonst hätte sie den Weckruf gehört. Seufzend streckte sie sich und schlug die Bettdecke zurück.

Als sie in die Küche kam, blickte ihre Mutter auf. »Guten Morgen«, sagte sie, »Franky hat gerade auf dem Festnetz angerufen. Hast du dein Handy nicht?«

»Nein«, antwortete Antonia, »ist bestimmt noch in meinem Rucksack. Was wollte Franky denn?«

»Du sollst dir das Portal ›Starnberg 24‹ anschauen. Er klang ganz merkwürdig und sagte, dass es ihm leidtue.«

»Es tut ihm leid? Was denn?«

Gitti zuckte mit den Schultern. »Keine Ahnung. Willst du mein Tablet nehmen?«

»Danke.« Antonia setzte sich an den Tisch. Sie runzelte die Stirn. Franky war ein Langschläfer. Er hatte sie noch nie vor der Schule angerufen. *Muss wichtig sein,* dachte sie.

Sie griff nach dem Tablet ihrer Mutter. Diese beugte sich neugierig über ihre Schulter. Antonia tippte die Adresse des Online-Portals ein. Eine große Überschrift erschien. Zuerst begriff sie nicht, was sie da sah. Sie rieb sich die Augen und las:

Die Seeburg – Ferienparadies in Gefahr?

Ein Brand und verseuchte Lebensmittel beunruhigen die Gäste

Mehrere unerklärliche Vorkommnisse haben in den vergangenen Tagen die Gäste der Seeburg in Allmannshausen beunruhigt. Wie berichtet, gab es vor einer Woche in einem Gruppenraum der Jugendherberge einen Brand. Wie Starnberg 24 von der Polizei erfahren hat, wird Brandstiftung als Brandursache inzwischen ausgeschlossen. Die Staatsanwaltschaft hat die Ermittlungen eingestellt. »Wir gehen von einem Unfall aus«, sagte der Sprecher der Staatsanwaltschaft, Peter Trixl, »unsere Brandermittler haben nicht bestätigen können, dass gezündelt wurde. Es kam wohl zu einem Kurzschluss aufgrund veralteter elektrischer Leitungen.«

Mehrere Gäste bestätigten gegenüber Starnberg 24, dass an vielen Stellen in der Burg Steckdosen und Lampen nicht funktionieren. »In unserem Zimmer kann man sich nicht föhnen oder das Handy aufladen«, sagte Anja Schmid. »Wenn man ein Gerät einsteckt, riecht es ganz komisch.« Die Seeburg wurde im Jahr 1975 saniert und zur Jugendherberge umgebaut.

Seit zwei Tagen nun beschäftigt die Gäste der Burg eine andere Gefahr: Etwa ein Fünftel leidet an einer Lebensmittelvergiftung. Der Leiter der Lebensmittelüberwachung wollte sich mit dem Hinweis auf laufende Ermittlungen nicht weiter zu dem Vorfall äußern, aber mehrere Gäste berichteten, dass sehr viele Menschen gleichzeitig erkrankt sind, was auf eine gemeinsame Infektionsquelle schließen lässt, zum Beispiel verunreinigtes Essen. Zwei Gäste befinden sich derzeit zur Behandlung im Krankenhaus.

Die Jugendherbergseltern Andreas und Brigitte Reihmann bestätigten zwar, dass einige Gäste frühzeitig abgereist sind, wollten sich aber nicht weiter zum Sanierungsstand oder den Hygienemaßnahmen in der Jugendherberge äußern. Auch das Deutsche Jugendherbergswerk, der Träger der Einrichtung, war nicht für einen Kommentar erreichbar.

Die Pachtverträge der Jugendherberge mit dem Freistaat Bayern stehen kurz vor der Verlängerung. Aus internen Quellen hat Starnberg 24 erfahren, dass der Abschluss neuer Verträge seit den Vorkommnissen infrage steht.

Antonia ließ das Tablet sinken. *Was um alles …,* dachte sie. Ihr Herz klopfte laut und ihr Atem ging flacher. *Stimmt das? Das wäre ja furchtbar!*

Sie wusste nicht mehr, was sie glauben sollte. Ihre Gedanken flogen hin und her.

Mit einer bösen Vorahnung blickte sie wieder auf ihr Display und begann, die Kommentare unter dem Post zu lesen.

Das ist ein Skandal! Man sollte diesen Reihmanns die Burg sofort wegnehmen!

Ich würde meinen Urlaub da nicht verbringen.

Wir wollten nächste Woche in die Jugendherberge fahren. Wir haben storniert!

Mein Bruder ist gerade dort. Ihm geht es richtig schlecht. So krank war er noch nie.

Antonia drehte den Kopf und sah ihrer Mutter in die Augen. Sie erkannte darin die gleiche Sorge, die sie selbst spürte. Der Knoten in ihrem Magen zog sich fester.

Kapitel 24:

Noch eine Sorge

Gitti und Andreas versuchten, Antonia zu beruhigen, hatten aber wenig Erfolg. Ihr Kopf schwirrte immer noch, als sie ins Bad ging, um die Zähne zu putzen. Die Ahnung, dass sich ihre Zeit auf der Seeburg dem Ende näherte, war überwältigend.

Während sie Zahnpasta auf ihre Bürste drückte, hörte sie die Klingel. Neugierig öffnete sie die Badtür und lugte in den Flur. Ihre Mutter öffnete die Wohnungstür. Angelika stand davor, mit einem Ausdruck von Panik im Gesicht.

»Ist Jaron bei euch?«, fragte sie hastig.

»Bei uns?«, antwortete Gitti erstaunt. »Nicht, dass ich wüsste.« Sie drehte sich zu Antonia um. »Antonia, weißt du, wo Jaron ist?«

Antonia schüttelte den Kopf. Sie ging zum Waschbecken, legte ihre Bürste ab und beeilte sich, in den Flur zu gehen, um den Rest der Unterhaltung zu hören.

»… die Veranstaltung hat dann länger gedauert, als ich dachte«, erzählte Angelika gerade, »ich bin erst gegen elf Uhr nach Hause gekommen. Ich dachte, er würde schon schlafen, deshalb habe ich nicht noch mal nach ihm gesehen, sondern bin gleich ins Bett gegangen. Heute Morgen habe ich dann den Wecker überhört und bin erst vor ein paar Minuten aufgewacht. Als ich in sein Zimmer kam, war sein Bett unberührt, es sah genauso aus wie gestern Morgen. Und er war nicht da!« Den letzten Satz sagte sie mit Panik in der Stimme. »Wo kann er nur sein?«

»Wann hast du ihn denn das letzte Mal gesehen?«, fragte Gitti.

»Beim Abendessen. Ich bin so gegen sieben gegangen. Er wollte noch mal in den alten Heinrich, weil er seinen Pulli dort hat liegen lassen. Den sollte ich ihm noch waschen, damit er ihn wieder anziehen kann. Dann wollte er noch ein wenig seine Serie streamen und ins Bett gehen.«

Sie sah Antonia an. »Warst du gestern vielleicht noch im alten Heinrich und hast ihn gesehen?«

»Nein, leider nicht. Wir waren am Nachmittag zusammen dort, aber danach habe ich ihn nicht mehr gesehen.«

Angelika nickte. »Wo kann er nur sein?«, fragte sie ängstlich.

»Hast du ihn schon angerufen?«, fragte Gitti.

»Ja, aber da geht immer nur die Mailbox ran.«

»Ist er vielleicht früh aufgestanden, zum Beispiel um Laufen zu gehen, und hat sein Handy irgendwo hingelegt?«

Angelika schüttelte den Kopf. »Nein, das wäre sehr ungewöhnlich. Er schreibt mir immer, wo er ist.«

»Weißt du was? Komm erst mal rein«, sagte Gitti. Antonia folgte Angelika und ihrer Mutter in die Küche, wo Andreas sich gerade eine Tasse Kaffee einschenkte. Er bot Angelika auch eine an, die sie gerne annahm. Sie erzählte ihm, was geschehen war, setzte sich und versuchte erneut, Jarons Handy zu erreichen. Ohne Erfolg.

»Sollen wir die Polizei anrufen?«, fragte Antonia ihren Vater.

»Ja, das machen wir«, sagte er.

»Ich rufe Kommissarin Korthaus an«, sagte Gitti. Sie griff nach ihrem Handy und verließ die Küche.

Angelika versuchte inzwischen erneut, Jarons Handy zu erreichen. »Wieder nur die Mailbox«, sagte sie frustriert.

Gitti kam schnell in die Küche zurück. »Kommissarin Korthaus kommt sofort«, sagte sie, als sie das Telefon sinken ließ. Sie setzte sich neben Angelika und nahm sie in den Arm. »Wir finden ihn, da bin ich ganz sicher«, sagte sie zu ihr.

»Danke«, sagte Angelika, »wenn ich doch nur etwas tun könnte. Ich überlege schon die ganze Zeit, wo ich ihn suchen könnte.«

»Ich kann im alten Heinrich nachsehen«, schlug Antonia vor, »vielleicht ist er dort.«

»Das ist eine gute Idee, danke«, sagte Angelika.

Antonia wünschte sich, sie könnte eine Nachricht in die Chatgruppe der vier Freunde schicken. *Mann, du und deine Unordnung,* dachte sie verärgert. Normalerweise fand sie Aufräumen überbewertet. Nur in diesem Moment wünschte sie sich, sie hätte ihr Telefon an den üblichen Platz gelegt. Aber sie nahm sich keine Zeit, gründlicher zu suchen. Es war wichtiger, im alten Heinrich nach Jaron zu schauen.

Auf dem Weg dorthin überlegte sie fieberhaft, ob Jaron noch irgendetwas gesagt hatte, was wichtig sein könnte. Ob er erwähnt hatte, dass er irgendwo hinwollte oder etwas Ähnliches. Aber ihr fiel nichts ein. Sie schloss die Tür zum Zirkuswagen auf und sah sich um. Kein Jaron. *Was hat Angelika gesagt? Er hat seinen Pulli liegengelassen?* Sie suchte in allen Ecken, hinter dem Sofa und unter allen Stühlen. Aber einen Pulli fand sie nicht. *Er ist also hier gewesen,* dachte sie, *hat seinen Pulli mitgenommen und ist erst danach verschwunden.*

Auf einmal piepste es. Sie blickte zum Sofa und runzelte die Stirn. Dann setzte sie sich. Als sie ihre Hand in eine Ritze im Sofa steckte, stießen ihre Finger auf etwas Hartes. Sie griff es und zog es heraus. »Mein Handy!«, rief sie erfreut. Es musste ihr gestern aus der Hosentasche gerutscht sein. Da hätte sie in ihrem Zimmer lange suchen können.

Schnell setzte sie sich und öffnete die Chatgruppe der vier Freunde, ignorierte die früheren Nachrichten und tippte:

Jaron, wo bist du?

Es kam keine Antwort. Sie schrieb:

@Emma @Franky: Jaron ist verschwunden!

Emma antwortete sofort.

WAS? Seit wann?

Er war gestern Abend noch mal hier im alten Heinrich. Seitdem hat ihn niemand mehr gesehen.

Franky

Oh Mann! Erst diese Naila und jetzt Jaron? Was geht denn hier ab?

Keine Ahnung. Ich mache mir voll Sorgen. Die Polizei ist benachrichtigt.

Das ist gut.

Stefanie ist auf dem Weg hierher.

Emma

Ok, komme sofort.

Franky

Ich auch.

Ihre Freunde hatten, genau wie sie, völlig verdrängt, dass Schule war. *Egal, Jaron ist jetzt wichtiger,* dachte Antonia.

Sie wischte die Chatgruppe weg und wollte das Handy schon sinken lassen, da sah sie, dass sich im Chat, den sie direkt mit Jaron führte, eine neue Nachricht befand. In der Eile hatte sie überhaupt nicht darauf geachtet. Sie öffnete den Chat. Jaron hatte ihr gestern um 19:32 Uhr eine Sprachnachricht geschickt. Mit klopfendem Herzen öffnete sie diese und lauschte.

Zuerst hörte sie nur Geräusche, die sie nicht identifizieren konnte. Es rumpelte, jemand schien immer wieder gegen ein Blech zu treten. Im Hintergrund brummte ein Automotor. Dann stoppte das Geräusch. Kurz darauf öffnete sich quietschend eine Tür und eine Stimme sagte: »Hältst du jetzt endlich still!«

Antonia zuckte zusammen und dachte: *Ich kenne diese Stimme!*

Die Antwort war nicht zu verstehen. Sie klang so genuschelt, als ob der Sprecher etwas im Mund hätte. Doch der Tonfall war dringlich. Antonia lauschte angestrengt. *Ist das Jaron???*

»Na gut«, knurrte die andere Stimme. Es rumpelte wieder, dann raschelte es.

»Was?«, fragte der Mann.

»Ich muss mal aufs Klo«, jammerte Jaron. *Er ist es!* Antonias Herz klopfte schneller. *Was passiert mit ihm?*

»Pech«, sagte der Mann, »ich werde dich sicher nicht rauslassen. Da musst du wohl warten.«

»Aber wo fahren wir denn hin?«, fragte Jaron.

»Das würdest du wohl gerne wissen, was? Ich sag dir nur, es ist nicht weit.«

»Herr Maier, bitte!«

Herr Maier?, dachte Antonia. *Ist das etwa der Typ mit der Kanalfirma?*

»Keine Chance«, knurrte Maier.

»Haben Sie das mit Naila auch so gemacht?«, fragte Jaron.

»Ja, sicher!« Der Mann lachte boshaft. »Ich werde noch zum Profi im Kidnapping! Und jetzt gib Ruhe …« Es raschelte erneut, dann brummte ein Motor und die Aufnahme brach ab.

Antonia ließ das Gerät sinken und starrte aus dem Fenster. Anscheinend hatte dieser Kanal-Maier Jaron entführt und ihn geknebelt. Aber irgendwie hatte es Jaron geschafft, diese Sprachaufnahme zu machen und ihr zu schicken. *Lieber Gott, danke dafür!,* betete sie. Ihr Herz war schwer, sie hatte so viel Angst um Jaron, dass ihr fast schlecht wurde. *Was wird dieser Maier mit ihm machen?,* dachte sie.

Es hielt sie nicht mehr im alten Heinrich. *Ich muss das sofort meinen Eltern vorspielen!* Sie sprang auf und stürmte zur Burg, ohne sich damit aufzuhalten, den Wagen abzuschließen. Gerade als sie über den Parkplatz rannte, fuhr eine schwarze Limousine die Einfahrt hinauf. Antonia sah, dass Stefanie Korthaus am Steuer saß. Sie hielt an und wartete, bis die Kommissarin ausgestiegen war.

»Hallo Antonia«, rief Stefanie, »Jaron ist verschwunden, sagte deine Mutter?«

Antonia nickte. »Ja, seit gestern Abend hat ihn niemand mehr gesehen. Aber ich weiß, wo er ist.«

»Bei einem Freund?«

Antonia schüttelte den Kopf und spielte ihr die Aufnahme vor. Stefanie lauschte konzentriert. »Wirklich erstaunlich«, sagte sie, »dass Jaron noch so eine Aufnahme schicken konnte. Maier – das ist schon mal ein Hinweis. Merkwürdig nur, dass Jaron seinen Entführer kennt!«

Schnell erzählte ihr Antonia von der Begegnung mit dem Klempner, der in der Burg herumgeschnüffelt hatte.

»Und du meinst, Jaron hat diesen Maier erkannt?«, fragte Stefanie.

Antonia nickte. »Ja, so muss es sein.«

Stefanie überlegte. »In Ordnung. Ich rede mit deinen Eltern und dann werden wir uns diese Kanal-Firma mal vornehmen.«

»Aber ich denke nicht, dass Maier Jaron in seine Firma gebracht hat!«

»Wieso nicht?«

Antonia berichtete, wie die Freunde beim Besuch des Internats Isartal auf Maier getroffen waren.

»Peter hat mir ja erzählt, dass ihr vier bei uns anfangen könntet«, sagte Stefanie und lachte, »alle Achtung!«

»Das heißt, du wirst gleich zu dem Internat fahren und Jaron suchen?«, fragte Antonia.

»So schnell geht das leider nicht«, sagte Stefanie, »zuerst muss ich mit Jarons Mutter sprechen. Und dann ist der erste Ort, den wir durchsuchen, die Adresse von diesem Maier.«

»Aber ...«, protestierte Antonia.

»Glaub mir, das ist der effektivste Weg«, unterbrach Stefanie sie, »nur weil ihr den Lieferwagen beim Internat gesehen habt, muss das noch gar nichts bedeuten. Solche Firmen haben viele Kunden, das könnte reiner Zufall sein. Warum sollte er denn Jaron zu dem Internat bringen?«

»Aber Naila ist doch auch verschwunden«, antwortete Antonia.

»Naila wäre am Freitag sowieso mit ihrer Klasse zum Internat zurückgekehrt – warum sollte sich jemand die Mühe machen, sie zu entführen, um sie mit Gewalt dorthin zu bringen?«

Darauf hatte Antonia auch keine Antwort. Enttäuschung stieg in ihr hoch. Sie hatte gehofft, die Polizei würde Jaron schnell befreien, aber danach sah es nicht aus. Schweigend folgte sie der Kommissarin, als diese zur Wohnung der Familie Reihmann ging, um Angelika Bescheid zu geben.

Kapitel 25:

Rettung kann nicht warten

Bis sie in der Wohnung angekommen waren, wusste Antonia, was zu tun war. *Sobald Emma und Franky da sind, fahren wir zu diesem Internat,* beschloss sie. *Ich bin fest davon überzeugt, dass Jaron dort ist. Und diese Naila wahrscheinlich auch.* Sie erzählte ihren Eltern nichts von ihren Plänen, die Unterhaltung mit Stefanie hatte sie zu sehr enttäuscht.

Sie spielte Jarons Aufnahme für ihre Eltern und Angelika ab und diese waren ähnlich entsetzt wie sie. Kommissarin Korthaus beruhigte sie, dass die Polizei alles Notwendige unternehmen würde, und sie begannen, das weitere Vorgehen zu planen. Zunächst bat die Kommissarin Antonia, ihr die Nachricht zu schicken, damit sie diese als Beweismittel und für weitere Ermittlungen zur Verfügung hatte.

Antonia tat das und überlegte, wie sie am besten abhauen konnte. »Ich gehe in den alten Heinrich«, sagte sie, »Emma und Franky kommen.«

Ihre Eltern sahen nur kurz auf und nickten. »Wir sagen euch Bescheid, wie es weitergeht.«

Sie schienen überhaupt nicht daran zu denken, dass die Kinder eigentlich Schule hatten. Antonia schnappte sich ihre Jacke und ging zurück zum Zirkuswagen, um dort auf ihre Freunde zu warten. Rasch schrieb sie in die Chatgruppe:

@Emma @Franky: Bin im alten Heinrich. Ich warte hier auf euch.

Ihr fiel ein, dass sie ihren Eltern vielleicht eine Nachricht hinterlassen sollten, bevor sie losfuhren. »Sie können es bestimmt nicht gebrauchen, wenn noch drei Kinder verschwinden«, sagte sie zu sich selbst.

Schnell schrieb sie eine Nachricht auf einen Zettel und legte ihn im alten Heinrich auf den Tisch:

Emma, Franky und ich sind zum Internat Isartal gefahren. Ich weiß, dass Jaron dort ist!!!!!

Nachdem Antonia ihren Freunden die Aufnahme von Jaron vorgespielt und von der Reaktion der Kommissarin erzählt hatte, waren sich alle drei einig, dass sie nicht auf die Erwachsenen warten konnten.

»Wir schauen uns dort noch mal um und beobachten«, sagte Emma entschlossen, »und wenn wir Hinweise dafür finden, dass wir recht haben, holen wir Hilfe.«

Die Tür zum Zirkuswagen schlossen sie nicht ab, damit Antonias Eltern den Zettel finden konnten.

Sie schwangen sich auf die Räder und fuhren wie schon beim letzten Mal zum Bahnhof Starnberg, weiter mit der S-Bahn und dann mit den Rädern den Berg hinauf. Diesmal aber gingen sie vorsichtiger vor. Sie versteckten ihre Räder am Waldrand in einem Gebüsch und schlichen sich über den Fußballplatz durch einen Seiteneingang auf das Gelände.

»Sollen wir uns noch mal dieses merkwürdige Kellerfenster anschauen, das abgeklebt war?«, fragte Franky.

»Können wir machen. Diesmal aber vorsichtiger«, stimmte Antonia zu und Emma fügte an: »Nicht, dass da wieder jemand drin ist und uns erwischt.«

Immer wieder schauten sie sich um, als sie über das Gelände gingen, doch sie hätten sich gar nicht so viel Mühe geben müssen. Es war ein normaler Schultag und überall waren Schüler und Schülerinnen der verschiedenen Altersklassen unterwegs. Die drei Freunde fielen nicht weiter auf. Als sie vor dem Gartentor standen, sahen sie sich um. Niemand war in der Nähe. Rasch kletterten sie hinüber und liefen zu dem abgeklebten Fenster.

Franky kniete sich davor und lugte durch den Spalt, den er bei ihrem ersten Besuch gemacht hatte. »Da ist wieder dieser Kasten!«, sagte er. »Wartet mal … ah, jetzt fällt mir ein, woher ich so ein Ding kenne! Vom Camping-Urlaub in Italien. Das ist ein Camping-Klo!«

»Was tut denn ein Camping-Klo in einem Keller?«, fragte Emma erstaunt.

Die Antwort dämmerte Antonia in diesem Moment. »Das ist kein Keller. Das ist ein Gefängnis.«

Die anderen beiden sahen sie an. »Du meinst …«, fing Emma an.

Antonia nickte. Ihr wurde ganz schlecht, als sie sich vorstellte, dass Jaron dort hinter dem Kellerfenster eingesperrt war. Sie kniete sich neben Franky und begann, gegen die Folie zu hämmern. »Jaron!«, rief sie verzweifelt.

Auch Emma kniete sich hin und zog die Folie weiter ab.

Antonia meinte, im Dunkeln hinter dem Fenster eine Bewegung zu sehen. »Da ist jemand!«, rief sie.

In diesem Moment senkte sich eine schwere Hand auf Antonias Schulter. »Hab ich euch!«, zischte eine Stimme, die sie sofort erkannte. Sie fuhr zusammen und drehte sich um. Über ihr und den beiden anderen ragte die Gestalt des Mannes mit der Glatze auf. Er lächelte selbstzufrieden, während sich seine Finger in Antonias Haut bohrten. Vor Entsetzen konnte sie sich nicht rühren.

Franky erholte sich schneller von seinem Schreck. Er nutzte es aus, dass der Mann sie nicht alle drei gleichzeitig festhalten konnte, wand sich unter dessen Armen hervor und stolperte davon.

»Halt!«, rief ihm der Mann hinterher, doch Franky war schon durch das Tor verschwunden, das nun offen stand. Der Mann drehte sich wieder zu den Mädchen um. »Aber ihr entwischt mir nicht«, knurrte er und drückte die Schulter von Antonia so fest, dass sie fast aufschrie. Emma verzog ebenfalls schmerzvoll das Gesicht.

»Auf geht's!« Er riss sie hoch und führte sie zu einer kleinen Tür. »Aufmachen!«, befahl er.

Emma öffnete die Tür.

In diesem Moment kam Kanal-Maier um die Ecke – und schleifte Franky hinter sich her. »He!«, protestierte dieser.

»Ich hab den Dritten auch noch erwischt, Herr Wolfsell«, sagte er.

»Gut, gut«, sagte Wolfsell, »dann wird es unten im Keller jetzt ein wenig voll!« Er lachte gehässig.

Nacheinander führten die beiden Männer die drei Freunde eine Treppe hinunter. Wolfsell schloss eine Tür auf und Maier schubste Franky, Emma und Antonia hindurch. »Hinein mit euch!«, höhnte er. Die Tür schlug zu.

Kaum hatten sich die drei berappelt, wurden sie fast schon wieder umgeworfen. »Antonia, Emma, Franky!« Es war Jaron. Überglücklich umarmte er seine Freunde. »Was bin ich froh, euch zu sehen!«, rief er immer und immer wieder.

Antonia konnte seine Freude mitfühlen. Auch sie war überglücklich, ihn zu sehen. »Geht es dir gut?«, fragte sie und drückte ihn. Er hielt sie für einen Moment ganz fest, dann lösten sie sich wieder voneinander.

»Ja, so weit schon. Ich bin nur froh, wenn ich hier endlich rauskomme.« Er drehte sich zu dem Mädchen um, das etwas schüchtern die Begrüßung der vier Freunde beobachtet hatte. »Und Naila auch, glaube ich.«

Naila nickte. Emma und Franky begrüßten sie freundlich und auch Antonia ließ sich zu einem Lächeln hinreißen. Auch wenn sie das Mädchen nicht sonderlich mochte, immerhin war die Arme schon mehrere Tage hier eingesperrt.

Rasch holte sie ihr Handy raus, um die Polizei zu informieren.

»Mist, kein Empfang«, schimpfte sie.

Auch die anderen beiden probierten es, während Naila sagte: »Das ist zwecklos. Hier im Internat ist sowieso ganz schlechter Empfang, im Keller erst recht. Deswegen hat er euch die Handys auch nicht weggenommen.«

Nun erzählte Jaron, was passiert war. Wie Maier ihn am alten Heinrich überwältigt und hierhergebracht hatte. Warum der Schulleiter Erich Wolfsell Naila und ihn hatte fangen lassen. Dass es ihm um den Film und den Pass ging, der in Nailas Rucksack gewesen war.

»Er möchte bestimmt den Film wiederhaben, weil er ihn als Mörder identifiziert«, schloss Jaron. »Man kann sein Gesicht zwar nicht erkennen, aber das Tattoo auf seinem Arm ist ziemlich auffällig.«

»Der Schulleiter, echt?«, fragte Emma. »Der sieht gar nicht so aus, als ob er bei solchen Demos mitmachen würde.«

»Ist ja auch zig Jahre her.«

»Wolfsell hat auf jeden Fall ein Tattoo am Unterarm«, erzählte Naila.

»Echt, einen Hammer und einen Zirkel?«, fragte Franky.

»Keine Ahnung, ich weiß nur, dass er eins hat«, sagte Naila.

»Warum hattest du den Film eigentlich?«, fragte Franky.

Naila schwieg verlegen, bevor sie gestand: »Ich habe ihn gestohlen. Aber«, ergänzte sie hastig wie zur Entschuldigung, »ich wollte eigentlich nur Geld. Ich hatte beobachtet, wie dieser Kanal-Maier dem Wolfsell einen dicken Umschlag gab. Irgendwo musste das Geld ja sein. Den Film habe ich durch Zufall gefunden. Warum ich ihn mitgenommen habe, weiß ich gar nicht so genau. Ich brauchte eigentlich nur das Geld, um endlich meinen Vater wiederzusehen.«

»Warum, wo ist der?«, wollte Franky wissen.

»In Japan«, antwortete Naila. »Zumindest hoffe ich das.«

Franky wusste nicht, was er darauf erwidern sollte. Er sah sich um und fragte: »Und hier hast du die ganze Zeit festgesteckt?«

Naila nickte. »Ja. Wolfsell kommt zwei- bis dreimal am Tag und bringt mir Essen und andere Sachen, die ich brauche. Und gestern Abend hat Kanal-Maier plötzlich Jaron durch die Tür geschoben.«

»Habt ihr versucht, zu fliehen?«, fragte Emma.

»Nein, nicht wirklich«, sagte Naila, »Maier und Wolfsell haben uns das Essen gemeinsam gebracht. Gegen die zwei zusammen haben wir keine Chance. Wir haben hier im Raum auch keine Gegenstände, die sich als Waffe eignen. Nichts aus Metall oder Glas. Nur Plastikflaschen und Plastiktüten.«

»Maier ist auch unglaublich stark«, fügte Jaron hinzu, »gegen den hilft mir auch kein Kung-Fu.«

»Na, aber jetzt ist der Frankynator da«, tönte Franky, »das verändert die Lage.«

Jaron lachte.

»Und wir sind auch da«, sagte Antonia. »Jetzt sind wir zu fünft. Da müsste sich doch was machen lassen!«

»Ja, vielleicht«, antwortete Jaron hoffnungsvoll.

Die fünf setzten sich auf die Matratze und beratschlagten, wie sie vorgehen wollten. Am Ende hatten sie einen Plan, der sie alle überzeugte.

⁂

Drei Stunden später hörten sie den Schlüssel im Schloss. Schnell ging jeder zur vereinbarten Position. Die Tür öffnete sich langsam und Maier steckte wie erwartet den Kopf herein.

Jaron und Franky, die hinter der Tür standen, warfen sich mit ihrer ganzen Kraft gegen das Türblatt. Es knallte Maier mit einem lauten Schlag gegen den Kopf und klemmte ihn ein. Mit einem erstickten Schrei drückte der Mann die Tür wieder auf. »Na wartet!«, brüllte er und wollte die beiden Jungs fassen, doch Naila war schneller. Sie sprang nach vorne und zog ihm eine Plastiktüte über den Kopf. Während er versuchte, diese abzuziehen, gab ihm Antonia einen festen Tritt in den Hintern, sodass er kopfüber auf die Matratze flog. Franky und Naila eilten zu ihm und setzten sich auf ihn.

In der offenen Tür stand Wolfsell und beobachtete mit offenem Mund den Angriff der Kinder. Jaron stürzte sich auf ihn und hieb ihm mit einigen gekonnten Schlägen in den Bauch, sodass der Mann vornübersackte. Auch er bekam einen kräftigen Tritt – diesmal von Emma – und gesellte sich zu seinem Komplizen auf dem Boden.

»Jetzt!«, rief Jaron. Auf sein Signal hin sprangen Franky und Naila auf. Maier versuchte noch, sie zu greifen, aber sie waren schneller. Die fünf hasteten aus der Tür, und bevor Maier etwas dagegen unternehmen konnte, hatte Jaron diese ins Schloss geworfen und den Schlüssel umgedreht.

Dieses Kernelement hatte Naila zu ihrem Plan beigetragen: Der Schlüssel steckte immer von außen im Schloss. Eine Eigenart des Schulleiters, die ihr während ihrer Gefangenschaft nicht entgangen war.

Für einen Moment standen die fünf nur da, außer Atem, und konnten gar nicht begreifen, dass ihr Plan aufgegangen war. Dann machte sich die Erleichterung breit, sie jubelten und fielen sich in die Arme, während sich die beiden gefangenen Männer von innen gegen die schwere Tür warfen.

Rasch machten sich die fünf auf den Weg ins Freie, nicht dass Maier es noch schaffte, die Tür aufzubrechen.

Draußen betrachteten sie erstaunt die Szene, die sich ihnen bot: Der Parkplatz des Internats war voller Streifenwagen, die neugierig von den Schülerinnen und Schülern beäugt wurden.

Als die vier vom See mit Naila zu den Streifenwagen gingen, kamen ihnen Gitti, Andreas, Angelika und Kommissarin Korthaus entgegen. Ihre Eltern hatten Antonias Zettel gefunden und sich Sorgen gemacht, weil keiner der drei ans Handy ging. Das war für die Kommissarin Grund genug gewesen, das Internat unter die Lupe zu nehmen.

Kapitel 26:

Waffeln und Kakao

Als die vier vom See und Naila ein paar Tage später bei Waffeln und Kakao bei Opa Hans in der Fischerhütte saßen, erzählten sie ihm aufgeregt von den Ereignissen der letzten Tage. Reihmanns hatten Naila eingeladen, nach ihrer Befreiung noch ein paar Tage in der Seeburg zu bleiben. Sie saß fröhlich neben Antonia und hatte Puderzucker um die Lippen. Die alte Feindschaft war vergessen.

»Ja, und Opa Hans, stell dir vor, dieser Wolfsell, der war tatsächlich ein Spion der DDR«, berichtete Antonia.

»Das ist ja unglaublich«, staunte der alte Fischer und schüttelte den Kopf.

»Er hieß eigentlich Manfred Reiser«, fuhr Emma fort, »nach der Wende ist er in den Westen gekommen und hat eine neue Identität angenommen.«

»Aber der Mann auf dem Film war doch nicht wirklich zu erkennen, woher wisst ihr, dass es dieser Schulleiter war?«

»Zum einen gab es viele Hinweise«, erklärte Franky, »zum anderen hat die Polizei hochmoderne Computer, die mit KI arbeiten.«

»Ka Ih?«, fragte Opa Hans.

»Künstliche Intelligenz. Das ist ein besonders schlauer Computer, der lernen kann, Probleme zu lösen und Dinge zu verstehen. Ähnlich wie ein Mensch, nur viel schneller.«

»Aha«, sagte der Fischer.

Antonia grinste, weil sie wusste, dass er nichts verstanden hatte.

»Jedenfalls konnte die KI erkennen, dass es sich bei Wolfsell und dem Typen auf dem Film um dieselbe Person handelt«, erklärte Naila.

»In seinem alten DDR-Pass war ja auch ein Foto drin. Dieser Manfred Reiser war dem Bundesnachrichtendienst kein Unbekannter. Sie wussten schon, dass er ein DDR-Spion gewesen war«, sagte Antonia, »sie haben ihn nur nie erwischt.«

»Und woher hatte Reiser den Film?«, fragte Opa Hans.

»Das wissen wir nicht so genau, aber vermutlich hat er gesehen, dass ihn jemand gefilmt hat, und der Person die Kamera entrissen, nachdem er auf den Polizisten geschossen hatte.«

Opa Hans nahm einen Schluck Kaffee und lehnte sich kopfschüttelnd zurück. »Also, Sachen gibt's. Das ist ja ein richtiger Spionagethriller, den ihr da erlebt habt.« Die vier vom See lachten.

»Und im Keller des Internats hat man jede Menge Diebesgut gefunden«, warf Jaron ein. »Scheint so, als hätte er schon länger mit Kanal-Maier zusammengearbeitet.«

»Aber warum hat dieser Spion denn seinen alten Pass und den Film nicht einfach vernichtet, als die DDR zusammenbrach?«, fragte der Fischer.

Franky zuckte mit den Schultern. »Keine Ahnung, vielleicht wollte er irgendeine Erinnerung an seine Vergangenheit behalten. Vielleicht war er stolz darauf, ein Spion gewesen zu sein.«

»Trotzdem ziemlich dumm«, sagte Jaron, »ich hätte sofort alles aus meinem alten Leben vernichtet.«

»Nun ja«, meinte Opa Hans, »vielleicht wollte er die DDR nicht loslassen. Die war ja sein Zuhause. Und nach der Wende gab es sie nicht mehr.«

»Ja, toll, super Zuhause«, sagte Antonia, »ein Unterdrückungsstaat, für den er mindestens einen Menschen umgebracht hat.«

»Nicht immer ist das, was wir tun, durchdacht. Wir hängen ganz oft an Dingen aus unserer Vergangenheit. Wir wollen Sachen behalten, mit denen wir uns wohlfühlen. Die für uns Heimat bedeuten.«

Antonia stutzte. Sie dachte an die Seeburg und ihre Angst, ihr Zuhause zu verlieren. Zu ihrem Erstaunen konnte sie Wolfsell auf einmal ein Stück weit verstehen.

Opa Hans schien zu ahnen, woran sie dachte, und fragte: »Gibt es Neuigkeiten von der Seeburg?«

Antonia schüttelte den Kopf: »Nicht wirklich. Aber ich habe echt Angst, dass wir raus müssen. Und dieser blöde von Beilstein, der macht auch Stress.«

Der alte Fischer schwieg einen Moment. »Von Beilstein«, wiederholte er ernst, »ja, der ist nicht ohne. Die ganze Familie war schon immer sehr raffgierig.«

»Ich hoffe sehr, dass sich alles wieder regelt«, sagte Antonia traurig.

»Das hoffe ich auch«, antwortete der alte Fischer. »Gott hat es in der Hand. Wir können ihm vertrauen.«

»Das versuche ich ja, aber das ist richtig schwer«, seufzte Antonia.

Emma nahm die Hand ihrer Freundin.

»Ich weiß, aber das ist manchmal das Einzige, was hilft. Jesus möchte uns Heimat geben«, sinnierte Opa Hans. »Gott ist unsere eigentliche Heimat, unser Zuhause. Und das ist er für immer.«

So etwas Ähnliches hatte Antonias Vater auch schon gesagt. Für einen Moment dachten alle über die Worte des alten Fischers nach.

»Das ist irgendwie ein krasser Gedanke«, sagte Naila schließlich voller Sehnsucht.

»Ja, das ist es«, bestätigte Opa Hans.

Antonia empfand tiefes Mitgefühl für Naila. Sie betrachtete das Mädchen, wie es mit der Kette spielte, an der ein Anhänger in Form eines Notenschlüssels hing. Nalias Blick schweifte ab. »Ich hoffe echt, dass ich Papa bald finde«, meinte sie traurig.

Die vier vom See wussten mittlerweile, dass Nailas Vater gar nicht in Japan lebte. Naila hatte mit der Dame vom Jugendamt darüber gesprochen und die hatte das Missverständnis aufgeklärt. Naila war nach dem Tod ihrer Mutter in ein Heim gekommen. Dort hatte sie sich anhand von Bruchstücken, die sie gehört hatte, etwas zusammengereimt. Aber in Wirklichkeit war ihr Vater unbekannt. Auch Wolfsell wusste nicht, wo er war. Er hatte dreist gelogen.

Antonia hatte zwar Angst um die Seeburg, aber die Vorstellung, keine Eltern zu haben, war viel furchtbarer. *Danke Jesus, dass du mein Zuhause bist und immer da bist. Danke, dass ich Eltern habe, die sich um mich kümmern,* betete sie still. Dann sagte sie: »Hey, Naila, hast du Lust, uns manchmal zu besuchen? Ich bin mir sicher, dass wir in der Seeburg immer ein Zimmer für dich frei haben. Naja, so lange wir die Seeburg noch haben.«

Naila sah sie verwundert an. »Meinst du das ernst?«

Die anderen nickten zustimmend.

»Und wenn alle Stricke reißen: Wir haben auch ein großes Haus und gleich drei Gästezimmer«, warf Emma ein.

Naila zögerte ein wenig. Es schien, als erhielte sie nur selten solche Einladungen und wüsste nicht, wie sie reagieren sollte. Doch schließlich zuckte sie mit den Schultern und sagte betont cool: »Ja, klar, wenn ich Zeit habe, komme ich.«

Auch wenn Naila nicht gerade vor Begeisterung übersprudelte, wusste Antonia doch, dass sie sich freute.

»Leute«, unterbrach Franky und hob den leeren Teller hoch, auf dem sich vor kurzer Zeit noch die Waffeln gestapelt hatten, »ich will ja nichts sagen, aber mir hängt der Magen in den Knien.«

»Das ist ja was ganz Neues«, kommentierte Emma.

»Ja, ich brauche Energie … Waffelenergie!«, verkündete Franky theatralisch.

Jetzt mussten alle lachen.

»Na, wenn das so ist«, meinte Opa Hans, »dann sollte ich vielleicht noch eine Schüssel Waffelenergie anrühren.«

Kapitel 27:
Der Brief

Die Freude über den gelösten Fall, die Verhaftung von Erich Wolfsell und die neue Freundschaft mit Naila wurde wenige Tage später jäh zerstört. Als die vier vom See nach der Schule an der Seeburg ankamen, um ein wenig im alten Heinrich abzuhängen, regnete es. Zu ihrer Verwunderung sahen sie Gitti und Andreas trotzdem vor der Burg stehen. Sie schienen auf sie gewartet zu haben. Sina und Luca standen neben ihnen. Keiner der vier Reihmanns lächelte. Den Regen schienen sie nicht zu bemerken.

Als die Freunde näher kamen, konnte Antonia sehen, dass die Gesichter ihrer Familie merkwürdig fahl waren. Das Herz rutschte ihr in die Hose.

Die vier vom See hielten direkt vor den Reihmanns an. »Ist was passiert?«, fragte Antonia erschrocken.

»Ja«, sagte ihr Vater nur, »es ist etwas passiert. Wir wollten, dass ihr es sofort erfahrt, und zwar von uns. Deshalb haben wir auf euch gewartet.«

»Was ist denn?«

Luca sah seiner Mutter ins Gesicht und griff nach ihrer Hand. Antonia konnte sehen, dass Sina geweint hatte.

Gitti trat einen Schritt vor. »Sollen wir uns nicht erst mal hinsetzen? Kommt, wir gehen in die Kapelle.«

O je, dachte Antonia, *das klingt gar nicht gut. Wenn wir uns erst mal setzen sollen, bedeutet das nichts Gutes!*

Sie ließen die Fahrräder stehen und folgten Antonias Eltern durch das Burgtor. Die Kapelle der Seeburg war ein besonderer Ort, der Frieden ausstrahlte und zugleich ein Gefühl von Geborgenheit. Sie rückten Stühle in einem Kreis zusammen und setzten sich.

»Es ist so«, begann Andreas, »wir haben heute früh Post bekommen. Vom Amt.«

Antonia wurde schummrig. Sie ahnte, was kommen würde. »Vom Amt?«, krächzte sie. »Wegen der Pachtverträge?«

Andreas nickte. Er griff nach Gittis Hand und fuhr fort: »Sie wurden nicht verlängert. Der Freistaat hat beschlossen, die Seeburg erst einmal nicht weiter zu verpachten.«

Antonia war sprachlos. Ihre schlimmsten Befürchtungen waren wahr geworden. »Das heißt, wir müssen ausziehen?«, fragte sie.

Gitti nickte. »Ja. Allerdings nicht morgen und auch nicht nächsten Monat. Diese Dinge brauchen Zeit und wir denken, dass wir noch mindestens sechs Monate haben, bevor wir rausmüssen.« Sie strich Sina über den Kopf, die sich auf ihrem Schoß zusammengerollt hatte.

»Und wohin geht ihr dann?«, fragte Franky.

»Das alles wissen wir noch nicht«, sagte Andreas, »das ist auch ganz neu für uns. Wir müssen uns erst mal sortieren und in Ruhe überlegen, wie es weitergeht.«

Emma war den Tränen nahe. Jaron rührte sich überhaupt nicht und starrte nur ins Leere. Er sah aus, als habe man ihm den Boden unter den Füßen weggezogen.

»Aber warum?«, fragte Antonia. »Ihr habt doch gesagt, die Verlängerung wäre eine Formsache!«

»Das dachten wir auch. Ehrlich«, sagte Gitti, »aber es scheint, die Dinge, die in den letzten Wochen passiert sind – das Feuer, die Lebensmittelvergiftung – haben die Stimmung gegen die Jugendherberge gedreht. Und so hat das Amt beschlossen, die Seeburg lieber nicht weiter für eine Jugendherberge zur Verfügung zu stellen.«

»Aber das können die doch nicht einfach machen!«, rief Emma fassungslos. »Das geht doch nicht!«

»Ich vermute leider doch«, antwortete Andreas und fügte hinzu: »Außerdem hat von Beilstein anscheinend tatsächlich einen Antrag auf Rückgabe der Burg an seine Familie gestellt. Die ungeklärten Umstände haben bestimmt auch zu dieser Entscheidung beigetragen.« Er öffnete den Mund, als wollte er noch etwas sagen, zuckte aber nur mit den Schultern und griff nach Gittis Hand.

Antonia stützte die Ellbogen auf ihre Knie und verbarg ihr Gesicht in den Händen. Es wurde vollkommen still. So saßen sie eine Weile da. Es gab einfach nichts mehr zu sagen.

Irgendwann regte sich Gitti und sagte leise: »Sollen wir beten?«

Die Kinder nickten und sie fassten sich alle an den Händen und beteten. Selten hatte die Kapelle der Seeburg solche Worte der Verzweiflung und Anklage gehört wie in dem Gebet, das nun an ihre Decke stieg.

Als die kleine Gruppe wieder aus der Kapelle trat, fühlten sie sich etwas getröstet, aber immer noch traurig. Es hatte gutgetan, diesen niederschmetternden Moment gemeinsam teilen zu können.

Aus Richtung des Parkplatzes kamen Motorengeräusche. Ein großer Mercedes fuhr heran.

»Oh nein«, sagte Gitti, »nicht der. Nicht jetzt.«

Sie blieben stehen und sahen zu, wie Stefan Trenner, der Anwalt von Franz Josef von Beilstein, ausstieg.

Andreas legte Gitti eine Hand auf die Schulter. »Lass mich mal machen. Mit dem befasse ich mich, das musst du nicht tun.«

»Danke«, sagte Gitti.

Andreas ging durch das Burgtor auf den Mann zu.

Emma zupfte Antonia am Ärmel. »Antonia, wer ist der Mann?«, fragte sie.

Antonia fiel ein, dass Emma den Anwalt ja noch nie gesehen hatte.

»Das ist ein Anwalt«, erklärte sie, »der heißt Trenner oder so. Er hilft den Beilsteins, uns aus der Seeburg zu vertreiben.«

Emma riss die Augen auf. »Ernsthaft? Der Typ?«

»Ja, warum?«

»Du wirst es nicht glauben, aber ich habe ihn schon mal gesehen.«

»Den Trenner?«, fragte nun Jaron. »Wo denn?«

»Vor unserer Schule. Er hat Janina Rahn geküsst.«

Kapitel XV:

Der Kasten

Die Seeburg am Starnberger See, September 1975

Es war das letzte Mal, dass Thomas in der Wohnung seines Großvaters war. Seine Eltern hatten für den kommenden Tag den Entrümpler bestellt, heute war die letzte Gelegenheit, Dinge mitzunehmen, die sie aufbewahren wollten.

Thomas wanderte ziellos durch die Wohnung und sah sich um. Er war unschlüssig, was er von seinem Opa mitnehmen sollte. Sein Blick fiel auf das Kartenspiel im Wohnzimmerschrank. Damit hatten sie immer zusammen Mau-Mau gespielt. Er öffnete die Glastür, holte die Schachtel heraus und steckte sie in die Tasche.

»Christoph, hast du eine Ahnung, was das hier sein könnte?«, rief seine Mutter aus dem Schlafzimmer.

Sein Vater räumte gerade die Küche aus. Er ging zu Gerlinde. Thomas folgte ihm. Im Schlafzimmer stand seine Mutter neben dem Tragekörbchen mit dem kleinen Andreas und hielt einen Holzkasten in den Händen. Sie hatte den Deckel aufgeklappt und blickte zu ihnen. »Ich weiß nicht, was das ist«, sagte sie, »ob es wichtig ist oder ob wir es wegschmeißen sollen.«

Thomas erkannte den Kasten sofort: Es war der, den die alte Frau seinem Opa gegeben hatte. Christoph nahm Gerlinde den Kasten ab und blickte hinein. Er holte die Haarlocke und das Foto heraus und betrachtete sie. Dann schüttelte er den Kopf. »Ich habe keinen Schimmer«, meinte er.

»Ich weiß, was das ist«, sagte Thomas.

Christoph und Gerlinde drehten sich überrascht zu ihm um: »Du weißt es?«, fragte seine Mutter.

Er nickte. »Dieser Kasten hat mit der Suche nach Opas Herkunft zu tun«, erklärte er.

»Ah, willst du ihn haben?«, fragte Christoph.

»Ich weiß nicht«, murmelte Thomas.

»Aber das Geheimnis hat dich doch interessiert«, sagte Gerlinde.

»Ja, aber jetzt nicht mehr«, antwortete Thomas und versuchte, den Knoten in seinem Bauch zu ignorieren.

Christoph sah ihn an. »Ich verstehe«, sagte er, »vielleicht ist es im Moment zu schwer, etwas gut zu finden, was Opa und du immer zusammen gemacht habt. Ich vermute aber, dass das auch wieder anders werden wird.«

Gerlinde nickte. »Vielleicht wäre es eine gute Idee, wenn wir den Kasten erst einmal mitnehmen? Wenn du ihn später auch nicht haben willst, können wir ihn ja immer noch wegwerfen. Einverstanden?«

Thomas zuckte mit den Achseln. »Ist mir egal«, murmelte er.

Als Thomas an diesem Abend in seinem Zimmer im Bett lag, wanderte sein Blick immer wieder zu dem Kasten, den seine Mutter auf seinen Schreibtisch gestellt hatte. Er konnte den Anblick kaum ertragen. *Die alte Frau hat Opa gewarnt,* dachte er bei sich. *Sie hat gesagt, er solle vorsichtig ein, ihm drohe Gefahr. Und jetzt ist er tot.* Er wollte nicht mehr daran erinnert werden, dass er seinen Opa gebeten hatte, den Hinweisen nach seiner Herkunft nachzugehen.

Er stand auf, nahm den Kasten und schlich sich aus der Wohnung. Seine Eltern saßen im Wohnzimmer vor dem Fernseher und hörten nicht, wie er den Generalschlüssel vom Schlüsselbrett nahm und die Wohnungstür leise hinter sich zuzog. Er ging durch die Gänge und die Treppe hinauf. Unten aus dem Speisesaal hörte er das Lachen einiger Gäste, die noch zusammensaßen. Die meisten aber lagen schon in ihren Betten und ihm begegnete niemand.

Ihm wurde kalt. Der dünne Schlafanzug schützte nur schlecht vor der Kälte in den Gängen der Burg, und seine nackten Füße froren auf dem Steinboden. Am Treppenende angekommen, öffnete Thomas die Tür zum Speicher. Er schaltete das Licht an und sah sich um.

Unter der Dachschräge, an der die offenen Balken zu sehen waren, standen Regale voller Kram. Hier war es noch kälter. Thomas ging ein Stück in den Raum hinein und suchte nach einem guten Versteck. In einer Ecke entdeckte er einen Stapel mit Ziegeln. Er kniete sich auf den staubigen Boden und schob den Kasten zwischen Ziegel und Dach. Er passte genau dazwischen.

Als Thomas wieder stand, klopfte er sich den Dreck von seiner Schlafanzughose und betrachtete zufrieden das Versteck. *Den Kasten findet niemand,* dachte er bei sich. *Außer wenn ich ihm erzähle, wo er ist.*

Er drehte sich um und ging.

NEUE ABENTEUER DER 4 VOM SEE!

Ein mysteriöser Einbruch, rätselhafte Diebstähle und eine verwirrende Täuschung schweißen die Freunde Antonia, Emma, Franky und Jaron zusammen. Entdecke die Hörspiele von Alexander Lombardi und Sandra Binder und begleite *die 4 vom See* bei weiteren aufregenden Abenteuern!

Als Hörspiel sind erschienen:

☐ **1 Mysteriöser Einbruch**
CD 940761

☐ **2 Spionage im Umweltlabor**
CD 940762

☐ **3 Das Bild des Meisters**
CD 940763

☐ **4 Die zweifache Täuschung**
CD 940764

☐ **5 Das Schwert des Pharao**
CD 940765

Hier findest du alle spannenden Folgen der *4 vom See.*

Alle Infos zur Hörspielserie unter www.gerth.de/die4vomSee

Abenteuer, Freundschaft und die Suche nach einem uralten Schatz schweißen Antonia, Emma, Franky und Jaron zusammen. Begleite die vier vom See auf Verbrecherjagd und tauche ein in die spannende Buchreihe von Alexander Lombardi und Sandra Binder!

Band 1:
Die verborgene Gruft und das Ende aller Tränen
ISBN 978-3-417-28841-4

Band 2:
Ein rätselhafter Unfall und die Suche nach Respekt
ISBN 978-3-417-28855-1

Band 3:
Der silberne Schlüssel und das Geheimnis der Wahrheit
ISBN 978-3-417-28873-5

Band 4:
Der Wächter der goldenen Schale
ISBN 978-3-417-28874-2

Band 5:
Operation Falkenstein und die Angst vor dem Unbekannten
ISBN 978-3-417-28934-3

Band 6:
Die Schatten der Vergangenheit und das schleichende Gift
ISBN 978-3-417-28968-8

Band 7:
Der Fund in der Tiefe
ISBN 978-3-417-28979-4

Band 8:
Eine verschollene Erinnerung
und die Sehnsucht nach einem Zuhause
ISBN 978-3-417-28103-3